Alem Grabovac

Der 53. Brief

mit Fotos und Illustrationen
von Selina Schwank

Perlen Verlag

Die Deutsche Bibliothek – CIP Einheitsaufnahme
Grabovac, Alem:
Der 53. Brief / Alem Grabovac – Berlin:
Perlen Verlag e. K., Berlin, 2009
ISBN 978-3-9809000-9-6

1. Auflage 2009
© Perlen Verlag e. K., Berlin
Satz/Layout, Umschlaggestaltung: hike pindur, bellyandhead_design, Berlin
Fotos und Illustrationen, Titelfoto: Selina Schwank
Druck, Bindung: Schaltungsdienst Lange, Berlin
Typographie: Palatino Linotype und Humanist 521BT
Papier: Werkdruck 90g/m², 1,5faches Volumen, bläulich-weiß
Umschlag: Bilderdruck matt 135g/m²
Printed in Germany
ISBN 978-3-9809000-9-6

Die Verwertung der Texte und Bilder, auch auszugsweise, ist ohne Zustimmung des Verlages rechtswidrig und strafbar. Das gilt auch für Vervielfältigungen, Übersetzungen, Mikroverfilmungen und für die Verarbeitung in elektronischen Systemen.

Inhalt

Erster Brief
Platons Gastmahl war gestern! — 9

Zweiter Brief
Drei Jahre! — 17

Dritter Brief
Kleine und große Dämonen — 23

Vierter Brief
Das giftgrüne Halstuch — 27

Fünfter Brief
In jeder großen Trennung liegt ein Keim von Wahnsinn — 33

Sechster Brief
Von tiefschwarzen Drohbildern, anmutigen Engeln
und verrauchten Kneipen — 37

Siebter Brief
Das Hohelied Salomos — 43

Achter Brief
Schau auf den Beipackzettel,
schau auf die Nebenwirkungen! — 53

Neunter Brief
Alles Gute zum Geburtstag! — 63

Zehnter Brief
Langsam, ganz langsam,
taste ich mich an mein neues Leben heran — 69

Elfter Brief
Abaelard und Heloisa — 73

Zwölfter Brief
Der Frühling ist da! — 83

Dreizehnter Brief
Warum nur dieser Beruf? — 87

Vierzehnter Brief
Der Einführungskurs 93

Fünfzehnter Brief
Mein Märchenwald 105

Sechzehnter Brief
Das Fiasko 113

Siebzehnter Brief
Die Platanenallee, der Spätverkauf und das *Helsinki* 119

Achtzehnter Brief
Was ist Schönheit? 127

Neunzehnter Brief
Licht und Weiß: Der Sommer ist Licht und Weiß 135

Zwanzigster Brief
Die Erniedrigung 145

Einundzwanzigster Brief
Oma, Eddie und all die Anderen 151

Zweiundzwanzigster Brief
Fern von dir, bin ich zuweilen ganz Gedächtnis! 165

Dreiundzwanzigster Brief
Drei Kindergeschichten 173

Vierundzwanzigster Brief
Kleines Tagebuch eines Winters 181

Fünfundzwanzigster Brief
Schläft ein Lied... 199

Sechsundzwanzigster Brief
Das bizarre Sexualverhalten der Tiere 203

Siebenundzwanzigster Brief
Mein einjähriges Berufsjubiläum als Prostituierter 211

Achtundzwanzigster Brief
Das Märchen von Ritter Blaubart　　　　　　　　225

Neunundzwanzigster Brief
Samtweiche Empfindungen　　　　　　　　　　233

Dreißigster Brief
Die Entjungferung　　　　　　　　　　　　　　239

Einunddreißigster Brief
Nichts Neues, nichts Besonderes　　　　　　　　249

Zweiunddreißigster Brief
Ich habe mich verliebt!　　　　　　　　　　　　253

Dreiunddreißigster Brief
Aller guten Vorsätze zum Trotz　　　　　　　　　255

Vierunddreißigster Brief
Jener herz- und körpererweckende
Augenaufschlag der Liebe　　　　　　　　　　　257

Fünfunddreißigster Brief
Wer ist sie, wer ist die unbekannte Schöne?　　　261

Sechsunddreißigster Brief
Dein Bild so nah und doch so fern!　　　　　　　263

Siebenunddreißigster Brief
Im verführerischen Spiel der Augen　　　　　　　269

Achtunddreißigster Brief
Das Lampenfieber der Liebe　　　　　　　　　　273

Neununddreißigster Brief
Wie viele Schicksalslieben gibt es in einem Leben?　277

Vierzigster Brief
Parallele Bilderwelten　　　　　　　　　　　　　281

Einundvierzigster Brief
Jede Liebe hat ihre Musik　　　　　　　　　　　283

Zweiundvierzigster Brief
Madame Louise
und die Weisheiten der Ninon de Lenclos — 289

Dreiundvierzigster Brief
Sie will nicht mehr spielen! — 295

Vierundvierzigster Brief
Bin ich ein Ewigfliehender? — 297

Fünfundvierzigster Brief
Etwas muss geschehen! — 303

Sechsundvierzigster Brief
Und jeder mordet, was er liebt! — 309

Siebenundvierzigster Brief
Dein Parfüm — 313

Achtundvierzigster Brief
Ich muss verreisen! — 319

Neunundvierzigster Brief
Die Entscheidung ist gefallen! — 323

Fünfzigster Brief
Bei der Begleitagentur gekündigt — 333

Einundfünfzigster Brief
Spätsommerlicher, stiller Abschied — 337

Zweiundfünfzigster Brief
Bis gleich, hoffentlich bis Morgen! — 341

Erster Brief

Atopos, Sonntag, den 15. November 2003

Verfluchtes, dummes und ganz und gar unbarmherziges Liebesleben! Was für ein befremdliches, boshaftes und grausames Spiel ist doch die Liebe: Zunächst macht sie süchtig, wirkt sie befreiend und erhebend, bezaubert und verzaubert sie und dann, später – wir sprechen immer noch von der gleichen Liebe – erdrückt und langweilt, demütigt und erniedrigt, schmerzt und vernichtet sie uns. Was für ein befremdliches, boshaftes und grausames Spiel ist doch die Liebe!

Die ersten paar Wochen war ich mit der Suche nach einer Wohnung beschäftigt und erst jetzt, nachdem ich den Mietvertrag unterschrieben, Möbel gekauft und mich einigermaßen in meiner neuen Bleibe eingerichtet habe, beginne ich allmählich zu realisieren, dass ich dich verloren habe. Ich sitze an meinem nagelneuen Schreibtisch, starre auf das leere Briefpapier und frage mich, was ich Tausende von Kilometern und einen großen Ozean weit von dir entfernt, in dieser fremden Metropole zu suchen habe? Wir leben nicht einmal mehr in der gleichen Zeit, leben nicht einmal mehr in der gleichen Zeitzone. Wieviel Uhr ist es jetzt in Berlin, verdammt noch mal, wieviel Uhr ist es jetzt in Berlin?

Ach Stella, kaum eine Minute, in der ich nicht an dich denke, kaum eine Minute, in der mich die Erinnerungen an dich nicht quälen! So viele Bilder, so unglaublich viele Bilder, die sich aufdrängen und mich verwirren, so unglaublich viele Nachbilder, die mich traurig und melancholisch stimmen. Gestern zum Beispiel, beim Öffnen eines Umzugskartons, fielen mir die zwei Eintrittskarten unseres allerersten Theaterbesuchs in die Hand. Kannst du dich noch daran erinnern, Stella, kannst du dich noch an jenen lauen Spätsommerabend vor ungefähr fünf Jahren erinnern? Wir haben uns in der Volksbühne eine postmoderne Inszenierung von Platons Gastmahl angesehen. Erinnerst du dich noch an das Stück? Im ersten Akt huschten Dutzende Kugelwesen, die aus einem Mann und einer Frau zusammengesetzt waren – also vier Hände und vier Füße und zwei Gesichter besaßen – selbstzufrieden über die Bühne. Diese bunten, hermaphroditischen Wesen wirkten so gelassen, heiter und glücklich. Im zweiten Akt merkten sie jedoch bedauerlicherweise, dass sie ungemein stark waren. Sie wurden verwegen, waren mit ihrem harmonischen Leben nicht mehr zufrieden und fingen damit an, auf sich entgegen gesetzten, steil ansteigenden und meterhohen Rampen – Halfpipes wie sie Skateboardfahrer benutzen – Schwung zu holen. Am oberen Ende der rechten Rampe leuchtete eine Tür auf, hinter der die Götter, aufgeschreckt durch das frevelhafte Treiben ihrer Geschöpfe, überrascht auf diese hinab sahen. Die hermaphroditischen Kugelwesen gewannen an Geschwindigkeit, bewegten sich immer rascher zwischen linker und rechter Rampe hin und her, stiegen Meter um Meter empor, bis sie schließlich die Himmelstür erreichten und diese durch ihren Aufprall bestürmten. Ein Kugelwesen nach dem anderen donnerte mit zunehmender Gewalt gegen die stets brüchiger werdende Himmelspforte, hinter der Zeus und die anderen Götter panisch berieten, wie sie sich dem Ansturm der Menschen erwehren sollten. Im dritten und letzten Akt, während die Tür sich zersplitternd und krachend immerzu weiter öffnete, entschied Zeus, dem skandalösen Treiben seiner Geschöpfe durch Teilung ein Ende zu bereiten. Zeus bestrafte die Kugelwesen für ihren Hochmut, indem er sie in zwei Hälften, indem er sie in Mann und Frau zerschnitt und sie in alle Himmelsrichtungen zerstreute. Die neuen unförmigen Wesen, die sich aus dieser Spaltung ergaben, waren geschwächt und zudem traurig, da sie sich nach ihrer anderen Hälfte sehnten. Gebückt, gebeugt und nunmehr unsicher auf ihren eigenen zwei Beinen gehend, irrten all die Einzelwesen durch verzweigte Labyrinthe, verwinkelte Straßenschluchten und einsame Wälder auf der Suche nach ihren verlorenen Hälften umher. Jedes Kostüm dieser Einzelwesen war an Farbe und Gestalt anders und wie in einem Puzzlespiel gab es irgendwo zwei Teile, die perfekt zueinander passten. Sie suchten, aber fanden sich nicht: Schreiend, weinend und ihren Kopf immer wieder gegen Häuserwände sowie Baumstämme blutig schlagend, ihre Einsamkeit nicht mehr ertragend, taten sie sich in ihrer Not sogar mit Teilen zusammen, die nicht zu ihrer Farbe und Form passten; wurden also zu unansehnlichen Paaren, die miteinander schliefen, sich bekämpften, betrogen, abermals miteinander schliefen, sich beschimpften, sich schlugen und letztendlich trennten, um wieder nach jenen Hälften zu suchen, die sie rund und glücklich machen sollten. Erinnerst du dich, Stella, erinnerst du dich noch an diese angstverzerrten und im Wahn zerfließenden Gesichter; erinnerst du dich an all ihren Zorn, ihre Wut und ihren Hass? Gewiss wirst du dich erinnern und gewiss erinnerst du dich auch noch an die wenigen Auserwählten, deren Farben und Formen so vollkommen miteinander harmonierten, dass man, sobald sich solch ein Paar gefunden, das Gefühl hatte, einer wunderbaren, der menschlichen Natur Heilung verschaffenden Wiedervereinigung beizuwohnen. Erlöst von ihrer Suche schmiegten sie sich zusammen, ließen ihre Hand zärtlich über das Gesicht des Anderen gleiten, schienen in unendlicher Glückseligkeit zu erstrahlen und verflochten ihre Körper in leidenschaftlichen Akten zu jenen ganzheitlichen und bezaubernden Wesen, die sie als Urbild vor langer Zeit bereits einmal verkörpert hatten. Unzertrennlich gingen sie von nun an gemeinsam durch das Leben, wandelten verträumt zwischen all den anderen verlorenen Seelen umher und schworen sich ewige Treue.

Nach der Theatervorstellung zogen wir heiter und fröhlich durch die Kneipen, tanzten ausgelassen und unbeschwert in einem Club, gingen nach Hause, schwebten im Takt unserer Liebe und entschliefen schließlich sanft und geborgen in die Welt unserer gemeinsamen Träume. Wir waren so leicht, luftig und verspielt – ja, wir waren wie jene Kugelwesen, die im Gleichklang ihrer Farben und Formen verliebt und beseelt durch das Leben wanderten. Ich sehe das alles noch ganz genau vor mir: Es ist, als ob das alles gestern und nicht vor fünf Jahren geschehen sei. Die Theaterkarten auf meinem Schreibtisch und in meinem Kopf die Frage, was zum Teufel mit uns seit jenem wundervollen Abend passiert ist. Bin ich jetzt wieder eine jener unvollkommenen Hälften, die schreiend und klagend, die verzweifelt und sehnsüchtig nach ihrer eingeborenen Hälfte sucht? Hatte ich nicht bereits in dir jene andere Hälfte gefunden, hatte ich nicht bereits mit dir jene bezaubernde Stille gefunden, in der all meine Sehnsucht und all meine Angst besänftigt ruhte?

Gespaltene Kugelwesen, zerplatzte Träume, zerstörte Illusionen und dann erst noch dieser Schmerz, dieser grauenhafte Schmerz, der mir unentwegt die Kehle zuschnürt. Es tut weh, ganz tief da drinnen, tut es unbeschreiblich weh! Aber immerhin ist noch nicht alles verloren, immerhin haben wir uns durch diesen seltsamen Liebes- oder Teufelspakt, den wir miteinander beschlossen haben, noch eine Hintertür offen gelassen, durch deren Spalt mir ein ferner Hoffnungsstreifen entgegen schimmert.

Für heute genug, einziggeliebte Stella, für heute genug. Schlaf gut und träume etwas Schönes!

Dein Malik!

Zweiter Brief

Atopos, Samstag, den 21. November 2003

Auf was haben wir uns da nur eingelassen, vielgeliebte Stella? Wer von uns beiden ist eigentlich auf diese dumme Idee mit den drei Jahren gekommen? Drei Jahre ohne ein Wort oder ein Lächeln von dir, drei Jahre ohne einen Kuss oder eine Berührung von dir, drei Jahre, in denen wir uns weder sehen noch schreiben dürfen. Wie soll ich das nur aushalten? Warum nur habe ich dieser bizarren und wahnwitzigen Abmachung zugestimmt? Drei Jahre ohne jeglichen Kontakt und darüber hinaus auch noch die Ungewissheit, ob wir uns dann, wie vereinbart, unabhängig voneinander dazu entschließen werden – am 15. Oktober 2006 um Punkt 18.00 Uhr – auf dem Petit Pont, jener kleinsten Brücke im Stadtzentrum von Paris, zu erscheinen. Du hast gesagt: „Das ist der Plan, das ist unser Risiko. Anders sind wir nicht mehr zu retten. Jeder kommt nur, wenn er wirklich will, wenn er wirklich das Gefühl hat, dass da noch etwas ist, woran man anknüpfen möchte." Und was, frage ich dich, wenn einer von uns beiden nicht kommt – was macht dann der andere auf dem Petit Pont in Paris? Soll der andere sich dann im sanften Licht der blauen Abenddämmerung in die aufwühlenden Fluten der Seine stürzen? Drei Jahre also und ich frage mich, wie unser Experiment ausgehen wird, frage mich, ob wir dieses gefährliche Spiel gewinnen werden? Ja, Stella, wir spielen gegen die Zeit und gegen das Vergessen und haben unser beider Herz darauf verwettet, dass wir unsere Liebe nicht verlieren werden. Ach Stella, auf was haben wir uns da nur eingelassen?

Der 15. Oktober 2006 als fernes, als allzu fernes magisches Datum und Paris als mir augenblicklich allzu fern erscheinende Stadt der Liebenden. Was für Romantiker, was für hoffnungslose Romantiker wir beide doch sind! Selbstverständlich musste es Paris, selbstverständlich musste es diese bezaubernde Stadt sein, in der wir unseren ersten Sommerurlaub verbrachten und einfach nur glücklich gewesen waren. Haben wir uns Paris als Treffpunkt ausgesucht, um an jenes Glück, an jenes unbeschreibliche Glück, das wir damals empfanden, quasi wieder nahtlos anzuknüpfen und von da aus nochmals von vorne zu beginnen? Aber war Paris wirklich eine gute Wahl? Hätten wir uns nicht lieber Oslo, Tel Aviv, Riga oder irgendeine andere Stadt, in der wir noch nicht gewesen sind, aussuchen sollen, eine Stadt also, die noch nicht von den Bildern der Vergangenheit belastet ist? Haben wir uns mit Paris wirklich einen Gefallen getan, haben wir uns mit Paris nicht unnötigerweise dem Druck ausgesetzt, genauso glücklich wie in jenen beseelten Wochen sein zu müssen?

Ich schaue mir gerade nochmals die Bilder aus Paris an. Auf diesen Urlaubsfotos sehen wir noch so frisch, wagemutig und verliebt aus: Du, mit einem leicht herausforderndem Augenaufschlag, diesem herzerweckenden Augenaufschlag der Liebe in einem kleinen Straßencafé inmitten des verwinkelten Quartier Latin; du, am Brunnen von Niki de Saint-Phalle und Jean Tinguely unweit vom Centre Pompidou, mir warmherzig zulächelnd, unterdessen im Hintergrund aus der Brustwarze einer von Nikis korpulenten bunten Nana Figuren eine Wasserfontäne in den Himmel spritzt. Welch ein Brunnen, Stella: Nikis Figuren so leicht und farbenfroh und unbeschwert, während Jeans dunkle Stahlkonstruktionen schwer, ruppig und diszipliniert in sich selbst kreisen und doch, welch ein Miteinanderwirken, welch ein harmonisches Ineinanderaufgehen von Nikis Lebenslust und Jeans Melancholie! Auf einem anderen Foto, du, einziggeliebte Stella, vor dem Eiffelturm, mit hochmütig in der Taille angewinkelten Armen, deine großen grünbraunen Augen geheimnisvoll hinter einer dunklen Sonnenbrille verbergend. Und dann wieder du, rätselhafte Stella, vor der hell erleuchteten Oper, in einem eng anliegenden weinroten Abendkleid (das ich dir im Quartier nebenan, im Marais gekauft hatte) deine göttlichen Rundungen mir sinnlich entgegenstreckend; und schließlich du, zauberhafte Stella, nackt auf dem Bauch liegend in unserem Hotelzimmer auf dem Montmartre; den Kopf seitlich zur Kamera gewendet, mit diesem lasziven Augenbegehren, dieser ungeheuerlichen Augenlust auf meinen Körper und jenem Schönheitsmal, jenem atemberaubenden Schönheitsmal, das rund und niedlich deine rechte Pobacke ziert. Was würde ich jetzt nicht alles dafür geben, um dieses klitzekleine Schönheitsmal küssen und danach mit dir Liebe machen zu dürfen, was würde ich jetzt nicht alles dafür geben, um dir gute Nacht sagen und Arm in Arm mit dir einschlafen zu dürfen. Ich vermisse dich, Stella, ich vermisse dich so sehr!

Wohin nur ist all der Elan und all unser sexuelles Begehren von damals verflossen; wohin, frage ich dich, Stella? Hast du eine Antwort? Bilder wie aus einem anderen Leben, wie aus einer anderen Zeit, die sich jetzt mit den traurigen Nachbildern unserer letzten Monate in Berlin vermischen. Welch ein Gegensatz und Kontrast! – dort, in Paris, noch so hungrig, schwungvoll und verspielt und später, in Berlin, so leergelebt und müde, so unglaublich leergelebt und müde. Nach fünf Jahren hatten wir ausgespielt: Da war keine Neugierde, keine Entdeckungslust und kein Zauber mehr! Unsere Augen waren abgestumpft, im Bett, sofern wir überhaupt noch miteinander ins Bett gingen, hat es auch nicht mehr geklappt und der Rest war nur noch Langeweile, Routine und Überdruss. Ja, zum Ende hin waren wir nur noch kraftlos und abwesend. Gewiss haben wir uns noch geliebt und doch ist es uns nicht gelungen, diese Liebe im Alltag zu verkörpern. So konnte es nicht weitergehen! Wir mussten uns trennen und diese Atempause, die wir uns verschrieben haben, war möglicherweise unsere einzige Chance, sozusagen unser letzter Strohhalm, um nicht endgültig aneinander zu verzweifeln! Doch drei Jahre sind ein langer Zeitraum, ein mir momentan sogar unendlich vorkommender Zeitraum. Was wird mit uns in diesen drei Jahren geschehen? Wie werden wir uns verändern? Ach Stella, werden wir uns vergessen, werden wir in drei Jahren nur noch eine vage Erinnerung für uns darstellen, die unser beider Herzen rührt, aber nicht mehr bewegt? Ich für meinen Teil glaube jedenfalls an uns, ich glaube, trotz aller Fehlschläge und Demütigungen, immer noch an unsere Liebe!

Adieu, einziggeliebte Stella.
Fühle dich umarmt, fühle dich geküsst, fühle dich geliebt!

Immer noch Dein Malik!

Dritter Brief

Atopos, Donnerstag, den 3. Dezember 2003

Das graue und graue und tiefgraue Nebelmeer des Novembers ist in den Dezember hinüber geschwappt und will und will und will der Sonne einfach nicht weichen. Bleischwer und nasskalt hängt der Nebel seit Wochen über der Stadt und mir ist, als ob die Nebelschwaden mein ohnehin schon farbloses Herz zunehmend verfinstern. Der Himmel über Atopos mit seiner stählernen Wolkendecke wird zum Geschichtenerzähler, erzählt mir Geschichten von schwermütigen Trennungen und tief greifenden Ängsten, in denen ich mich zurzeit verliere.

Doch nicht nur das trübe Wetter, sondern auch das neue Land, die fremde Sprache und die unbekannte Stadt verstärken in mir jene Gefühle der Hilflosigkeit und Entwirklichung, die mich momentan bedrohen, mich ängstigen und ab und zu erschauern lassen. Die Stadt spricht noch nicht zu mir, lässt mich allein, zeigt mir ihre kalte Schulter, überfordert mich mit all ihrem Lärm, ihrer Tatkraft und ihrer viel zu lebhaften millionenfachen Geschäftigkeit. Manchmal, im Schatten der Wolkenkratzer, ist da ein leichtes Frösteln, manchmal, im Schatten der Wolkenkratzer, sehe ich in den stets blank polierten Glasfassaden der Innenstadt nur mich, erkenne ich nur mein Spiegelbild, das mich auslacht und boshaft mit dem Finger auf mich zeigt. Entfremdet in dieser zivilisationsumrauschten Metropole und alles so zerstreut und zerfetzt: Die Metro schwebt, die Nachtflugzeuge blinken, die Straßenbahn knirscht, die Busse rattern, die Scheinwerfer der Autos blenden, die Polizeisirenen dröhnen und all die anders aussehenden Gesichter huschen wie unheilvolle Gespenster an mir vorüber. Ich bin unsicher und schwankend, mir fehlt ein Filter, ein Gedankenfilter, mit dem ich all die neuen Eindrücke und Emotionen sortieren könnte, die mich ohne Unterlass bestürmen. Da ist auch keine Alltagsroutine, die mich auffängt, keine Freunde, die mich bestärken, keine vertrauten Wiederholungen, in denen ich mich geborgen fühlen könnte und keine Liebe, insbesondere keine Liebe, die mich hält und beschützt. Ich fühle mich verflüssigt, bin fahrig, bin unkonzentriert, weiß weder wer ich bin noch wohin ich möchte.

Ich empfinde mich tatsächlich wie eines jener unförmigen und missgestalteten Kugelwesen aus dem Theaterstück, die fern von ihrer getrennten Hälfte wieder lernen müssen, auf ihren eigenen zwei Beinen zu stehen. Durch unsere fünfjährige Beziehung wurde ich von mir selbst entwöhnt – ja, ich glaube, das ist der treffende Ausdruck: Ich wurde von mir selbst entwöhnt. Wir hatten uns angepasst, geliebte Stella, waren ein eingespieltes Paar, unser Leben hatte einen Zeitplan, quasi ein über die Jahre hinweg organisch gewachsenes Koordinatensystem, das uns ewige Sicherheit suggerierte. In Berlin konnte ich mich noch Tag für Tag an deine Seite schmiegen, mich an deiner Körperwärme besänftigen, meine Fehler durch dich ausgleichen und meine innere Unruhe im Angesicht deiner mich liebevoll umfassenden Augen vergessen. Du bist ein Teil meines Wesens geworden, hast dich tief in mein Dasein eingraviert und nun, ohne deine beschwichtigende Anwesenheit, fällt es mir schwer, erneut jemand Einzelner zu sein. Die Selbstverständlichkeit, mit der ich in den letzten Jahren an deiner Seite gelebt habe, hat einen gewaltigen Riss bekommen und hinter diesem Riss lauert die Dunkelheit und Gefahr, lauert meine Dunkelheit und meine Gefahr, lauert die Quelle meiner Angst, der ich noch nicht ruhig und gefestigt entgegen treten kann. Umwoben von kleinen und großen Dämonen, die meiner Seele die Angst vor der Angst einflüstern, umwoben von kleinen und großen Dämonen, die mich als überflüssiges Nichts beschimpfen und mir schadenfroh die Frage nach dem Sinn des Lebens stellen, muss ich das Alleinsein wieder erlernen.

Ist es nicht widersinnig, dass ich jetzt, da ich endlich frei bin, kaum weiß, was ich mit dieser Freiheit – die ich in Berlin noch so sehr ersehnt hatte – anfangen soll. Gut, ich gehe viel spazieren, entdecke die neue Stadt, versuche mich einzuleben, kümmere mich um mein Herz und meine Seele, verarbeite meinen Trennungsschmerz und lese viel, lese endlich jene Bücher, für die ich in Berlin nie Zeit hatte und dennoch scheint mir alles – bis auf die Briefe, die ich dir schreibe – irgendwie ungereimt, töricht und sinnlos zu sein. Obgleich ich diese Briefe niemals abschicken werde, obgleich du diese Briefe also niemals zu Gesicht bekommen wirst, helfen sie mir immerhin dabei, meine Ängste zu überwinden und meinen Realitätsverlust etwas abzuschwächen. Ich brauche diese Briefe, um mich dir nahe zu fühlen, brauche diese Briefe, um dich wenigstens als phantasierte Gesprächspartnerin zu erhalten, brauche diese Briefe, um dich in meinem Herzen zu bewahren.

Wie dem auch sei: Schlaf gut und träume etwas Schönes!

Dein Malik!

Vierter Brief

Atopos, Samstag, den 12. Dezember 2003

Gestern habe ich von dir geträumt und es war kein schöner Traum! Ein abgedunkeltes Zimmer, weinrote Samtvorhänge und hellicht flackernde Kerzen. Ich saß nackt auf einem Stuhl. Du hattest ein schwarzes Abendkleid mit einem tiefen Ausschnitt an, mit einem Ausschnitt, der bis in die Bucht zwischen deinen Brüsten reichte. Du kamst lächelnd auf mich zu, strichst mir zärtlich über das Haar und gabst mir einen liebevollen Kuss auf die Stirn. Danach fingst du damit an, mir mit einem Seil die Hände hinter der Rückenlehne des Stuhls zu verbinden. Ich fragte dich, was das soll, fragte dich mit verständnisloser Stimme, warum du meinen Körper an diesen Stuhl fesselst – doch statt mir zu antworten hast du mich, indem du deinen Zeigefinger senkrecht vor den Mund führtest, zum Stillschweigen aufgefordert. Meine Beine, Hände, meine Brust und mein Hals wurden von dir unerbittlich an den Stuhl gefesselt. Ich konnte mich nicht mehr bewegen, war dir ausgeliefert und just in dem Augenblick, in dem ich dich abermals fragen wollte, was du mit dieser Aktion bezweckst, hast du mir gewaltsam ein giftgrünes Halstuch in den Mund gesteckt. Verstört blickte ich in deine grünbraunen Augen und entdeckte dort ein kurzes, blitzartiges Aufleuchten von Rachegelüsten, das mir Angst machte.

Ein fremder Mann betrat das Zimmer: kurzes naturblondes Haar, große Hände, schimmernd blaue Augenfarbe und ein ebenmäßiges, feingliedriges sowie jugendliches Gesicht. Abgesehen von einer schwarzen Bundfaltenhose und einer blauweiß gestreiften Fliege um den Hals, trug der schöne Unbekannte nichts. Er war größer als ich, vielleicht so um die 1.90, sein Oberkörper war glatt und muskulös und seine Schulter breit und kräftig. Langsam ging er auf dich zu und küsste dich oberhalb deines Schlüsselbeins, küsste dich genau in jener Mulde zwischen Schlüsselbein und Halsansatz, von der ich weiß, dass sie eine jener Zonen ist, die dich wie kaum eine andere erotisch erregt. Er ließ sich viel Zeit, glitt bedächtig auf deinem Körper entlang, streifte dir dein Abendkleid behutsam von den Schulterblättern und liebkoste deine weiche Haut mit zart hin gehauchten Küssen. Ich war wütend, wollte diesem bizarrem Schauspiel nicht zusehen, wollte mich vom Stuhl loslösen – doch alles Drücken und Winden half nichts: ich konnte mich nicht rühren, war machtlos, war deiner Willkür ausgeliefert!

Er öffnete geschickt deinen Büstenhalter, streifte geschmeidig deinen Slip die Beine hinab, kniete sich nieder und umspielte mit seiner Zunge deine Klitoris. Du warst feucht, du warst erregt, du warst voller Verlangen. Dann knietest du im Kerzenschein vor ihm nieder, hast seinen Gürtel geöffnet, seine Hose ausgezogen, sein mächtig aufgerichtetes Glied in deinen Mund genommen und während du genüsslich seinen Schwanz zwischen deinen Lippen auf- und abgleiten ließest, hast du mich beobachtet, hast du niederträchtig und spöttisch meine Augen nach Anzeichen von Leid und Qual abgesucht. Ich wollte wegsehen, wollte meine Augenlider verschließen, doch auch dies sollte mir nicht gelingen, da meine Augen im Traum durch Wäscheklammern gewaltsam offen gehalten wurden.

Ihr ließt euch auf das Bett fallen. Er drang in dich ein. Du lagst unter ihm und dein sinnliches Stöhnen zerfetzte mein Hören, zerfetzte mein Herz. Eure Bewegungen waren harmonisch und eure Körper waren in Lustschweiß gebadet.

Dann du oben, auf ihm reitend, immer schneller, deinem Orgasmus entgegen hechelnd und diesen schließlich auch wollüstig erreichend. Hass stieg in mir auf; ich wollte dich schlagen, dich anspucken, wollte dich als Hure und Schlampe beschimpfen. Vergeblich ruckte ich zum wiederholten Male mit all meiner Kraft am Stuhl. Ich war dein Gefangener, war dir ausgeliefert, musste mir nach wie vor diese krankhafte, obszöne und infame Vorführung von dir gefallen lassen.

Nach einer kurzen Pause nahm er dich im Stehen von hinten und du schienst dich in geradezu grandiosen Orgasmen zuckend aufzulösen. Er spritzte seinen Samen in dich hinein und küsste danach dein Schönheitsmal, jenes Schönheitsmal auf deiner rechten Pobacke, das früher allein mir vorbehalten war. Ich wollte kotzen, wollte mich übergeben, unterdessen ihr eng umschlungen und selig erschöpft auf dem schneeweißen Perserteppich ruhtet.

Später noch ein dritter Geschlechtsakt zwischen dir und dem schönen Fremden. Erneut drang er von hinten in dich ein. Wie eine Hündin hast du dich auf deinen Beinen und Armen abgestützt und ihm unterwürfig deinen Hintern feilgeboten. Die ganze Zeit über sahst du mich an, ließt mich nicht aus den Augen – unerbittlich blicktest du mir, währenddessen er dich weiterhin von hinten bearbeitete, in die Augen, blicktest du mir gefühlskalt und lieblos bis auf den Grund meines Herzens und mir war, als ob deine Augen sprechen könnten, als ob deine Augen abgebrüht und gebieterisch die folgenden Wörter formulierten: „Schau her, du Schlappschwanz, so wird das gemacht! Siehst du das, siehst du, wie sexy und geil ich sein kann. Schau genau hin, du elender Versager, schau hin, du, der mich nicht mehr begehrte."

Ein stummer, zorniger Inschrei stieg in mir ohne Widerhall auf – ich spürte, wie ein wutentbrannter Wahnsinn unaufhaltsam näher an mein Ich heranrückte und mir wild gestikulierend damit drohte, mich endgültig auszulöschen. Kurz bevor dieser Wahnsinn jedoch meine Seele erreichte, erwachte ich würgend und versuchte verzweifelt jenes giftgrüne Halstuch aus meinem Mund zu ziehen, welches jetzt, in der Wachwelt, beruhigender Weise nur noch ein gegenstandsloses Nachbild meines Alptraumes war.

Schlaf besser als ich, du unbarmherzige Traumbetrügerin!

Fünfter Brief

Atopos, den 22. und 23. Dezember 2003

Und jetzt auch noch Weihnachten; und jetzt auch noch das Fest der Liebe!

Die Menschen fahren weg, fahren aufs Land zu ihren Familien und Verwandten, fahren zu ihren Müttern, Vätern und Geschwistern, während ich hier, fern von dir und meinen Freunden, in dieser mir noch allzu fremden Stadt an meiner Einsamkeit ersticke.

Allerorts freie Parkplätze, wo ansonsten sich ein Auto neben das andere reiht und auch in der Metro plötzlich kein Gedränge und Geschiebe mehr. Die Restaurants und Bars, so sie denn überhaupt noch öffnen, sind nur spärlich besetzt; die Gehwege quellen nicht mehr vor Passanten über und in den Schaufensterscheiben erblickt man immer häufiger die Schilder: *Über die Weihnachtsfeiertage geschlossen! Wir wünschen Ihnen ein besinnliches und frohes Fest!* Und dann erst noch all die Weihnachtsdekorationen der Dagebliebenen, all die bunten Lichterketten auf den Balkonen, die schimmernden Sternschnuppen in den Fenstern und die festlich geschmückten Weihnachtsbäume in den Erkern der Stadthäuser, die mich auf Schritt und Tritt daran erinnern, dass da niemand ist, mit dem ich Weihnachten feiern könnte. Ach Stella, hundertfach habe ich in den letzten paar Tagen meinen Umzug nach Atopos bereut und verflucht! Ich fühle mich so abgesondert, vereinsamt und gottverlassen und habe nicht den blassesten Schimmer, wie ich die nahenden Weihnachtsfeiertage einigermaßen würdevoll überstehen kann. Meine einzige Taktik besteht zurzeit darin, mich wie ein Tier tot zu stellen, um damit dem vermeintlichen Feind zu signalisieren, dass jeder Angriff überflüssig ist, da ich mich nicht mehr wehren werde. Ich rauche und trinke mehr denn je; halte mich an den Zigaretten fest und ertränke mit dem Alkohol meine Angst vor dem Alleinsein. Wer ist eigentlich dieser Feind, vor dem ich mich tot stelle? Ist es das zerplatzte Glück, die zerronnene Liebe, die Sinnlosigkeit des Lebens oder gar die Angst vor dem Tod? Wo bist du, Stella? Bist du über Weihnachten zu deiner Mutter nach Hamburg gefahren? Wie geht es dir? Wo ist dieses Herz, wo ist dein vielgeliebtes Herz, indem ich mich jahrelang heimisch fühlte? Warum nur haben wir uns aus unserer Liebe vertrieben, Stella? Warum nur?

In Goethes Maximen und Reflexionen habe ich kürzlich einen Satz gefunden, der meine augenblickliche Lage ganz gut beschreibt:

In jeder großen Trennung liegt ein Keim von Wahnsinn; man hüte sich davor, ihn nachdenklich auszubrüten und zu pflegen.

Mein Wahnsinn liegt im Realitätsverlust, liegt im Detail des Zusammenbruchs der gewohnten Ordnung. Alles wird plötzlich wieder in Frage gestellt: Wer bin ich? Wer war ich? Wohin gehe ich? Habe ich wirklich geliebt? Was will ich vom Leben? Die großen Fragen, die zwar nie gelöst, aber von denen man immerhin angenommen hatte, dass sie durch die Lebenserfahrung ein wenig besänftigt und beruhigt seien, melden sich nunmehr im Dunstkreis des Scheiterns, unnachgiebig und gnadenlos mit aller Wucht zurück. Da gibt es kein Entkommen oder besser gesagt: Ich sehe momentan keine andere Lösung, als mich diesen Fragen zu stellen. Es hilft doch nichts, lebenslang vor sich und der Welt zu fliehen. Das kann doch nicht der Sinn des Lebens sein? Was für ein hochtrabender Ausdruck der Sinn des Lebens doch ist. Eigentlich meine ich damit nur: Mit sich und der

Welt einverstanden zu sein. Ich weiß auch nicht, Stella, aber unsere Trennung stellt Fragen an mich, die ich nicht einfach wegschieben oder überspielen kann! Dennoch sollte ich mir Goethes Maxime noch viel mehr zu Herzen nehmen! Selbstverständlich ist es idiotisch, seinen Wahnsinn solange auszubrüten und zu pflegen, bis man wahrhaftig wahnsinnig geworden und zu nichts mehr zu gebrauchen ist. Was ist der Wahnsinn auch anderes als eine Flucht vor der Realität! Davor muss und will ich mich hüten, das ist mir schon klar; nur wie, das weiß ich noch nicht!

Seinen Wahnsinn also nicht auszubrüten und zu pflegen; allein, wie soll das gehen? Soll ich dich einfach vergessen und aus meinem Herzen verbannen, soll ich unsere Geschichte, unser gemeinsam verbrachtes Leben verneinen und verdrängen, soll ich all die schönen und traurigen Bilder der vergangenen Jahre aus meinem Gedächtnis streichen, soll ich also all diese Bilder, die doch zu einem Teil meines Selbstverständnisses geworden sind, durch die Kraft meines Verstandes in meinem Herzen vernichten? – Nein, dazu fühle ich mich nicht in der Lage, dazu fehlt mir momentan noch die Kraft. Lieber leide ich noch ein wenig mehr, als dich völlig zu verlieren. Ich brauche dich und diese Briefe! Verstehst du, vielgeliebte Stella, solange ich dir schreibe, bist du real, bleibst du anwesend, haben wir uns nur bedingt verlassen. Aber das ist ja das Problem, denn sind es nicht die Briefe, in denen ich meinen Wahnsinn ausbrüte und pflege? Vielleicht ist hier ja der Punkt, an der Goethes Maxime wirken sollte: Möglicherweise sollte ich mir für die Zukunft vornehmen, meine Briefe als ein Art Tagebuch zu begreifen, indem das Du der Briefform es mir erlaubt und ermöglicht, dir nicht fern und mir nicht allzu nahe zu sein; dich also zu behalten, indem ich dir schreibe und nicht, indem ich mich verliere;

dich also als geistige Gesprächspartnerin nicht dafür zu missbrauchen, um meinen Wahnsinn auszubrüten, sondern ganz im Gegenteil die Briefe dazu nutzen, um mich vor meinen Abgründen zu bewahren. Geht das?
Es ist spät geworden, ich kann kaum mehr einen klaren Gedanken fassen und bin verwirrt!

Ich wünsche dir jedenfalls ein schönes Weihnachtsfest!
Fühle dich umarmt, geküsst und geliebt!

Dein Malik

Sechster Brief

Atopos, den 5. bis 7. Januar 2004

Allen guten Vorsätzen zum Trotz habe ich mich in den letzten paar Tagen und Wochen ein ums andere Mal in meinen Schmerzlabyrinthen verlaufen. Fern von dir bin ich zuweilen ganz Herzruine, bin ich zuweilen nur ein mickriger Schatten meiner selbst. Wie gern würde ich dir davon berichten, dass ich stark und gefestigt bin, dass mein Herz lacht und meine Seele nicht weint. Allein, es wäre ein Lüge!

Am Heiligabend bin ich ziel- und gedankenlos durch die Stadt geirrt. Ausgeschlossen von den glanzhellen Lichtern der Wohnfenster, hinter denen Weihnachtslieder gesungen und Geschenke ausgepackt wurden, fühlte ich mich schutzlos der Dunkelheit meiner Seele übergeben. Unruhig lief ich, während tiefschwarze Drohbilder mein Innerstes unnachgiebig umklammerten, von einer Bar zur nächsten und trank Unmengen von Whisky, um durch die Wirkung des Alkohols, jene mich bedrängenden Seelenbilder zu betäuben. Nach ein paar Gläsern entspannte ich mich ein wenig, vernahm beim Gang zur nächsten Kneipe die überlauten Glockenschläge eines Doms, sah, wie einige Menschen sich auf die hell erleuchtete Kuppel zu bewegten und schloss mich diesen einfach an.

Obgleich ich, wie du weißt, keiner Religionsgemeinschaft angehöre, betrat ich die Kirche demütig und mit Ehrfurcht. Ein ununterbrochener Strom festlich gekleideter Menschengruppen überschwemmte die Gänge und Sitzreihen mit ihrem Geflüster und Gelächter. Ich nahm auf einer der hintersten Holzbänke Platz und fragte mich erstaunt, was ich hier, im Kreise all dieser Gläubigen, zu suchen hatte. Prunkvolle Kronleuchter erhellten das Kirchenschiff mit ihrem gleißendem Licht, unterdessen die riesigen Säulen, die reich verzierten Mosaikfenster und die imposante Höhe des Kreuzgewölbes, in mir ein Gefühl von Größe und Erhabenheit hinterließen. Ich wehrte mich nicht, war offen, ließ alles geschehen, las die Sprüche der Evangelisten an den Seitenwänden, tauchte in das Bild des gekreuzigten Jesu ein und fand, im Angesicht all seiner Qualen und all seines Leids, zu meiner eigenen Seelenruhe zurück.

Darüber hinaus sah ich an den Decken und Wänden unzählige Engelsbilder mit unschuldig kindlichen Gesichtern sowie anmutig musizierende Engelsfiguren mit himmelweißen Flügeln, die gütig auf mich hernieder blickten. Es war, als ob sie mir sagen wollten: „Schau, du kleiner Erdenwurm: Es gibt Glück und Hoffnung und Liebe. Schau, du musst nur richtig hinsehen, dann wirst du erkennen, dann wirst du begreifen, dass es Glück und Hoffnung und Liebe gibt." Ich spürte, wie sich mein Herz und meine Seele weiteten und für einen kurzen Zeitraum war ich tatsächlich von all meinen Sorgen und Ängsten befreit und erlöst.

Die Orgel setzte ein, die Menschen verstummten, der Priester betrat die Kanzel. Ein paar einleitende Worte zur Abendmesse und dann der Chor, die anhebenden Stimmen, die ersten heiligen Lieder – welch ein erhebender und beglückender Gesang, Stella, welch ein unvergleichlich schöner und himmlischer Gesang, den ich mit leiser und zaghafter Stimme begleitete. Im gemeinsamen Singen empfand ich mich verbunden, aufgehoben, heimisch, wurde ich unvermittelt zu einem Teil einer größeren Gemeinschaft, die mich von der

Last meines Ichs enthob. Ein tiefes Glück durchströmte mein Herz, das sich jedoch, nach dem der Gesang verklungen war, erneut in Unbehagen und Melancholie verwandelte. Nichts wirkte mehr: die Engel blieben sprachlos, Jesus war nur noch ein gewöhnlicher toter Mann und die Größe und Erhabenheit der sakralen Architektur, die mich gerade noch verzaubert und bestärkt hatte, schien mir jetzt die Luft zum Atmen zu nehmen. Ich fühlte mich eingesperrt, wurde nervös, konnte die Stumpfsinnigkeit der Priesterworte nicht mehr ertragen und verließ, noch während der Predigt, fluchtartig den Dom.

Seit unserer Trennung leide ich unter diesen sich im Minutentakt ablösenden Hochs und Tiefs, quälen mich diese rätselhaften Stimmungsschwankungen, die ich scheinbar weder beeinflussen noch korrigieren kann. Jedenfalls bin ich danach wieder in eine Bar gegangen. Was für ein Kontrast: dort, in der Kirche, noch singende Familien, andächtig betende Menschen, erleuchtete Herzen und sanftmütige Seelen und hier, in der Kneipe, stinkender Zigarettenqualm, ausdruckslose Gesichter, niedergebeugte Körper und verbitterte Augen! Ich setzte mich auf einen Barhocker, bestellte ein Bier, zündete mir eine Zigarette an und dachte an nichts. Die anderen Gäste, ausnahmslos Männer, schienen das Gleiche wie ich zu tun: Ein jeder starrte trübselig in sein Glas, betrank sich so schnell er nur konnte und wollte nichts von sich und der Welt wissen. Ungeachtet des Alleinseins, gab es jedoch auch in der Bar, ebenso wie im Dom, ein Gefühl der Gemeinschaft, das allerdings anders als in der Kirche auf der Trostlosigkeit des Seins gründete. Diese morbide Gemeinschaft schien meinem Seelenzustand zu entsprechen; aller Illusionen beraubt konnte ich wieder tief ein- und ausatmen, konnte ich mich wieder unbeobachtet hängen lassen und mich zwanglos meiner Trauer übergeben. Nach weiß der Teufel wie vielen Drinks verließ ich im Morgengrauen völlig betrunken die Bar. Auf dem Heimweg fühlte ich mich erbärmlich und hundsmiserabel und als ich schließlich zu Hause in meinem Bett lag, drehte sich alles in meinem Kopf. Ich stand auf und musste minutenlang in die Toilettenschüssel kotzen – immerhin war es die Toilettenschüssel! Danach schlief ich ein. Das war mein Heiliger Abend, Stella, das war mein beschissener Heiligabend!

Die folgenden Tage gestalteten sich nicht viel angenehmer. Ich fuhr mit den öffentlichen Verkehrsmitteln kreuz und quer durch die Stadt, suchte verzweifelt nach einem Muster in der Außenwelt, das mich wieder aufrichtet und stabilisiert; fahndete unermüdlich nach einem wie auch immer gearteten Ordnungsprinzip, das meinem Ich wieder einen Halt und meiner Seele eine Form geben sollte. Ebenso reiste ich kreuz und quer durch meine Innenwelt, suchte in meinem Verstand, meinem Herzen und meiner Erinnerung nach reinigenden und klärenden Bildern, die mich besänftigen und beruhigen sollten. Doch all meine Reisen waren erfolglos; alles was ich sah und dachte blieb bruchstückhaft, ließ sich nicht verbinden, sträubte sich gegen jedwedes harmonisierendes Ordnungsprinzip; die Bilder und Gedanken verharrten einfach in ihrer ungereimten Widersprüchlichkeit, ließen sich von mir zu keiner Einheit Zusammendenken, lagen zerstreut in und vor mir herum, ohne dass es mir gelang, ein bejahendes Miteinanderwirken in all diesem Chaos aufzudecken.

An Silvester habe ich mich, umgeben von Krachern, bunten Papierstreifen und grölenden Menschen, mal wieder hemmungslos in irgendeiner billigen Kneipe betrunken. Apropos Silvester: Alles Gute für 2004, vielgeliebte Stella; Alles Gute zum Neuen Jahr! Hast du ein paar Wünsche, die du im neuen Jahr verwirklichen möchtest? Meine Neujahrsvorsätze sind diesmal eher kläglich ausgefallen. Weißt du, Stella, an manchen Tagen möchte ich einfach nur daliegen: formlos, tot, gerade noch atmend, mich selbst bedauernd. Daliegen wie jener Gregor Samsa aus Kafkas *Verwandlung*: bewegungslos, nicht aufstehen können, abhängig sein, keinen eignen Willen mehr besitzen, einfach nur daliegen oder mich in einer Bar verflüssigen, mein Denken, meinen Körper und meine Seele durch Alkohol in etwas Weiches und Nachgebendes verflüssigen – nicht mehr hart sein, keinen Widerstand mehr leisten, mich einfach fließend an das Leben hingeben. Und dann gibt es wiederum andere Tage, an denen ich mich aufraffen, rühren und bewegen möchte, Tage, an denen ich überzeugt davon bin, dass all dieses Nachsinnen und Grübeln zu nichts führt und ich mir endlich einen Job besorgen sollte, Tage, an denen ich beschließe, an mir zu arbeiten, Tage, an denen ich denke, dass ich mein Herz, meine Seele, meine Persönlichkeit und meinen Charakter – ganz so wie ein Bildhauer seinen Stein oder Marmor – zu einer schönen Form umgestalten und modellieren sollte. Denn eines ist klar: Ich muss ein anderer werden! Ich möchte nicht mehr so verkrampft, verbissen, strebsam und vernünftig wie in Berlin sein, möchte nicht mehr so traurig und melancholisch wie in den letzten Monaten in Atopos sein – nein, die Welt, mein Bewusstsein und meine Gefühle dürfen keinesfalls so bleiben wie sie sind. Sie brauchen eine neue Bedeutung, ein anderes Sehen, eine fröhlichere und selbstgenügsamere Form! Ach Stella, was ich nicht alles möchte! Wie dem auch sei: Schlaf gut und träume etwas Schönes!

Adieu, vielgeliebte Stella!

Dein Malik!

Siebter Brief

Atopos, 10-12 Januar 2004

Vermutlich hat mich mein Kirchgang in der Heiligen Nacht dazu animiert, mal wieder in der Bibel zu blättern und zu lesen; habe mir also im Alten Testament mal wieder die Geschichten über Abraham, Kain und Abel, Noah und die Sintflut, Sodom und Gomorra, den Turmbau zu Babel und-so-weiter-und-so-fort zu Gemüte geführt, bis ich vor ein paar Tagen auf das Hohelied von König Salomo gestoßen bin. Kennst du das Hohelied, Stella, kennst du jene älteste Liebesdichtung aus dem Alten Testament, in der Mann und Frau im Wechselgesang sich lieben, suchen, finden und wiederum verlieren?

Höre und lausche, vielgeliebte Stella, höre und lausche, wie Mann und Frau sich begehren und verzaubern.

...
Schön bist du, meine Freundin,
ja, du bist schön.
Zwei Tauben sind deine Augen.
Schön bist du, mein Geliebter, verlockend.
Frisches Grün ist unser Lager.
...
Der Geliebte spricht zu mir:
Steh auf, meine Freundin,
meine Schöne, so komm doch!
Denn vorbei ist der Winter,
verrauscht der Regen.

Auf der Flur erscheinen die Blumen;
die Zeit zum Singen ist da.
...
Dein Gesicht lass mich sehen,
deine Stimme hören!
Denn süß ist deine Stimme,
lieblich dein Gesicht.
...
Der Geliebte ist mein
und ich bin sein;
er weidet in den Lilien.
Wenn der Tag verweht
und die Schatten wachsen,
komm du, mein Geliebter,
der Gazelle gleich,
dem jungen Hirsch
auf den Balsambergen.

Zwei frisch verliebte und eine erwachende Liebe, die nichts weiter will, als bei dem Auserwählten zu verweilen. Aber wird hier nicht schon der Keim für alles spätere Unheil in der Liebe gesät? Ist es nicht so, dass wir zu Anfang unseren Geliebten zu einem Heiligen verklären, der uns von all unseren Sorgen befreit, der wie ein Zauberer die Welt in eine phantastische Möglichkeit verwandelt und mit jeder seiner Gesten und Mienen, unser Herz rührt und unsere Seele entschweben lässt? Und ist es nicht so, dass wir später desillusioniert feststellen müssen, dass unser Geliebter kein Heiliger, sondern ein ganz profaner Mensch mit ganz gewöhnlichen Stärken und Schwächen ist? Wer kennt sie nicht, wer kennt nicht jene Begeisterung, Ekstase und Magie der ersten Wochen, welche die Liebe in uns herauf beschwört!

Doch sind es nicht genau jene berauschenden Gefühle, die uns später so viel Leid und Qual bescheren? Ist es nicht so, dass wir bewusst oder unbewusst, stets jenen Rausch und Zauber von der Liebe erwarten, den sie uns zu Beginn gewährt hat? Nur wie du allzu gut weißt, ist dies eine Sache der Unmöglichkeit, denn in der jahrelangen Anwesenheit, in der immerzu gleich tönenden Wiederholung des Alltags, verfliegt der Reiz des Neuen, verbraucht sich die Leidenschaft des Unbekannten schneller als man für gewöhnlich denkt! Doch nun weiter im Text, weiter mit dem Hohelied.

Des Nachts auf meinem Lager suchte ich ihn,
den meine Seele liebt.
Ich suchte ihn und fand ihn nicht.
Aufstehen will ich, die Stadt durchstreifen,
die Gassen und Plätze,
ihn suchen, den meine Seele liebt.
Ich suchte ihn und fand ihn nicht.
Mich fanden die Wächter
bei ihrer Runde durch die Stadt.
Habt ihr ihn gesehen,
den meine Seele liebt?

und später:

Ich öffnete meinem Geliebten:
Doch der Geliebte war weg, verschwunden.
Mir stockte der Atem: Er war weg.
Ich suchte ihn, ich fand ihn nicht.
Ich rief ihn, er antwortete nicht.
Da fanden mich die Wächter bei ihrer Runde durch die Stadt;
sie schlugen, sie verletzten mich.

Den Mantel entrissen sie mir,
die Wächter der Mauern.
Ich beschwöre euch, Jerusalems Töchter:
Wenn ihr meinen Geliebten findet, sagt ihm,
ich bin krank vor Liebe.

Ach Stella: Was für eine Sehnsucht, was für eine ungeheuerliches Verlangen nach dem Geliebten! Als ich diese Worte las, war es, als ob sie mir aus dem Herzen sprechen würden, denn auch ich bin manchmal krank vor Liebe, auch ich suchte auf meinen nächtlichen Spaziergängen jene, die meine Seele liebt; ich suchte dich in den Bars und in den Gassen der Stadt und fand dich nicht! Aber ist nicht auch diese Sehnsucht nur eine Art von Selbstbetrug, eine Wunschvorstellung, die mir weismachen möchte, dass es genügt, in deinen Armen zu liegen, um wieder glücklich und vergnügt zu sein? Es geht noch weiter, einziggeliebte Stella:

Verzaubert hast du mich,
meine Schwester Braut;
ja verzaubert
mit einem Blick deiner Augen,
mit einer Perle deiner Halskette.
Wie schön ist deine Liebe,
meine Schwester Braut;
wie viel süßer ist deine Liebe als Wein,
der Duft deiner Salben köstlicher als alle Balsamdüfte.
Von deinen Lippen, Braut, tropft Honig;
Milch und Honig ist unter deiner Zunge.
...

Nordwind, erwache! Südwind, herbei!
Durchweht meinen Garten,
lasst strömen die Balsamdüfte!

Mein Geliebter komme in seinen Garten
und esse von den köstlichen Früchten.
...
Freunde, esst und trinkt,
berauscht euch an der Liebe.
...
Wer ist, die da erscheint wie das Morgenrot,
wie der Mond so schön,
strahlend rein wie die Sonne,
prächtig wie Himmelsbilder?
...
Ich gehöre meinem Geliebten
und ihn verlangt nach mir.
Komm, mein Geliebter, wandern wir auf das Land,
schlafen wir in den Dörfern.
Früh wollen wir dann zu den Weinbergen gehen
und sehen, ob der Weinstock schon treibt,
ob die Rebenblüte sich öffnet,
ob die Granatbäume blühen.
Dort schenke ich dir meine Liebe.

Die Liebe als Ersatzreligion und der Götze, den wir anbeten, schimmert durch die Zeilen hindurch. Da ist doch das Paradies auf Erden, ich kann es spüren, es ist wahr, ich liebe dich, liebe das Leben, bin glücklich, bin erlöst. Wir vereinen uns im Takt der Leichtigkeit – entrückte Herzen, entschwebende Seelen und ein himmlischer Augenaufschlag, der mir die Liebe offenbart. Ich spüre deine samtweiche Haut, Stella, rieche den betörenden Duft deines Körpers und höre deine Stimme, höre diese sanfte Stimme, wie sie mir ein zärtliches „Guten Morgen" ins Ohr flüstert. Ich sehe dein Augenleuchten, blicke verzückt in dieses Augenleuchten hinein, das mein Herz erwärmt und meine Seele erleuchtet. Die Nachbilder wirken, Stella, die Nachbilder wirken: Du bist bereits bei der Arbeit und auf meiner Matratze finde ich ein langes schwarzes Haar von dir, das ich vorsichtig zwischen Daumen und Zeigefinger nehme. Minutenlang betrachte ich dieses eine Haar, meditiere ich mich durch das Haar in dein Herz hinein und bin überzeugt davon, dass uns nichts auf der Welt trennen kann, dass unsere Liebe niemals vergehen wird. Aber der Text weiß um die Gefahr, er weiß, dass mit der Erfüllung des Gewünschten, die Begierde und Sehnsucht nach dem Geliebten zwangsläufig sterben muss; er weiß, dass das, was wir uns oftmals im Leben am allermeisten wünschen, sich bei Verwirklichung im Nachhinein gegen uns kehrt, sich als Illusion erweist oder sich gar als unser Unglück herausstellt. Und da der Verfasser des Hoheliedes um all diese Gefahren und Risiken der gelebten Liebe weiß, lässt er beide nicht zusammen kommen, trennt er die Geliebten, bevor die Realität den Traum zerstören kann.

Ich beschwöre euch, Jerusalems Töchter:
Was stört ihr die Liebe auf,
warum weckt ihr sie,
ehe ihr selbst es gefällt?

und der letzte Satz:

Fort, fort, mein Geliebter,
der Gazelle gleich,
dem jungen Hirschen,
auf den Balsambergen!

Da ist sie, die unerfüllte Liebe, wie sie in Tausenden von Liedern und Büchern seither besungen und beschrieben wurde, möglicherweise die einzige Liebe, die lebenslang – da sie nie eingelöst wurde – ihr Feuer, ihre Glut und ihr Versprechen vom Paradies auf Erden halten kann. Es ist und bleibt der ewige Fluch der Liebe, jedenfalls der irdischen Liebe, dass sie sich nur in der Abwesenheit des Geliebten nicht erschöpfen kann. Denn eine abwesende Liebe bedeutet immerwährende Sehnsucht, ist immer nur versprochene Erfüllung, ist etwas, das seinen unwiderstehlichen Reiz eben darin hat, dass es nicht passiert. Obgleich sich die beiden aus dem Hohelied lieben, wie sich zwei Menschen nur lieben können, lässt der Verfasser ihre Liebe zu früh erwachen, denn nur der Wunsch, nur die Sehnsucht leuchtet ewig, nur in der Sehnsucht gibt es keine Ernüchterung, keine Entzauberung.

Ach Stella, haben nicht auch wir vor ein paar Monaten uns die Worte „Fort, fort, mein Geliebter" zugerufen, um uns wieder nach dem anderen sehnen zu dürfen? Wollen wir den Zauber der Liebe wieder entdecken, indem wir sie in das Reich der Phantasie und der Sehnsucht verbannen? Kann das gut gehen? Ich gebe ja zu, dass ich dich in der Ferne, nach nur wenigen Monaten, schon wieder mit ganz anderen Augen betrachte, womöglich erst jetzt damit beginne, dich wieder wahrhaftig zu lieben und zu begehren. Dennoch frage ich mich, was passieren wird, falls wir uns in Paris treffen, was nach den ersten Tagen der Wiedersehensfreude geschehen wird, frage ich mich, ob unsere Liebe dann abermals in der grausamen Monotonie des Alltags untergehen wird? Bedarf die Liebe, wie im Hohelied beschrieben, wirklich der Abwesenheit, bedarf sie der ewigen Sehnsucht, um nicht im Gegenwärtigen zu verhungern und zu verdursten? Aber was machen wir dann, Stella, was machen wir, die weder getrennt noch auf die kleinen und großen Gefühle der Liebe verzichten wollen? Ich begreife und begreife zugleich nichts! Gibt es denn kein Entrinnen aus diesem Teufelskreis? Muss denn jede Liebe irgendwann einmal sterben? Liegt es in der Natur der Liebe, dass sie nicht verweilen, dass sie nicht ewig dauern kann? Ist die gelebte Liebe ein Ding der Unmöglichkeit, die sich allein in der Sehnsucht wieder in etwas Vorstellbares, die sich allein in der Sehnsucht wieder in den Bereich des Möglichen zurück verwandelt? Ich verstehe und verstehe zugleich nichts!

Fühle dich umarmt, fühle dich geliebt
und Schlaf gut und träume etwas Schönes!

Dein Malik!

Achter Brief

Atopos, Mitte Januar bis Ende Februar 2004

Ich konnte dir – aus was weiß ich welchen Beweggründen – in den letzten paar Wochen keinen Brief schreiben und habe dir nunmehr, da du nicht ganz ohne Nachricht aus dieser Zeit bleiben sollst, eine Art Journal zusammengestellt, das sich aus meinen Beobachtungen, Lektüren, Reflexionen, Wünschen und Gedanken zusammensetzt, die ich in den vergangenen eineinhalb Monaten auf vielfältig verstreuten Schreibunterlagen (vom Kontoauszug bis zum Bierdeckel) notiert habe.

Donnerstag, 15. Januar

Winterzeit, Zeit der dick vermummten Menschen und im Bus eine beschlagene Fensterscheibe, auf die ich ein Herz mit unseren Namensinitialen S und M zeichne, um es daraufhin mit meinem Ärmel sofort wieder wegzuwischen.

Samstag, 17. Januar

Wie kann es geschehen, dass die Erinnerungen so anmutiger Augenblicke so ins Grausame schlagen? Und muss es sein, dass sie, wider ihre eigene Natur, nun nur dazu dienen, mein Herz tyrannisch zu behandeln?

(Die Briefe der Marianna Alcoforado)

Deine Worte und unsere Bilder klingen im Hier und Jetzt schmerzhaft nach!

Unten am Fluss eine weinende Frau; möglicherweise auch verlassen, möglicherweise auch gescheitert und in mir der Gedanke: „Wenigstens kannst du weinen."

Dienstag, 20. Januar

Rauchende Schornsteine, eisige Winterkälte und all die verlassenen, zugeschneiten Vogelnester in den Astgabelungen der Bäume.

Es ist noch kälter geworden. Mein Atemnebel ist mein ständiger Begleiter, ist der tägliche Beweis dafür, dass ich noch lebe.

Irgendwo in der Stadt ein Unfall zwischen zwei gelben Taxis – der eine Taxifahrer mit Turban und Vollbart, vermutlich aus Pakistan oder Bangladesch stammend und der andere ein Rastafari aus Jamaika. Sie beschimpfen sich in ihrem jeweiligen Akzent und werfen sich gegenseitig vor, gottverdammte Ausländer zu sein, die man unverzüglich aus Atopos rausschmeißen sollte.

Freitag, 23. Januar

Denn die Liebesdinge haben noch niemals genützt; man muss zufrieden sein, wenn sie nicht geschadet haben.

(Epikur)

Sonntag, 25. Januar

Die Herzen vom Zweifel umflüstert und all die ermordeten Wörter in ach wie vielen Gesprächen.

Das Medikament Liebe; aber schau auf den Beipackzettel, schau auf die Nebenwirkungen!

Mittwoch, 28. Januar

Beim Anblick des schmelzenden Schnees war mir, als ob sich mein Ich, genauso wie der Schnee, im Nichts des Asphalts auflösen würde.

Der Tod geht uns nichts an.
                              (Epikur)

Sonntag, 1. Februar

Magda und Antonio, meine aus Argentinien stammenden Nachbarn, streiten mal wieder. Spanische Flüche und Verwünschungen fliegen, durch die hellhörige Trennwand unserer Wohnungen, nahezu ungehindert in mein Zimmer hinein. Aufgeschreckt durch den elterlichen Disput stimmen ihre zwei kleinen Kinder Marcello und Maria in das Geschrei mit ein und ich denke: „Was würde ich jetzt dafür geben, mit dir streiten zu dürfen, während unsere Kinder (welche Kinder?) brüllen und jammern."

Dienstag, 3. Februar

Blick aus meinem Fenster: ein dunkles, untröstliches Licht, das mich zu nichts auffordert, das mich, ohne etwas von mir zu Verlangen, einfach sein lässt.

Nicht frieren, nicht traurig sein, nicht Angst haben!

Muss dein Bild wirklich sterben, damit ich wieder atmen, damit ich wieder leben kann?

Mittwoch, 4. Februar

Fehlgedanke: Jeder andere ist glücklicher als ich.

Donnerstag, 5. Februar

Eine tiefschwarze Krähe mit einer kantigen Buchecker in ihrem Schnabel, wie sie seelenruhig auf einer Straßenlaterne sitzt, während unter ihr der Großstadtverkehr lärmt und braust.

Eine junge Frau lächelt mich an, ein koketter Augenaufschlag und ich denke: „Oh nein, noch nicht jetzt! Möglicherweise nie wieder!"

Kristallklare Wintersterne und nicht weit von meiner Wohnung eine weiße Einkaufstüte, die bereits seit Tagen im kahlen Geäst einer Linde weht.

Freitag, 6. Februar
Mir ist kalt, mir ist sehr kalt!

Mannigfaltige Facetten von Winterschneeweiß, die sich mit den vielen Grautönen eines Februartages, zu einem heiter düsteren Bild vermischen.

Manchmal wie gefangen in der Sprachlosigkeit meiner Gefühle!

Samstag, 7. Februar

Ein plötzlicher Schrecken und Argwohn gegen Das, was sie liebte, ein Blitz von Verachtung gegen Das, was ihr Pflicht hieß, ein aufrührerisches, willkürliches, vulkanisch stoßendes Verlangen nach Wanderschaft, Fremde, Entfremdung, Erkältung, Ernüchterung, Vereisung, ein Hass auf die Liebe, vielleicht ein tempelschänderischer Griff und Blick rückwärts, dorthin, wo sie bis dahin anbetete und liebte, vielleicht eine Gluth der Scham über das, was sie eben that, und ein Frohlocken zugleich, dass sie es that, ein trunkenes inneres frohlockendes Schaudern, indem sich ein Sieg verräth – ein Sieg? über was? über wen? ein räthselhafter fragenreicher fragwürdiger Sieg, aber der erste Sieg immerhin: – dergleichen Schlimmes und Schmerzliches gehört zur Geschichte der großen Loslösung. Sie ist eine Krankheit zugleich, die den Menschen zerstören kann, dieser erste Ausbruch von Kraft und Willen zur Selbstbestimmung, Selbst-Werthsetzung, dieser Wille zum freien Willen: und wie viel Krankheit drückt sich an den wilden Versuchen und Seltsamkeiten aus, mit denen der Befreite, Losgelöste sich nunmehr seine Herrschaft über die Dinge zu beweisen sucht!
(Friedrich Nietzsche)

Dienstag, 10. Februar

Wetterleuchten in meinem Herzen und wo bleibt der Blitz, wo der Donner?

Niemand werden und dadurch jemand sein!

Mittwoch, 11. Februar

Jene Kunst zu leben, jene mit Abstand schwierigste aller Künste, die ich noch nicht beherrsche!

Wolkenspuren und Himmelsspuren und ein Flugzeug, das mich nicht mitnimmt.

Ich überlasse mich widerstandslos der Nacht, den Bars, dem Alkohol.

Fünf Uhr morgens und der Kellner sagt: „Wir schließen."

Freitag, 13. Februar

In der Stadt, zum wievielten Male, eine Frau erblickt, von der ich zunächst glaubte, dass du es warst.

Mit meinen Händen übermütig einen Schneeball geformt und ihn dann antriebslos einfach wieder fallen gelassen.

Sonntag, 15. Februar

Während Magda und Antonio sich mal wieder beschimpften, musste ich laut über sie lachen und jenes Lachen, das sie gewiss gehört hatten, beendete ihr allsonntägliches Gezanke und Gestreite.

Ich kann Lachen!

Vor vier Monaten habe ich dich zuletzt gesehen. Also noch 32 Monate bis Paris! – Wie langsam die Zeit doch vergeht.

Im Geist rupfe ich die Blätter einer Blume: Ich werde nach Paris kommen, du wirst nach Paris kommen, ich werde nicht nach Paris kommen, du wirst nicht nach Paris kommen, ich werde nach Paris kommen, du wirst nicht nach Paris kommen, ich werde nicht kommen, du wirst...

Dienstag, 17. Februar

Die dicken glasigen, an den Straßenlaternen und Hausdächern herabhängenden Eiszapfen wie Mordwerkzeuge, mit denen man ein Herz durchbohren könnte.

Du Liebesdiebin; ja, du Diebin der Liebe!

All diese Herz- und Seelenlähmungen; all diese verdammten Herz- und Seelenlähmungen!

Freitag, 20. Februar

Mehr Leben wagen; Tag für Tag ein wenig mehr Leben wagen!

Brauche ein Gespräch, brauche eine kurze Befreiung von meinem Ich!

Bitterkaltes Innenweltfrösteln, dem ich augenblicklich nichts entgegenzusetzen habe!

Samstag, 21. Februar

Verfluche nicht mich, sondern Eva, die einst vom verbotenen Apfel aß!

Was war unsere Liebe auch anderes als der Versuch, die Vertreibung aus dem Paradies zu leugnen!

Sonntag, 22. Februar

Dich gestern Nacht kaltblütig im Traum ermordet und dich heute dafür um so mehr geliebt!

Montag, 23. Februar

Da ich ihr Nahe war, träumte ich nie von ihr; jetzt aber in der Ferne sind wir im Traume zusammen; und sonderbar genug, seit ich andere liebenswürdige Personen hier in der Nachbarschaft kennen gelernt, jetzt erst erscheint mir ihr Bild im Traum, als wenn sie mir sagen wollte: sieh nur hin und her! du findest doch nicht Schöneres und Lieberes als mich!

(Goethe)

Dienstag, 24. Februar

Im dichten Schneegestöber flüchtet ein Mann überstürzt aus einem Straßencafé; zwei andere Männer im Nadelstreifenanzug verfolgen ihn mit gezückter Pistole. Drei überlaute Schüsse werden abgefeuert. Der Flüchtende fällt getroffen zu Boden. Ich habe Angst. Plötzlich ruft jemand „Cut!" und erst jetzt erkenne ich die Kameras, sehe ich die Mikrophone. Ich bleibe stehen und immer wieder die gleiche Szene, immer wieder der Flüchtende und seine Verfolger, die drei Schüsse und das Wort Cut. Das Leben wie in einer Wiederholungsschleife, denke ich, das Leben wie in einer unendlichen Wiederholungsschleife gefangen und dann doch mein Weitergehen!

Regieanweisung an mein Gedankenfieber: Stopp! Schnitt! Cut!

Die Wirklichkeit als Freund oder als Feind?

Stundenlang liege ich in meinem Bett, stundenlang liege ich wie tot in meinem Bett und bin auch noch überrascht darüber, dass nichts passiert.

Mittwoch, 25 Februar

Augenbetrübt, heute mal wieder augenbetrübt!

Schweig still, mein Herz, schweig still!

Manchmal bin ich phantasietot!

Donnerstag, 26. Februar

Wie steht es um meine Selbst-Ehe, wie steht es um jene merkwürdige Verbindung zwischen Ich und Mich? Achten wir uns noch, sind wir aufmerksam, hören wir uns noch zu, lieben wir uns – haben wir uns jemals geliebt?

Selbstaufforderung: Haltung, mein Freund, Haltung!

Ende der Aufzeichnungen.

Schlaf gut, einziggeliebte Stella und träume etwas Schönes!

Dein Malik!

Neunter Brief

Atopos, Mittwoch, den 3. März 2004

Alles Gute zum Geburtstag, vielgeliebte Stella, alles Gute zum Geburtstag!
Ich halte mal wieder ein Foto von dir in der Hand und erinnere mich an deinen Humor, deinen Charme und deine Lebensfreude, betrachte bereits seit Stunden dieses Foto und erinnere mich an deine Seelenwärme, deine Herzensgüte und an diese bezaubernden Lachfältchen am Rand deiner Augen, die ich jetzt so sehr vermisse. Ich fahre mit meiner Hand durch dein seidiges, schulterlanges schwarzes Haar, blicke dir verliebt in deine strahlend grünbraunen Augen, küsse deine zierlichen Füße, küsse jenes anmutige Schönheitsmal auf deinem Hintern, halte dich in meinen Armen, lausche dem Pochen deines Herzens und flüstere dir ein zärtliches „Ich liebe dich" ins Ohr.
Alles Gute zum Geburtstag, vielgeliebte Stella, alles Gute zum Geburtstag!
Es schneit: dichte federweiße Schneeflocken kräuseln sich den Himmel hinab – schneit es auch in Berlin, bist du überhaupt in Berlin? Hast du noch Kontakt zu deinen (unseren?) Freunden, hast du noch Kontakt zu Yvonne, Ralf, Katrin, Claudia und Juan? Und deine Mutter, beglückwünscht sie sich an deinem Geburtstag immer noch dazu, dich unter unvorstellbaren Schmerzen um Punkt 6.57 Uhr zur Welt gebracht zu haben. Und du, regst du dich immer noch so sehr über die Selbstverliebtheit deiner Mutter auf? Und wie geht es mit deiner Arbeit, wie läuft es im Architekturbüro?

Alles so vertraut, alles so unglaublich vertraut und doch gleichzeitig auch so fern, so unglaublich fern!

Alles Gute zum Geburtstag, vielgeliebte Stella, alles Gute zum Geburtstag!

Wie waren eigentlich die letzten Monate für dich? Hat dir unsere Trennung genauso zugesetzt wie mir; hast auch du manchmal den Boden unter den Füßen verloren, deine Gedanken nicht mehr ordnen können und dein Herz mit tausend sinnlosen Fragen gequält? Ach Stella, ich hatte mir überlegt, ob ich nicht einfach zu deinem Geburtstag nach Berlin reisen sollte. Hätte dir das gefallen oder wärst du wütend auf mich gewesen? Hättest du das gemocht, Stella, hast du innerlich möglicherweise sogar heimlich nur darauf gewartet, dass ich dich ohne Wenn und Aber einfach zurückerobere und dir damit bedingungslos meine Liebe beweise? Ich war drauf und dran abzureisen, doch dann kamen die Zweifel. Was, dachte ich, wenn du einen anderen Mann hast und was, wenn du dich noch ausprobieren musst, was also, wenn du noch nicht offen und bereit für mich wärest? Ich befürchtete, dass ich durch solch eine überstürzte Wiederkehr eventuell alles vermassele, dachte, dass du mir, da ich unser Abkommen einseitig gebrochen habe, vielleicht vorgeworfen hättest, dich nicht genügend zu achten und zu respektieren und malte mir auch noch aus, dass du mich dann vielleicht ablehnen, wegschicken und nicht mehr lieben würdest. Das wollte ich alles nicht riskieren und ganz abgesehen von der Ungewissheit hinsichtlich deiner Reaktion, erschien mir diese Reise nach Berlin keine gute Idee zu sein, da ich meine eigenen Fragen und Probleme kaum angekratzt, geschweige denn gelöst habe. Ja, ich brauche noch Zeit, ganz gewiss brauche ich noch viel Zeit!

Dennoch bin ich heute bei dir, bin dir ganz nahe, denke unaufhörlich an dich! Ich bin im Bad, im unserem Bad und sehe auf der Waschmaschine den Kristallflakon deines Parfüms, jenen Kristallflakon mit goldenen Intarsien, der, wie du mir erklärt hast, die Art-deco-Fassade des New Yorker Tiffany Geschäfts en miniature darstellt. Ich bin im Bad, in unserem Bad, rieche dein blumiges Parfüm, rieche dich, sehe dich duschen, höre dich singen, trockne deinen wunderschönen Körper ab. Ich zünde eine Kerze für dich an, trinke ein Glas Sekt auf dich, hauche einen Kuss auf deinen Nacken, gehe mit dir Hand in Hand durch die Stadt flanieren. Wir essen in einem guten Restaurant, wir lachen und erzählen uns Geschichten, schauen uns im Kino einen schönen Film an, amüsieren uns danach in einer Bar, schlendern nach Hause, legen uns nackt ins Bett, streicheln unsere Körper und vereinen uns schließlich in der besänftigenden Melodie unserer Liebe. Alles so vertraut, so unglaublich vertraut und doch gleichzeitig auch so fern, so unglaublich fern! Ach Stella, ich vermisse dich so sehr!

Alles Gute zum Geburtstag!
Mögen all deine Wünsche in Erfüllung gehen!
Ich umarme, küsse und liebe dich!

Dein Malik!

Zehnter Brief

Atopos, Sonntag, den 14. März 2004

Kaum ein Tag, an dem ich dich nicht vermisse und kaum eine Stunde, in der ich nicht an dich denke, vielgeliebte Stella, und dennoch fange ich mittlerweile damit an, mich an mein neues Leben zu gewöhnen. Ich füge mich – wenngleich meine bisherigen Briefe und Aufzeichnungen höchstwahrscheinlich einen anderen, einen verzweifelteren Eindruck auf dich gemacht haben dürften – langsam, ganz langsam, in die Stadt und mein neues Dasein ein.

In Little Italy gibt es ein kleines Café, in dem ich manchmal einen wirklich ausgezeichneten Espresso trinke. Die Kellner sprechen italienisch, im Fernseher läuft bisweilen ein Fußballspiel aus der Serie A, im Radio erklingen alte italienische Schlager und all das erinnert mich an Europa, erinnert mich an die vielen Sommerurlaube meiner Kindheit an der Adriaküste, erinnert mich an all die italienischen Pizzerias, Cafés und Eisdielen von Berlin und es sind eben jene Erinnerungen, die mir hier einen Hauch von Heimatgefühl und Geborgenheit vermitteln.

Im Zentrum der Stadt liegt die grüne Lunge von Atopos, ein riesiger Park mit künstlich angelegten Seen, kilometerlangen verschlungenen Waldwegen und prächtigen Baumalleen, in dem ich häufig spazieren gehe und, umwogen von der Stille der Natur, an so manch einem Tag eine innere Ruhe finde, die mein Denken entlüftet und mein Herz beschwichtigt.

Ab und zu fahre ich mit der Metro in das Karibische Viertel auf einen Wochenmarkt, dessen reichhaltiges Angebot an exotischen Früchten und Fischen – von denen ich einige noch nie zuvor in meinem Leben gesehen habe – mich ungemein fasziniert und begeistert. Bislang habe ich es allerdings noch nicht gewagt, mir einen dieser irgendwie gefährlich anmutenden Fische daheim zuzubereiten.

Im Süden, dort wo die Inder, Pakistanis und Bengalen wohnen, riecht es aus allen Ecken und Hauseingängen nach Curry. Die Frauen tragen farbenfrohe Saris und die Männer beten in ihren Geschäften fünfmal am Tag gen Mekka und im benachbarten Chinatown habe ich ein nettes Restaurant entdeckt, das gute Tofu- Gerichte in allen nur erdenklichen Variationen und zu fairen Preisen anbietet.

Sonntags pilgert, genauso wie ich, die Hälfte der Stadt in den Osten zu einem Flohmarkt, indem man einfach alles bekommt und einem zwielichtige Personen, unter der Hand, spottbillige Autoradios, CD-Spieler oder Laptops verkaufen, die vermutlich aus Diebstählen und Hauseinbrüchen ihren Weg auf den Markt gefunden haben.

Die Kassiererinnen im Supermarkt erkennen mich bereits als Stammkunden und die junge Verkäuferin beim Bäcker flirtet mit mir bei jedem Broteinkauf. Apropos Brot: Ich frage mich, warum in Atopos kein Bäcker dazu in der Lage scheint, ein anständiges Brot zu backen. Ihr Weißbrot – sie verkaufen nur Weißbrot – ist wie aus Luft gemacht, enthält keine Nährstoffe und schmeckt nach nichts. Kein Vergleich mit unserem geschmackvollen und knusprigen deutschen Brot. Glaub mir, Stella, wenn ich außer dir in dieser Stadt etwas vermisse, dann ist es unser Brot! Was würde ich nicht alles für ein zauberhaftes Sesambrot, ein dunkles festes Roggenbrot oder ein herzhaftes Mehrkornbrot geben!

Doch weiter mit der Stadt und ihren Menschen. Der Besitzer des kleinen Lebensmittelladens um die Ecke, bei dem ich mitunter ein paar Kleinigkeiten einkaufe, heißt Mahmud, ist Perser, floh vor 25 Jahren wegen der Islamischen Revolution des Ayatollah Chomeini nach Atopos und ist ein wirklich zuvorkommender und freundschaftlicher Mensch, mit dem ich stets ein kurzes Gespräch über Gott und die Welt führe.

Meine Nachbarn Magda und Antonio (du weißt schon, das sind die, die sich jeden Sonntag streiten), haben mich kürzlich zu einem Abendessen eingeladen. Es gab Lasagne und Chianti und ihre beiden Kinder Marcello und Maria haben mein Herz durch ihr unschuldiges Strahlen und ihre verspielte Ausgelassenheit geradezu im Sturm erobert. Es war ein unterhaltsamer und liebenswürdiger Abend, der mir ins Gedächtnis zurückgerufen hat, dass der Mensch nicht dazu erschaffen wurde, immerzu allein in seiner Kammer zu sitzen.

Abends gehe ich jetzt häufiger in eine Bar, die ungefähr fünfzehn Gehminuten von meiner Wohnung entfernt liegt. Die Bar heißt *Helsinki*, hat rund um die Uhr geöffnet und scheint, soweit ich das jedenfalls bis jetzt überblicken kann, Menschen aus den unterschiedlichsten sozialen Milieus anzuziehen. Mir gefällt das verrauchte, entspannte und etwas heruntergekommene Ambiente dieser Bar, von der man sagen kann, dass sie zu meiner Stammkneipe geworden ist.

Wie du aus all diesen Schnappschüssen ersehen kannst, ist es mir in den vergangenen paar Monaten gelungen, die Leere und das Fremdsein in dieser Stadt, in der alles ein wenig vielfältiger, chaotischer und lebendiger als in Berlin ist, allmählich zu überwinden. Mein Leben gewinnt wieder an Struktur und der Riss, den die Wirklichkeit durch unsere Trennung bekommen hat, jene klaffende Wunde, von der ich vor kurzem noch dachte, dass sie niemals verheilen würde, schließt sich Tag für Tag ein wenig mehr. Vor ein paar Wochen habe ich damit begonnen, mich nach einer Arbeit umzusehen. Ich habe bereits auch etwas ins Auge gefasst, das meinem Charakter und meiner Persönlichkeit jedoch so sehr widerspricht, dass ich es noch nicht wage, dir davon zu erzählen. Es ist eine ungewöhnliche, unanständige und zutiefst frivole, vielleicht sogar obszöne Arbeit, die mein bisheriges Sein vollkommen konterkarieren und dich möglicherweise kränken würde. Aber noch ist nichts entschieden!

Ansonsten lese ich momentan – da ich vermutlich durch unsere gescheiterte Beziehung das Gefühl bekommen habe, nichts über die rätselhaften Bewegungen des Herzens zu verstehen – etliche Ratgeber und Romane über die Liebe. Ich habe gerade damit begonnen, den Briefwechsel zwischen Abaelard und Heloisa zu lesen – der Anfang ist sehr vielversprechend! Was gibt es sonst noch zu berichten? Das Wetter in Atopos ist bedauerlicherweise genauso schlecht wie in Berlin. Seit Monaten nichts als grauer Himmel, Minustemperaturen, Eiseskälte und Schnee. Sogar jetzt noch, Mitte März, während ich dir schreibe, wehen vor meinem Fenster ein paar Mittagsschneeflocken den Himmel hinab. Du kannst dir gar nicht vorstellen, wie sehr ich den Frühling herbeisehne, von dem ich mir eine zusätzliche Belebung meiner Gemütszustände verspreche. Die Trennung, das neue Land, die fremde Stadt und die kalte Jahreszeit waren einfach zuviel für mich. Ich brauche ein bisschen mehr Wärme, ein wenig mehr Licht und ein kleines bisschen mehr Lebensfreude. Aber lange kann es mit dem Frühling ja nicht mehr dauern!

Für heute genug, vielgeliebte Stella, für heute soll es das also mal wieder gewesen sein!
Schlaf gut und träume etwas Schönes!

Dein Malik!

Elfter Brief

Atopos, Sonntag, den 21. März 2004

Ich stehe noch ganz unter dem Eindruck des Briefwechsels zwischen Abaelard und Heloisa, den ich erst gestern Nacht zu Ende gelesen habe. Was für eine tragische Liebesgeschichte, deren Worte aus dem frühen zwölften Jahrhundert, aus einer ferngerückten Zeit, über nahezu ein Jahrtausend hinweg, ihre Kraft und Wirkung bis zum heutigen Tage nicht verloren haben. Der Leidensweg von Abaelard und Heloisa ist eine wahre Geschichte, die ihren Auftakt dadurch nahm, dass Abaelard im Jahre 1117 – er war zu diesem Zeitpunkt bereits ein berühmter Theologe und Philosoph – beim Kanonikus Fulbert Hauslehrer von der damals noch jugendlichen Heloisa wurde. Doch anstatt sich mit ihr in Büchern zu verkriechen, verführt er die etwa zwanzig Jahre jüngere Heloisa zu einer leidenschaftlichen Liebesaffäre. Abaelard schreibt hierzu:

Was Fulbert dabei nichts Böses vermuten ließ, das war die Liebe zu seiner Nichte und der leider schon überholte gute Ruf meiner sittlichen Lebensführung. Ich kann es jetzt wohl kurz machen: der Hausgemeinschaft folgte die Herzensgemeinschaft! Während der Unterrichtsstunden hatten wir vollauf Zeit für unsere Liebe; und wenn Liebende sich wohl nach einem stillen Fleck sehnen, wir brauchten uns dafür nur zur Versenkung in den Wissenschaften zurückzuziehen. Die Bücher lagen offen da, Frage und Antwort drängten sich, wenn Liebe das bevorzugte Thema war, und der Küsse waren mehr als der Sprüche. Meine Hand hatte oft mehr an ihrem Busen zu suchen als im Buch, und statt in den wissen-

schaftlichen Textbüchern zu lesen, lasen wir sehnsuchtsvoll eins in des anderen Auge.

Es tut zwar nichts zur Sache, aber bei dieser Textpassage musste ich an einen Brief von Martin Luther denken, der 1521, während er die Bibel übersetzte, an seinen Freund Georg Spalatin die folgenden Worte schrieb:

Ich sitze hier den ganzen Tag müßig und schwermütig und fülle mir den Leib. Ich brenne durch das große Feuer meines ungezähmten Fleisches. Ich, der ich brünstig sein sollte im Geist, bin brünstig im Fleisch.

Zurück zu Abaelard und Heloisa: Ein Jahr nachdem Abaelard Hauslehrer von Heloisa geworden war, wurde ihre stürmische Liebesaffäre durch die Schwangerschaft Heloisas entdeckt. Gekränkt vertrieb Fulbert, der Onkel Heloisas, beide aus seinem Haus und sann auf Rache. Abaelard heiratete Heloisa und diese brachte bei Abaelards Schwester den Sohn Astrolabius zur Welt. Obschon verheiratet, drang ihr Onkel mit zwei Häschern in Abaelards Wohnung ein und schnitt ihm, in einem Akt monströser Vergeltung, sein Geschlecht ab. Damit endete zunächst die unglückselige Beziehung zwischen Abaelard und Heloisa. Der entmannte Abaelard wurde Mönch und Abt, Heloisa Nonne und Priorin und erst sechzehn Jahre nach jener Liebesaffäre entspann sich zwischen ihnen jener faszinierende Briefwechsel, der uns glücklicherweise bis zum heutigen Tage erhalten geblieben ist.

Abaelards Briefe erzählen von asketischen Idealen, vom Glück des religiösen Glaubens und der angemessenen Strafe der Entmannung für seine begangenen Sünden an Heloisa. Er ist überzeugt davon, dass alles im Namen einer gerechten göttlichen Fügung geschah. Er schreibt:

Wissenschaftlich stieg ich als Philosoph und als Theologe immer höher; als Mensch stand ich schon tief unter jedem der Philosophen und Heiligen, so unsauber war mein Leben geworden. Die Philosophen und vollends die Heiligen, das heißt die Männer, die sich in die Sittenlehre der Heiligen Schrift vertiefen, verdankten ihren Ruhmesglanz vor allem ihrer Keuschheit. Das ist nicht Neues; aber ich war damals so schwer erkrankt – Hoffart und Sinnlichkeit hießen die Krankheiten -, dass Gottes Gnadenhand eingreifen musste; Gottes Gnade heilte mich von beiden, sehr wider meinen Willen; Gott nahm mir zuerst das Mittel, meine Sinnlichkeit zu befriedigen, und dann heilte er meine Hoffart. Diese gründete vor allem auf meinem Wissen, wie schon der Apostel rügend bemerkt: ‚Wissen bläht auf.' Und darum ließ Gott das Werk, mit dem ich besonders prunkte, schimpflich verbrennen zu meiner Demütigung. ... Aber da fand das böse Schicksal, wie man das wohl umschreibend nennt, für mich in seiner Freundlichkeit eine noch bequemere Möglichkeit, mich mühelos von meinem Thron herabzustürzen; nein, es war nicht das Schicksal, es war die Güte Gottes: als ich in unbändigem Eigendünkel den Dank für die göttliche Gnadenführung vergessen wollte, da hat Gottes Gnade mich gedemütigt und für Gottes Reich gerettet.

Abaelard hatte sich mit seinem Schicksal ausgesöhnt, war sogar dankbar für seine Entmannung, da diese es ihm ermöglichte, in der Einsamkeit, im Glauben an Gott, sein Seelenheil wieder zu erlangen. Heloisas Briefe dagegen zeugen davon, dass sie über all die Jahre hinweg ihre Liebe zu Abaelard bewahrt hat: sie haderte mit ihrer Bestimmung, klagte Gott und die Welt an, konnte und wollte Abaelard einfach nicht vergessen. Unterdessen Abaelard seine Briefe mit ‚*Lebe wohl, einst Gattin im Fleisch, jetzt Schwester im Geist*' unterzeichnete, schrieb Heloisa:

In dem Namen Gattin hören andere vielleicht das Hehre, das Dauernde; mir war es immer der Inbegriff aller Süße, deine Geliebte zu heißen, ja – bitte zürne nicht! – deine Schlafbuhle, deine Dirne. ... Herr Gott, sei du mein Zeuge, wenn der Kaiser käme, der Beherrscher der ganzen Welt sich herabließe, mich zu ehelichen, wenn er mir dabei die ganze Erde verschriebe und verbriefte zum ewigen Besitz: ich möchte doch lieber deine Dirne heißen – und wäre noch stolz darauf – als seine Kaiserin.

Und an anderer Stelle schreibt sie:

Die Liebesfreuden, die wir zusammen genossen, sie brachten so viel beseligende Süße, ich kann sie nicht verwerfen, ich kann sie kaum aus meinen Gedanken verdrängen. Ich kann gehen, wohin ich will, immer tanzen die lockenden Bilder vor meinen Augen. Mein Schlaf ist nicht einmal sicher vor solchen Trugbildern. Sogar mitten im Hochamt drängen sich diese wollüstigen Phantasiegebilde vor und fangen meine arme, arme Seele so ganz und gar; aus reinem Herzen sollte ich beten, statt dessen verspüre ich die Reizungen meiner Sinnlichkeit. Ich kann nicht aufseufzen – und müsste es doch – , dass ich die Sünden begangen, ich kann nur seufzen, dass sie vergangen. Was wir beide getan, es ist in meiner Seele wie eingemeißelt: Ort und Stunde stehen mir sogar vor Augen, und immer bist du dabei, ich erlebe alles wieder und wieder mit Dir, und selbst im Schlaf komme ich von diesen Erinnerungsbildern nicht los. Ab und an verrät mein Leib in seinen Bewegungen, wie es im Herzen aussieht, und ich rede, was ich nicht darf und doch nicht lassen kann.

Heloisa gelingt es kaum, die Sinnlichkeit ihres Körpers mit dem Verstand zu beherrschen, kann ihre Fleischeslust nicht unterdrücken, muss ständig an Abaelard denken, den sie wie zuvor mit ihrem Herzen liebt und ihrem Leib begehrt. Im Gegensatz zu Abaelard, der Heloisa unentwegt dazu auffordert, ihr gottgewolltes Schicksal demütig zu akzeptieren, kann und will sie ihre weltliche Liebe zu ihm nicht mit einer jenseitigen Gottesliebe eintauschen. Abaelard bleibt jedoch kalt, will nicht zu ihr zurückkehren, lässt sich von Heloisa nicht von seinem Gottesweg abbringen. Man könnte auch sagen, dass Abaelard Heloisa mit Gott betrügt: seine Liebe zu Gott ist für ihn schöner, würdevoller und erhabener als jene schmutzige, sinnliche und unvollkommene Liebe zu Heloisa; er hat sich Gott als Gatten verschrieben und findet nunmehr in ihm, statt in Heloisa, ewigen Frieden und Glückseligkeit. Soll man ihm deswegen böse sein, Stella?

Diese verhängnisvolle und jedenfalls für Heloisa auch tragische Liebesgeschichte, in der sich alles um jene ewige Problematik von Geist und Körper, Treue und Verrat sowie Liebe und Sexualität drehte, hat mich wirklich ergriffen, vielgeliebte Stella. Ich konnte mich, uns, in diesen Briefen wiederfinden. Gewiss sind wir nicht die beiden: ich bin nicht entmannt worden, möchte kein Mönch werden und du, vielgeliebte Stella, wirst bestimmt auch in kein Nonnenkloster eintreten! Dennoch war da die Trennung, die Sehnsucht und der Schmerz Heloisas, mit denen ich mich identifizieren konnte – war da Heloisa, die sich über all die Jahre hinweg die Kraft ihrer Liebe zu Abaelard bewahrt hat, war da jene bezaubernde Heloisa, die weder die Bedürfnisse ihres Herzens noch das Verlangen ihres Körpers unterdrücken konnte oder wollte. Und dann gab es da ja auch noch Abaelard, der sich von Heloisa und seiner Karriere als berühmter Philosoph getrennt hat, um in der Einsamkeit, um in Gott, sich selbst zu finden und zur Ruhe zu kommen. Aber im Unterschied zu Abaelard möchte ich mit anderen Mitteln zu den gleichen Zielen gelangen. Abaelard hatte, indem er alles körperliche, sexuelle und weltliche aus seinem Leben verbannte, im Glauben sein seelisches Gleichgewicht wieder gefunden; ich möchte hingegen, indem ich alles Sinnliche und Weltliche bejahe, aus dem Fluss des Lebens heraus, meinen inneren Frieden erreichen und überdies eines Tages zu dir zurückkehren.

Möglicherweise stehe ich noch zu sehr unter dem Eindruck des Gelesenen, vermutlich hinkt mein Vergleich mit Abaelard und Heloisa und wahrscheinlich wirst du erst nachdem ich dir etwas von dieser Arbeit – ich habe mich inzwischen offiziell für sie beworben – mitgeteilt habe, verstehen, weshalb mich dieser Briefwechsel so sehr gefesselt hat. Im Augenblick fühle ich mich jedoch noch außerstande, dir von jenem Job, der, wie ich dir bereits in meinem vorherigen Brief geschrieben habe, mit meinem vergeistigten Leben als aufstrebender Kulturjournalist in Berlin unvereinbar zu sein scheint, etwas Näheres zu berichten. Ich bin unsicher, schäme mich und denke zugleich, dass es vielleicht gerade solch einer Arbeit bedarf, um mich aus dem alten Berliner Malik herauszuschälen. Verstehst du, Stella, mit diesem alten Malik, der, wie ich dir nicht zu schildern brauche, seinerzeit seine ach so anstrengende Arbeit stets dazu instrumentalisiert hat, um sich vor dir und dem Leben zu verstecken, will ich nichts mehr zu tun haben. Ich will mich nicht mehr zugrunde schuften, habe keine Lust mehr auf diesen stumpfsinnigen und verlogenen Kulturbetrieb, möchte nicht mehr funktionieren, nicht mehr mitspielen, oder, anders formuliert, möchte ich ab jetzt bewusst falsch spielen, um mich aus meinen verstaubten Lebens- und Denkgewohnheiten zu befreien. Ich war zuletzt doch gar nicht mehr anwesend, war nur noch Maske, nur noch Fassade. Doch damit soll jetzt Schluss sein, Schluss mit all diesem körperlosen feuilletonistischen Geschwätz, Schluss mit all diesem überflüssigen Ehrgeiz; Schluss mit all diesem nutzlosen Hinterhergerenne nach beruflichen Erfolg und gesellschaftlicher Anerkennung!

Ich weiß auch nicht Stella; vielleicht sind all meine Gedanken falsch, ist alles, was ich will, verkehrt, aber intuitiv sagt mir meine innere Stimme, dass ich mich grundlegend

verändern muss, um dich (und mich), in zweieinhalb Jahren
wieder richtig lieben zu können.

Adieu Stella!
Schlaf gut und träume etwas Schönes!

Dein Malik!

Zwölfter Brief

Atopos, Montag, den 5. April 2004

Endlich ist er da, endlich ist der so sehr von mir ersehnte Frühling da!
Die Tage sind schon wieder warm, die Nächte dagegen noch kühl. Gestern wurde ich, anders als vom widerspenstigen und grimmigen Winter, draußen von der lauen Frühlingsluft zärtlich umarmt und heiter willkommen geheißen. Allerorts grünt es: das noch junge, helle Blattgrün der Bäume funkelt und glitzert in der Frühlingssonne an nahezu jeder Straßenecke und die Frühblüher, die himmelweißen Schneeglöckchen, sonnengelben Narzissen, violetten Stiefmütterchen und rosafarbenen Primeln bereichern mit ihrem Farbreichtum die Gärten, Waldwiesen und Wegränder der Stadt, während die Vögel, die noch winterdicken Spatzen, die baumabwärts laufenden Kleiber, die Blaumeisen, Rotkehlchen und Grünfinken, vom Licht des Frühlings vitalisiert, tschilpen, trillern, pfeifen und zwitschern, als ob es kein Morgen geben würde.
    Wusste ich bislang, einziggeliebte Stella, was ein Frühling ist? – Nein. Ich kannte, ohne jemals auf all seine Schattierungen und Nuancen geachtet zu haben, lediglich sein vordergründiges Erscheinungsbild. Blindlings bin ich an der Natur, wie an so vielen anderen Dingen in meinem Leben vorbeigelaufen, war viel zu beschäftigt, um mich um die vermeintlich kleinen und nebensächlichen Dinge in meinem Leben zu kümmern. Tag für Tag bin ich zerstreut und unachtsam durch den Alltag gehetzt, anstatt einmal zu verweilen und richtig hinzuschauen. Aber jetzt schaue ich hin, vielge-

liebte Stella, jetzt schaue ich wieder genau hin. Vor ungefähr einer Woche bin ich zum Beispiel unweit meiner Wohnung einem Zitronenfalter begegnet, dessen gleißend gelbes Umherflattern mich beeindruckt und verzaubert hat. Sein Flug war so leicht und verspielt, war so fröhlich und geschmeidig, dass sich in Anbetracht dieses eleganten zitronengelben Umherflatterns, ein beschwingtes Schmetterlingshüpfen in mein Gehen mit hinein schlich.

Alles strebt und streckt sich der Sonne entgegen: Es ist, als ob der Frühling mit seinen gelben, roten, grünen und weißen Blatt- und Blütenaustrieben die viel zu graue Gestalt des Winters – ebenso wie ein Maler die Skizze seines Gemäldes – mit bunten Farbtupfern aufheitert. Ach Stella, inmitten all dieses Aufblühens und all dieser Auferweckungen scheinen mir jene fernöstlichen Vorstellungen von der Wiedergeburt nicht rätselhaft, übersinnlich oder mysteriös, scheinen mir all jene Theorien über die Wiedergeburt kein Produkt der menschlichen Phantasie und Einbildung, sondern ganz im Gegenteil einfach nur wahrhaftig und mit den Händen greifbar zu sein.

Für die Zukunft habe ich mir jedenfalls vorgenommen, nicht mehr gedankenlos an der Natur vorbei zu leben. Vor ein paar Tagen habe ich mir sogar einen Tier- und Naturführer gekauft, um all die Blumen, Bäume und Vögel aus ihren konturlosen Oberbegriffen herauszulösen; um sie somit fernerhin als Lederhülsenbaum, Traubenhyazinthe oder Zaunkönig zu erkennen und zu beschreiben, sie also in der Zukunft für mich als etwas Individuelles und Einzigartiges geistig sowie sinnlich erfahr- und erschaubar werden zu lassen. Ja, in der Zukunft möchte ich wieder mit der Natur mitatmen, mich mit ihr verbinden, mich mit ihr gemeinsam wandeln, kurzum, mich wieder als Teil von ihr begreifen.

Ich gehe jetzt, da das Wetter milder geworden ist, auch schon viel häufiger in den wunderschönen Stadtpark von Atopos, um dort, umkleidet von der Stille der Natur, meine Seele ein wenig baumeln zu lassen.

Wie du siehst, blühen mein Herz und meine Seele gemeinsam mit dem Frühling auf und jene großen und kleinen Dämonen, die mich vor kurzem noch bedrängten und mir Angst einjagten, verflüchtigen sich allmählich im kraftvollen Licht des Frühlings. Ja, der Frühling hilft mir dabei, jenen Abgrund, jenen mir vor gar nicht allzu langer Zeit noch unüberbrückbaren und tiefschwarzen Abgrund (in den ich jederzeit abzustürzen drohte), mit jeder neuen Woche ein Stückchen mehr zu überwinden. Ich mache Fortschritte und frage mich, ob es da nicht fahrlässig, möglicherweise sogar töricht von mir ist, meinen Genesungsprozess durch eine Arbeit zu gefährden, von der ich mir im Unklaren darüber bin, ob sie sich gut oder schlecht auf mein Wesen auswirken wird. Bin ich gefestigt genug, um die Herausforderungen dieser zutiefst unmoralischen(?) und frivolen Arbeit zu bestehen oder wird sie meine Seele erneut verdunkeln und verdüstern?

Wie dem auch sei: Schlaf gut und träume etwas Schönes!

Dein Malik!

Dreizehnter Brief

Atopos, Donnerstag, den 15. April 2004

Ach Stella, da sich diese Geschichte mit dem Job zunehmend verdichtet und konkretisiert, ist es jetzt wohl an der Zeit, das Geheimnis zu lüften. Ich werde voraussichtlich ab Mai für eine Begleitagentur in Atopos arbeiten. Ja, es ist genau das, was du denkst: Ich werde meinen Körper für Geld verkaufen, werde ab Mai dafür bezahlt werden, mit fremden Frauen ins Bett zu gehen.

Fragst du dich jetzt, ob ich vollkommen verrückt und wahnsinnig geworden bin, fragst du dich, welcher Teufel mich da nur schon wieder geritten hat? Muss ich ein schlechtes Gewissen haben, Stella? Bist du mir böse, fühlst du dich verraten und betrogen? Bist du eifersüchtig oder möglicherweise sogar enttäuscht von mir, fragst du dich, wie ich so tief sinken konnte und denkst du vielleicht, dass der Beruf einer Hure eines geistreichen Menschen unwürdig ist? Wie soll ich es dir erklären, wie soll ich dir etwas erklären, das ich selbst kaum verstehe?

Vielleicht erhoffe ich mir durch diese Arbeit, die kein körperliches Verstecken mehr zulässt, eine Art von erotischer Befreiung. In Berlin war ich zuletzt zuviel Geist und zuwenig Körper. Da war kein Knistern und keine Eroberungslust mehr, alles ohne Esprit, ohne Sinnlichkeit, und im Bett haben wir uns nur noch gelangweilt, haben den Akt rein mechanisch vollzogen, haben lediglich miteinander geschlafen, um uns daran zu erinnern, dass wir überhaupt noch so etwas wie Genitalien besitzen. Es war, als ob wir unsere Leidenschaft, unser sexuelles Begehren, lebendig begraben hätten. Ist es das? Möchte ich einfach meinen Körper und meine Sinnlichkeit wieder spüren, wieder neu für mich entdecken?

Oder hat es etwas mit diesem Nietzsche Zitat aus meinen Aufzeichnungen zu tun? Erinnerst du dich an dieses Zitat?

Ein plötzlicher Schrecken und Argwohn gegen Das, was sie liebte, ein Blitz von Verachtung gegen Das, was ihr Pflicht hiess, ein aufrührerisches, willkürliches, vulkanisch stossendes Verlangen nach Wanderschaft, Fremde, Entfremdung, Erkältung, Ernüchterung, Vereisung, ein Hass auf die Liebe, vielleicht ein tempelschänderischer Griff und Blick rückwärts, dorthin, wo sie bis dahin anbetete und liebte, vielleicht eine Gluth der Scham über Das, was sie eben that, und ein Frohlocken zugleich, dass sie es that, ein trunkenes inneres frohlockendes Schaudern, in dem sich ein Sieg verräth – ein Sieg? über was? über wen? ein räthselhafter fragenreicher fragwürdiger Sieg, aber der erste Sieg immerhin: – dergleichen Schlimmes und Schmerzliches gehört zur Geschichte der grossen Loslösung. Sie ist eine Krankheil zugleich, die den Menschen zerstören kann, dieser erste Ausbruch von Kraft und Willen zur Selbstbestimmung, Selbst-Werthsetzung, dieser Wille zum freien Willen: und wie viel Krankheit drückt sich an den wilden Versuchen und Seltsamkeiten aus, mit denen der Befreite, Losgelöste sich nunmehr seine Herrschaft über die Dinge zu beweisen sucht!

Dieses Zitat stammt aus seinem Werk *Menschliches, Allzumenschliches*. Ist es nicht menschlich, allzumenschlich, einfach nur ein anderer werden zu wollen? Habe ich mir diese Arbeit – die, wie ich bereits schon mehrfach betont habe, im vollkommenen Widerspruch zu meinem intellektuellen Leben in Berlin steht – nicht ganz bewusst ausgesucht, um nicht mehr die gleichen Fehler wie damals zu machen? Möchte ich, dass diese Arbeit, die keinen Anknüpfungspunkt an mein Berliner Ich bietet, dieses alte Ich umwandelt oder gar zerstört? Brauche ich die Erfahrung der Verderbtheit und des Lasterhaften, um mich neu zu erfinden? Oder ist es der Hass auf die Liebe, jener tempelschänderische Griff, mit dem ich mir beweisen möchte, dass ich unabhängig von dir bin? Finde ich vielleicht keinen anderen Weg, um mich von dir und deiner Liebe zu befreien? Versuche ich durch die Prostitution, durch den Verkauf meines Körpers, mich von deinem Besitzanspruch zu lösen? Oder ist es nicht vielmehr so, dass ich mich davor fürchte, meine sexuellen Triebe nicht kontrollieren zu können, dass ich mich davor fürchte, dass mich meine sexuellen Bedürfnisse in die Arme einer anderen Frau treiben werden, die ich dann womöglich auch noch liebe? Möchte ich, indem ich den Sex zum Beruf mache, mich davor beschützen, den Verlockungen des Fleisches – die, nachdem genossen, sich ja unwillkürlich in eine Liebe verwandeln können – zu verfallen? Habe ich Angst davor, dass meine Liebe zu dir von einer anderen Frau besiegt werden könnte? Habe ich also Angst vor meiner Triebhaftigkeit und fürchte ich mich davor, all den Liebesmöglichkeiten, die Atopos mir bietet, nicht widerstehen zu können?

Ich weiß auch nicht, Stella. Was meinst du? Bin ich jetzt völlig närrisch geworden? Spinne ich? Bin ich übergeschnappt? Möchte ich mir das alles nur irgendwie schön reden? Reizt mich womöglich nur das viele Geld, das ich mit meiner Arbeit verdienen kann? Sind es vielleicht nur meine sexuellen Minderwertigkeitskomplexe, die mich dazu verleitet haben, dir und mir etwas beweisen zu wollen? Ist es nicht so, dass ich dir und mir einfach nur beweisen möchte, dass ich begehrenswert bin und noch richtig ficken kann? Habe ich vielleicht das Gefühl, meine Sexualität noch nicht hinreichend ausgelebt und noch nicht genügend Frauen besessen zu haben? Leide ich unter einem narzisstischen Omnipotenzwahn? Oder bin ich einfach nur neugierig und abenteuerlustig, möchte ich einfach nur neue Erfahrungen sammeln und etwas erleben?

Was wissen wir schon über die geheimen Neigungen und verborgenen Wünsche unserer Seele? Wie viele Ichs, die an ein und demselben Tag in entgegen gesetzter Richtung wirken und konträre Standpunkte vertreten, verbergen sich in unserer Persönlichkeit? Ist es nicht menschlich, allzumenschlich, dass der Mensch sich selbst ein Rätsel bleibt? Es scheint jedenfalls so zu sein, dass ich weder dir noch mir meine Wahl plausibel erklären kann. Ich fühle einfach intuitiv, dass mich diese Arbeit beleben, glaube, dass mich diese Arbeit – auf welche Weise auch immer – weiterbringen wird.

Ach Stella, auf was habe ich mich da nur eingelassen? Eventuell wird sich diese Tätigkeit als eine riesengroße Dummheit von mir herauskristallisieren? Muss ich meinen Körper wirklich verkaufen, um mich menschlich zu entwickeln, glaube ich wirklich, durch diese Arbeit lebendiger und sinnlicher zu werden? Ist es nicht blödsinnig von mir, wenn ich glaube, dass ich durch diesen Beruf irgendetwas erlernen oder gar erkennen werde? Wie dem auch sei: Du warst es, die gesagt hat, dass wir in diesen drei Jahren tun und lassen können, worauf wir Lust haben, du warst es, die gesagt hat, dass wir uns in diesen drei Jahren ausprobieren sollen. Nun gut, das ist genau, was ich jetzt tue! Ich brauche mich für nichts bei dir zu rechtfertigen, brauche mich für nichts bei dir zu entschuldigen! Ich liebe dich immer noch, Stella, liebe dich immer noch von ganzem Herzen!

Schlaf gut und träume etwas Schönes

Dein Malik!

Vierzehnter Brief

Atopos, Ende April 2004

Der Frühling wirkt mit seiner bezaubernden Rückkehr des Lichts wie ein natürliches Aufputschmittel, das nunmehr alles und jeden liebevoll durchflutet und zärtlich durchdringt. Allmorgendlich die Spatzen, wie sie sich fröhlich aufplustern, um in der Morgensonne des Frühlings, ihr taubenetztes Federkleid zu trocknen und später am Tag all die Menschen, wie sie ausgestreckt in den Straßencafés oder auf den Parkbänken sitzen, um sich in der Nachmittagssonne ihre winterkalten Herzen aufzuwärmen, um im strahlenden Licht dieser heiteren Jahreszeit, die winterdüsteren Wolken über ihren Seelen zu vertreiben. Es ist das Licht, das die zu Eis erstarrten Körpersäfte schmilzt und wieder zum fließen bringt; es ist das Licht, das mit seiner ansteigenden Intensität, die längst vergessen geglaubten Liebeshormone in Wallung versetzt und somit die Erotik zurück in die Augenspiele der Menschen trägt.

Apropos Erotik: Am Wochenende habe ich in den Büroräumen der Agentur die restlichen Formalitäten für meine neue Arbeit erledigt. Grundvoraussetzung für die Anstellung bei der Begleitagentur war ein ärztliches Attest, der einem bescheinigt, dass man körperlich vollkommen gesund ist. Die Ergebnisse meiner Untersuchung sind äußerst erfreulich ausgefallen – ich habe weder Aids noch eine andere geschlechtliche Krankheit, meine Blutwerte sind in Ordnung und meine Organe scheinen auch ganz passabel zu funktionieren. Der Arzt, ein ziemlich verschrobener alter Kauz, hat mich nur dazu aufgefordert, weniger zu rauchen und zu trinken, da ansonsten, wie er es mit seinem trockenem sowie sarkastischem Humor ausdrückte, meine Lunge und meine Leber in ein paar Jahren reif für den Schrottplatz wären. Am Donnerstag waren die Testergebnisse da und am Freitagmorgen habe ich bereits meinen Vertrag bei der Begleitagentur unterschrieben. Jetzt wird es also ernst, Stella, jetzt wird es also richtig ernst mit dieser Geschichte!

Die Modalitäten meines Kontraktes sind sehr einfach strukturiert: Die Begleitagentur, die sich als ein diskretes und vornehmes Dienstleistungsunternehmen begreift, das sich über viele Jahre hinweg einen seriösen Ruf und eine große Stammkundschaft in Atopos erarbeitet hat, stellt, indem sie Annoncen in den einschlägigen Zeitungen in Auftrag gibt und für mich eine Webseite innerhalb ihres Unternehmens eingerichtet hat, den Kontakt zu den Frauen her. Beide Seiten arbeiten allein auf Erfolgsbasis: die Agentur erhält für jede erfolgreiche Vermittlung zwanzig Prozent meiner Einnahmen. Betrachtet man sich die horrenden Preise, welche die Kundinnen pro Stunde bezahlen müssen, wird trotz dieser Vermittlungsgebühr – insofern ich häufig gebucht werde, wovon die Chefin der Begleitagentur, da sie mich äußerst attraktiv findet, felsenfest überzeugt ist – mehr als genügend für mich übrig bleiben.

Am Freitagnachmittag war ich wegen der benötigten Fotos für die Webseite in einem professionellen Fotoatelier. Stundenlang wurde ich in allen nur erdenklichen Posen und Gesten abgelichtet. Das war wirklich eine schweißtreibende Arbeit, Stella, alle zehn Minuten musste ich mich umziehen und daraufhin die unterschiedlichsten männlichen Charaktere verkörpern. Doch der Aufwand hat sich gelohnt, denn die Bilder, auf denen man einen eleganten, sinnlichen, hübschen, charmanten und leicht frivolen Malik sieht, sind wirklich ansprechend geworden. Später wurden von der Agenturleiterin die vier schönsten Fotos ausgewählt, die nunmehr auf meiner Webseite zu bewundern sind. Kannst du dir das vorstellen, Stella? – Ich, Malik, der in Berlin noch Vernissagen, Theaterpremieren und literarische Neuerscheinungen besprochen, der in Berlin noch ein bürgerliches Leben geführt hat, bin in legerer Freizeitkleidung und feinem Geschäftsanzug, bin angezogen und halbnackt, auf einer Website im Internet zu sehen, auf der man mich ab sofort bestellen und kaufen kann? Auf was habe ich mich da nur eingelassen, Stella, auf was habe ich mich da nur eingelassen? Langsam werde ich richtig nervös!

Am Samstag wurde ich dann von Frau Carragher, der Chefin der Agentur, einer überaus gewitzten, geistreichen, herzlichen und kompetenten Dame, deren Alter ich in etwa auf Anfang 50 schätze, über die Regeln und Kunstgriffe meines neuen Jobs aufgeklärt. Dieser mehrstündige Beratungs- und Einführungskurs, aus dem ich dir im Folgenden eine kleine, unvollständige Auflistung mit den prägnantesten Vorsichtsmaßnahmen, Anregungen und Ratschlägen von Frau Carragher wiedergeben werde, hat in mir nochmals die Frage aufgeworfen, ob ich für diese Arbeit, deren körperliche Anforderungen und seelische Belastungen nicht zu unterschätzen sind, überhaupt geeignet bin.

Frau Carraghers Beratungs- und Einführungskurs

Um zu vermeiden, dass Sie oder eine Kundin sich mit dem HIV-Virus anstecken, sollten Sie Kondome benutzen. Falls eine Kundin ungeschützten Geschlechtsverkehr verlangt, bestehen wir auf einen HIV- Test jener Kundin, der nicht länger als zwei Wochen zurückliegen darf. Die Entscheidung, ob Sie sich auf ungeschützten Sex einlassen wollen, liegt allein bei ihnen. Ungeachtet Ihrer Entscheidung müssen Sie sich jedoch alle zwei Wochen von einem Urologen untersuchen lassen. Gewiss können wir trotz all dieser Vorsichtsmaßnahmen nicht ausschließen, dass Sie sich mit irgendetwas Unangenehmen anstecken oder infizieren werden. Seien Sie sich im Klaren darüber, dass dieses Restrisiko, diese Gefahr einer Krankheit, bedauerlicherweise ein Bestandteil Ihres Berufes ist!

Die Kundin ist die Königin! Sie werden außerordentlich gut dafür bezahlt, den Frauen einen angenehmen, witzigen und sinnlichen Abend zu gewährleisten. Seien Sie stets höflich und zuvorkommend. Lesen Sie den Frauen ihre Wünsche von den Lippen ab.

Achten Sie auf eine gerade Körperhaltung und ein gepflegtes Äußeres. Unrasiert zu einem Date zu erscheinen ist zum Beispiel ein absolutes Tabu, da ein von Bartstoppeln geschundenes Kinn keiner Frau gut zu Gesicht steht und Kratzspuren sie darüber hinaus bei ihren Ehemännern oder Partnern kompromittieren könnten.

Ihre Kleidung sollte dem jeweiligen Anlass entsprechend gewählt sein. Im Normalfall bedeutet dies: weißes Hemd, dunkles Herrenjackett mit dazu passender Bundfaltenhose, elegante Krawatte, schwarze Lacklederschuhe und selbstverständlich saubere Unterwäsche!

Es versteht sich von selbst, dass Mundgeruch oder andere unangenehm auffallende Gerüche stets zu vermeiden sind.

Lassen Sie den Augenkontakt zur Kundin nie abreißen. Seien Sie aufmerksam, seien Sie galant, schmeicheln Sie den Frauen unaufdringlich, machen Sie ihnen Komplimente, ohne dabei jedoch schleimig zu wirken.

Vergessen Sie nie, dass es nicht um Ihre, sondern um die Lust der Frauen geht! Inszenieren Sie den Sex, sprechen Sie den Geist und alle Sinne der Frauen an. Damit meine ich zum Beispiel ein romantisches Restaurant, ein langes Vorspiel, Kerzenlicht, stim-

mungsvolle Musik, Massagen mit duftenden Ölen, usw. Sie müssen begreifen, dass der weibliche Orgasmus umfassender als der männliche Orgasmus ist, dass der weibliche Orgasmus sich nicht nur in den Genitalien, sondern hauptsächlich im Kopf abspielt. Sie müssen die Frauen verführen und verwöhnen, Sie müssen ihnen dienen, müssen die treibende Kraft, den aktiven Teil übernehmen, damit die Frauen genießen und sich entspannen können.

Seien Sie im Bett kreativ und phantasievoll. Erkunden Sie die erogenen Zonen der Frauen und damit meine ich nicht die primären sexuellen Reize wie Brust, Vagina und Arsch, sondern vielmehr eine Art von Ganzkörperexpedition, bei der Sie durch die Körpersprache Ihrer Kundinnen herausfinden sollen, ob sie gerne im Nacken, an den Ohren, am Bauchnabel, am Hals, den Zehen oder wo auch immer geküsst, gestreichelt und liebkost werden wollen.

Nutzen Sie die Requisiten der Lust: Beziehen Sie Federn, duftende Massageöle, Gleitcremes und aphrodisierende Lebensmittel und Getränke mit in Ihr Liebesspiel ein; machen Sie auf Anfrage ebenfalls Gebrauch von Handschellen, Seilen, Dildos und Vibratoren.

Beim Cunnilingus müssen Sie behutsam vorgehen: Die Klitoris ist das sensibelste und empfindsamste Körperteil der Frau! Lecken Sie sanft und gleichmäßig, entspannen Sie Ihre Zunge, umkreisen Sie die Schamlippen, variieren Sie mit Ihrer Zunge und Ihren Lippen das Tempo.

Merke: Die Klitoris und nicht die Vagina ist das Lustzentrum der Frau! Verschaffen Sie Ihren Kundinnen also nicht nur vaginale, sondern gleichermaßen die viel reizvolleren klitoralen Orgasmen!

Sorgen Sie für Abwechslung bei den Stellungen: oben, unten, seitwärts, von vorn, von hinten und-so-weiter-und-so-fort. Vollführen Sie dabei jedoch keine Turn- und Gymnastikübungen. Es bedarf keiner wilden Bettakrobatik und seltsamer Verrenkungen, um uns Frauen sexuellen Genuss zu verschaffen.

Für geplatzte Kondome gibt es die Pille danach, die Sie stets bei sich zu führen haben! Sie bekommen später von meiner Sekretärin eine Packung dieser Pillen ausgehändigt.

Die Hundestellung ist für die meisten Frauen am schönsten, da sie sich in dieser Position ohne Ablenkung – also ohne sich Gedanken über einen vermeintlich zu dicken Bauch oder eventuell zu klein geratenen Brüsten machen zu müssen – vollständig ihrer eigenen Lust hingeben können. Zudem besitzt diese Stellung die statistisch größte Wahrscheinlichkeit, um den G-Punkt, diese ominöse intravaginale Lustquelle der Frau, die sich vermutlich oberhalb des vaginalen Eingangsbereiches befindet, zu treffen.

Nehmen Sie sich viel Zeit für die Sexspiele, seien Sie langsam, streicheln, kneten, ertasten, knabbern, küssen, lecken und hauchen Sie, massieren Sie die Venushügel, setzen Sie gekonnt Ihre Finger ein, umkreisen Sie die Vagina und die Klitoris, tauchen Sie Ihre Finger rhythmisch in die Spalte ein, drehen Sie mit Ihrer Hand den Schwanz innerhalb der Vagina, ziehen Sie ihn mehrmals heraus und stecken Sie ihn wieder rein. Sie müssen die Frauen auf die Folter spannen, müssen verzögern, um das Begehren zu steigern, müssen mit der Lust spielen und einen Spannungsbogen erzeugen, der Ihre Kundinnen schließlich zu einem befriedigendem Höhepunkt führt. Sie werden für keine phantasielosen Quickies und stumpfsinnigen Rein-und-Rausspiele bezahlt – so etwas können sich die Frauen in jeder Bar kostenlos abholen; so etwas bekommen die Frauen, auch ohne dafür enorme Geldsummen hinzublättern, zu Hause bei ihren Männern bereits zur Genüge!

Seien Sie relaxt und entspannt und lernen Sie, Ihren Schwanz und Ihren Erguss durch Atemübungen zu kontrollieren. Im Bett werden Sie viel Phantasie benötigen; Sie werden Bilder brauchen, die Sie auf Knopfdruck in einen erigierten Zustand versetzen. Atmen Sie also stets aus dem Bauch heraus, seien Sie konzentriert und selbstsicher und sollte dies alles nichts helfen, müssen Sie eben –

in welcher Form auch immer – potenzsteigernde Mittel einsetzen – denn ein schlaffer Schwanz und eine verfrühte Ejakulation sind die zwei absoluten No-Nos in Ihrem Beruf!

Merke: Jede Frau ist anders! Keine Frau gleicht in ihrer Sexualität der Anderen! Was die eine erhitzt, lässt die nächste schon wieder kalt. Dies bedeutet, dass alle bereits erwähnten Punkte lediglich Hilfestellungen sind, die Sie zwar kennen müssen, aber niemals automatisch anwenden dürfen! Letztendlich müssen Sie also intuitiv erfühlen, wo sich das jeweilige Lustzentrum einer jeden Frau befindet!

In der Ars amandi, in der Kunst der Liebe, macht – wie in jeder anderen Kunstrichtung auch – Sachverstand, Übung, Intuition und eine Brise Talent den Meister. Sie müssen Ihre Arbeit als eine Art von Liebesdienst begreifen, in der es gilt, den Körper Ihrer Kundinnen ebenso wie deren Geist und deren Emotionen zu befriedigen! Seien Sie ein Edelprostituierter, der etwas von seinem Fach versteht: Führen Sie gebildete Konversationen, seien Sie humorvoll, seien Sie erotisch, wecken Sie die Sinnlichkeit der Frauen, seien Sie galant und geistreich, seien Sie weich und hart, seien Sie distanziert und gefühlvoll, seien Sie verwegen und schüchtern, seien Sie, um es mit einem Wort zu sagen, einfach ein guter Liebhaber! Aber passen Sie bei alledem auf, dass weder Sie noch eine Ihrer Kundinnen sich verlieben. Wahren Sie einen gewissen Abstand zu den Frauen und Ihrem Beruf; geben Sie acht auf Ihr Herz und Ihre Gefühle; seien Sie professionell und vergessen Sie nie, dass Sie, obwohl Sie es mit Menschen zu tun bekommen werden, nur eine Dienstleistung anbieten, die nichts mit Ihrer gesamten Persönlichkeit zu tun hat!

Das war's! Ihr erster Termin ist bereits für Montag, den 10. Mai arrangiert worden. Meine Sekretärin wird ihnen gleich ein Schreiben aushändigen, auf dem Sie alle nötigen Informationen für Ihren ersten Arbeitstag finden. Viel Glück und alles Gute!

Nach diesem Vortrag fühlte ich mich wie erschlagen. Irgendwie hatte ich mir das alles leichter und natürlicher vorgestellt, war davon ausgegangen, dass das mit dem Sex, auch ohne großartige Vorbereitungen und spezielle Fähigkeiten, schon irgendwie klappen würde. Ich habe diese Arbeit eindeutig unterschätzt, fühle mich momentan maßlos überfordert und habe eine unsägliche Angst davor, in ein paar Tagen kläglich zu versagen. Dennoch werde ich jetzt keinen Rückzieher machen, werde ich nicht kneifen! Was sagst du zu alledem? Glaubst du, dass ich den Anforderungen dieser Arbeit physisch wie geistig gewachsen bin oder denkst du, dass ich mich da in eine abstruse Sache verbissen habe, die sich negativ auf mich und mein Leben auswirken wird?

Wie dem auch sei:
Schlaf gut, vielgeliebte Stella, und träume etwas Schönes!

Dein Malik!

Fünfzehnter Brief

Atopos, Donnerstag, den 6. Mai 2004

Ach Stella, aufgeregt und nervös bin ich, sehr aufgeregt und sehr nervös!
Letzte Nacht träumte ich, dass mich eine wunderschöne Frau auslachte, unterdessen ich mich vor ihr entblößte. Spöttisch deutete sie mit dem Zeigefinger ihrer rechten Hand auf meinen kleinen und verschrumpelten Schwanz, der sich, trotz all meiner Kraftanstrengung, partout nicht aufrichten wollte. Ihr höhnisches Gelächter, das sie nicht einmal zu verbergen versuchte, drang überlaut und dröhnend in mich ein. Ich stand nackt vor ihr, schämte mich, konnte mich nicht wehren, fühlte mich hilflos und verloren. Doch damit noch nicht genug: Später spreizte sie auf dem Rücken liegend ihre Beine und ich sah, wie ihre unverhüllte Vagina im Sekundentakt größer und größer wurde und sich in ein abgrundtiefes weibliches Geschlecht verwandelte. Ich war winzigklein, stand am äußersten Rand ihrer Schamlippe und blickte wie hypnotisiert in ein gigantisches schwarzes Loch hinein, aus dessen dunklen Tiefen ein Wirbel emporströmte, der mich durch seine enorme Sogwirkung zu verschlingen drohte. Ich stemmte mich gegen den Wirbel, versuchte die Balance zu halten, schrie um Hilfe, rutschte dennoch ab und stürzte und stürzte und stürzte schließlich solange, bis ich kurz vor Anbruch des Morgengrauens, schweißgebadet und zitternd in meinem alptraumdurchwühlten Bettlaken aufwachte.
Ich wünschte, dass meine Träume vielschichtiger, spektakulärer und ein wenig geheimnisvoller wären, denn man

braucht weder Sigmund Freuds Sexualtheorien gelesen noch ein ausgebildeter Psychoanalytiker zu sein, um diesen Traum richtig interpretieren zu können: Ja, ich habe Versagensängste! Ja, ich bin mir unschlüssig darüber, ob diese Arbeit das Richtige für mich ist; ja, ich bin mir unsicher, ob ich genügend Selbstvertrauen und Sinnlichkeit besitze, ob ich genügend an seelischer Gelassenheit und erotischer Spannkraft in mir habe, um meine Kundinnen sexuell befriedigen zu können!

Ich frage mich, Stella, ob ich nach all diesen vielen Monaten ohne Sex, überhaupt noch weiß, wie das geht; frage mich, ob ich nach all den Jahren, in denen die Liebe und der Sex untrennbar mit deiner Person verbunden waren, in denen ich nur deine Haut gespürt und nur dein Herz an meiner Seite gefühlt habe, überhaupt noch in der Lage dazu sein werde, mit einer Frau zu schlafen, die nicht du bist. Werde ich nach meiner ersten Nacht mit einer Kundin denken, dass ich dich und meine Liebe zu dir verraten und betrogen habe? Werden mich Gewissensbisse plagen oder wird es mir gelingen, Körper und Geist, Sex und Gefühle, als zwei in gewisser Weise unabhängig voneinander existierende Realitäten zu begreifen? Und wie wird das sein, mit einer fremden Frau zu schlafen, die ich nicht liebe und die mich zudem auch noch für den Sex bezahlt? Wie wird sich das anfühlen, meinen Körper zu verkaufen; was werde ich empfinden, nachdem ich die Verfügungsgewalt über einen Teil meines Ichs für Geld an eine unbekannte Person abgetreten habe? Werde ich mich dann erniedrigt, leer und schmutzig fühlen, werden Schuldgefühle meine Seele und mein Herz überschwemmen oder wird nichts dergleichen geschehen? Fragen über Fragen, vielgeliebte Stella, die mich momentan beunruhigen und verängstigen.

Abgesehen von den Selbstzweifeln und Minderwertigkeitskomplexen, die, proportional zum unaufhaltsamen Heranrücken meines ersten Termins stetig ansteigen, gelingt es mir mitunter immerhin, ein wenig Kraft und Ruhe auf meinen täglichen Spaziergängen durch den Stadtpark von Atopos zu schöpfen. Lass mich dir, vielgeliebte Stella, von diesem Park, der mir schon so manch eine verzauberte Stunde geschenkt hat, ein bisschen erzählen. Ob mit den öffentlichen Verkehrsmitteln oder mit dem Fahrrad brauche ich von meiner Wohnung aus etwa 45 Minuten, bevor ich die ersten Bäume dieses wunderschönen Stadtparks erreiche. Obwohl der Park – den ich ab sofort, da er wahrhaftig verwunschen und zauberhaft ist, nur noch als meinen Märchenwald bezeichnen werde – im Zentrum dieser Millionenstadt liegt (also eigentlich von Menschen überlaufen sein müsste), finde ich in ihm stets ein ruhiges Plätzchen, an dem ich meine Gedanken, fern vom hektischen Großstadttrubel, ungestört sammeln, ordnen oder auch einfach nur leichtfertig hinweg schweifen lassen kann. Alles ist so ruhig und still und nur ab und zu hört man an den Rändern des Waldes den Großstadtverkehr, dessen Lärm jedoch durch die Bäume und Sträucher so sehr abgeschwächt und gedämpft wird, dass man das Gefühl hat, statt Motorengeräuschen, das besänftigende Rauschen einer fernen Meeresbrandung zu vernehmen. Ganz egal, an welcher Stelle man sich gerade in meinem Märchenwald befindet, kommt man aus dem entdecken, staunen und träumen kaum heraus: Dort das noch zaghafte Sprießen der vielfach gebuchteten Eichenblätter und hier die süßen Duftnoten des lilafarbenen Flieders vermischt mit dem nicht minder anmutigen Aroma der weißen Blütenfülle eines Traubenkirschbaums, und wiederum dort ein mit Erlen, Trauerweiden und Rhododendren umsäumter Flusspfad, dessen Blüten sich purpurfarben im Wasser widerspiegeln und etwas weiter hinten, zwischen den hoch gewachsenen Linden, Buchen und Ulmen hindurch, der geschmeidige Gleitflug eines Mäusebussards. Und weiter und weiter durch meinem Märchenwald mit seinem stets knirschendem Unterholz, hinweg über den sanften Schwung einer Brücke, vorüber an der eleganten Krümmung einer Astgabel, vorwärts treibend zwischen den schlanken Säulen der Pappeln, vorbei am rauschendem und tosendem Wasser einer Kanalschleuse, vorbei am Dahinwehen der Haselnusskätzchen, bis hinunter zu dem faltenlosen See an einem windstillen Tag, auf dessen Wasseroberfläche die Sonne funkelt und glitzert.

Ich weiß nicht, ob ich dir, vielgeliebte Stella, jenes sanftmütige Glück veranschaulichen konnte, das ich, wann immer ich meinen Märchenwald zu Fuß oder mit dem Fahrrad durchquere, tief in meinem Herzen empfinde. Vielleicht muss man diese Harmonie, diesen von Farben umwobenen Einklang in der Vielheit, dieses tänzelnde, flussumrauschte und schwebende Zusammenspiel der Natur mit eigenen Augen gesehen haben, um die Schönheit, mit der sich mein Märchenwald umkleidet, für sich selbst erschließen zu können? Ach Stella, warum bist du nicht hier, um mit mir gemeinsam meinen Märchenwald zu durchforschen, warum bist du nicht hier, um dich mit mir gemeinsam von meinem Märchenwald verzaubern zu lassen?

Eigentlich wollte ich dir in diesem Brief auch noch etwas über meine Eindrücke aus der Bar *Helsinki* berichten, die, wenngleich auch aus entgegen gesetzten Gründen, ebenso wie mein Märchenwald, zu einem wichtigen Ort für mich in Atopos geworden ist. Aber ich fühle mich zu erschöpft, um diesen Brief noch allzu lange fortzuführen.

Ach Stella, nur noch vier Tage bis zu meinem ersten Date, nur noch vier Tage bis zu meiner ersten Kundin. Du kannst dir gar nicht vorstellen, wie aufgewühlt und durcheinander, wie fahrig und nervös ich wegen dieser ganzen Geschichte bin. Wirst du mir für Montag, so makaber sich dies auch für deine Ohren anhören mag, beide Daumen drücken? Glaube mir, dass ich das ganz und gar ohne Ironie oder Sarkasmus meine – ja, wünsche mir viel Glück, Stella, wünsche mir bitte für Montag viel Glück!

Ich küsse, vermisse, umarme und liebe dich!
Schlaf gut und träume etwas Schönes!

Dein Malik!

Sechzehnter Brief

Atopos, Mittwoch, den 12. Mai 2004

Es kam, wie es kommen musste: Mein erster Arbeitstag als Begleitservice verlief alles andere als erfolgreich. Ich war viel zu hektisch, war viel zu unsicher und dementsprechend gestaltete sich der Abend, jedenfalls meiner Ansicht nach, zu einem grandiosen Desaster.

Zunächst sah es gar nicht mal so übel aus: Ich hatte mich für acht Uhr abends mit der Kundin in einem noblen Restaurant verabredet und nachdem wir beide pünktlich erschienen waren, am Tisch Platz genommen und unsere Bestellungen aufgegeben hatten, entspann sich zwischen uns eine angenehme Konversation, die weder angestrengt noch gekünstelt war. Bei Rotwein und Kerzenschein plauderten wir über das Wetter und andere belanglose Nebensächlichkeiten. Während wir das wirklich ausgezeichnete Zanderfilet verspeisten, unterhielt ich sie mit ein paar kleinen Anekdoten aus meinem Leben in Deutschland. Sue, so hieß die Kundin, eine etwas mollige Dame so um die Mitte 40, die, wie sie mir während der Nachspeise – einem köstlichen Zitroneneis – erzählte, als recht erfolgreiche Immobilienmaklerin in Atopos arbeitet, war mir keineswegs unsympathisch, was auf Gegenseitigkeit beruhte, da auch sie durchaus von mir angetan gewesen zu sein schien.

Nach dem Essen fuhren wir mit einem Taxi zum Hotel und genehmigten uns, bevor wir aufs Zimmer gingen, an der Hotelbar noch ein paar Gläser Whisky. Im Hintergrund sang eine farbige Soulsängerin unter Klavierbegleitung ihre traurigschönen Balladen; ich erfuhr von Sue, dass sie bereits seit vielen Jahren die Dienste der Agentur in Anspruch nahm – was wahrscheinlich die Ungezwungenheit und Souveränität ihres Auftretens erklärte – und von der Chefin der Agentur davon informiert worden sei, dass ich heute zum ersten Mal arbeitete und sie deswegen vollstes Verständnis dafür haben würde, falls es gleich nicht auf Anhieb mit mir klappen sollte. Ich weiß nicht, ob mich diese Mitteilung beruhigte oder noch nervöser machte, als ich dies ohnehin schon war. Ich versuchte mich jedenfalls zu entspannen, wir tranken noch einen Whisky und dann ging es mit dem Aufzug hoch in den fünften Stock.

Als wir das Zimmer betraten, rann mir der Angstschweiß kalt den Rücken hinunter und meine rechte Oberlippe erging sich in seltsamen Zuckungen, über welche mein Willen keine Kontrolle mehr zu haben schien. Da ich nicht wollte, dass Sue dieses Zeichen meiner Nervosität bemerkt, verabschiedete ich mich vorerst ins Badezimmer. Ich zog mein Jackett aus, lockerte meine Krawatte und ließ, über das Waschbecken gebeugt, kaltes Wasser in meine Handflächen fließen, das ich mir zur Abkühlung ins Gesicht spritzte. Als ich mein wasserbenetztes Gesicht im Spiegel begutachtete, zuckte meine rechte Oberlippe immer noch. Ich atmete tief ein, träufelte mir noch mehr kaltes Wasser ins Gesicht und versuchte mir Mut zuzusprechen, indem ich mir sagte, dass ich das alles schon irgendwie schaffen würde und es jetzt allein darauf ankam, meinen Kopf auszuschalten und einfach nur noch mit meinem Körper anwesend zu sein. Ich gab mir einen Ruck und verließ das Badezimmer mit etwas abgeschwächten, nicht mehr ganz so heftigen Zuckungen.

Sue saß völlig entspannt mit einem Glas Champagner in einem schwarz gepolsterten Ledersessel. Sie hatte das Licht gedämpft und das Radio eingeschaltet, aus dem nunmehr sanfte Jazzmusik erklang. Ich goss mir ebenfalls ein Glas Champagner ein und leerte dieses mit einem Schluck. Dann kam Sue auf mich zu und während ein Saxophon die Zwischenräume im Zimmer mit seinen verträumten Klangfarben anmutig durchwebte, begannen wir damit uns zu küssen und zu entkleiden. Das Zucken der Oberlippe war in der Zwischenzeit in mein rechtes Bein gefahren und all die Schweißperlen, die sich vor lauter Aufregung einen Weg aus meinen Hautporen gebahnt hatten, überdeckten meinen gesamten Körper ganz so, als ob ich gerade aus einer Badewanne gestiegen sei. Ich war betrunken, war durcheinander und alles drehte sich so schnell in meinem Kopf, dass ich mich kaum konzentrieren konnte. Während mein Bewusstsein sich allmählich verflüchtigte, schien es, als ob sich mein Unbewusstes, indem es mein rechtes Bein immerzu heftiger zucken ließ, dafür um so mehr in den Vordergrund drängte – mir durch dieses Zucken klarzumachen versuchte, dass mein Gewissen, mein Herz oder meine Seele oder wie auch immer man das nennen möchte, dieser Situation noch nicht gewachsen war.

Dennoch küssten, streichelten, umarmten und liebkosten wir uns. Ich steckte meine Finger in ihr feuchtes Geschlecht und sie nahm meinen Schwanz in die Hand, der sich unter ihren zärtlichen Berührungen, langsam aber stetig aufrichtete. Wir lagen im Bett, ich spreizte ihre Beine und leckte ihre Klitoris. Sue seufzte und stöhnte, indessen ich sie mit meiner Zunge und meinen Fingern verwöhnte. Dann drang ich in sie ein und nach nur drei oder vier Stößen, nach ein paar mickrigen Sekunden, schoss mein Samen bereits ungestüm in ihre Vagina hinein. Welch ein Debakel, vielgeliebte Stella, welch ein Fiasko! Und das Schlimmste war, dass Sue dann auch noch sagte, dass das nichts ausmachen würde, dass sie mit verständnisvoller Stimme wiederholte, dass das alles vollkommen in Ordnung sei – glaube mir, vielgeliebte Stella, dass es für einen Mann nichts so Erniedrigendes gibt wie eine Frau, die einen nach einer verfrühten Ejakulation auch noch zu trösten versucht!

Wir schwiegen, rauchten ein paar Zigaretten und tranken unablässig Champagner. Geradezu zwanghaft wartete ich darauf, dass sich mein Glied wieder aufrichtet, damit ich bei einem zweiten Versuch Sue etwas mehr sexuellen Genuss verschaffen kann. Gewiss trug meine Ungeduld mit dazu bei, dass ich diesmal etwas länger als für gewöhnlich auf meinen erigierten Schwanz warten musste. Als es dann schließlich soweit war und nachdem wir uns erneut einem ausgiebigen Vorspiel hingegeben hatten, dauerte es diesmal vielleicht gerade einmal zwei Minuten, bevor ich abermals viel zu früh ejakulierte. Verdammte Scheiße, Stella; du kannst dir gar nicht vorstellen, wie peinlich mir das war! Ich errötete vor Scham, war sauer auf mich und die Welt und hätte am liebsten sofort meine Sachen gepackt und diese ganze Sache mit dem Begleitservice endgültig aufgegeben und begraben.

Doch es war Sue, die mich durch ihr Lachen, das in diesem Augenblick weder erniedrigend noch demütigend wirkte, aus dieser für mich so unerfreulichen und hoffnungslosen Situation befreite. Plötzlich musste auch ich lachen und es war jenes Lachen, das mich daraufhin wieder lockerer und gelöster werden ließ. Etwas später verschwanden sogar die Zuckungen in meinem rechten Bein und all die Anspannung, die mich vorher noch so sehr blockiert hatte, war mit einem Mal wie ausgelöscht.

Wir gönnten uns ein ausgedehntes Schaumbad und hüpften im Anschluss daran erneut ins Bett – und diesmal, beim dritten und letzten Geschlechtsakt, gelang es mir doch tatsächlich, meine Ejakulation solange hinaus zu schieben, dass Sue in dieser Nacht wenigstens noch zu einem Orgasmus kam.

Als wir gegen vier Uhr morgens das Hotel verließen, schien Sue im Gegensatz zu mir durchaus zufrieden zu sein. Sie wirkte irgendwie fröhlich und gab mir zu meiner Überraschung ein dekadent hohes Trinkgeld, das ich nicht annehmen wollte, da ich glaubte, es nicht verdient zu haben. Sue bestand jedoch darauf, ich nahm das Geld schließlich an und wir verabschiedeten uns freundschaftlich. Ich weiß nicht, ob Sue nur höflich zu mir sein wollte oder ob sie tatsächlich einigermaßen zufrieden mit mir war? Wir werden ja sehen, ob sie mich nochmals engagieren wird.

Am darauf folgenden Tag, also gestern, wachte ich erschöpft und missmutig auf. Mein Kopf brummte und mir war, als ob ich kaum geschlafen hätte. Mein Inneres fühlte sich leer und ausgebrannt an und an meinem Körper haftete noch der etwas abgestandene fremde Geruch von Sue, der mich daran erinnerte, dass die letzte Nacht real und kein Phantasiegebilde meiner Träume war. Nichtsdestotrotz kam mir der vergangene Abend irgendwie absonderlich und unwirklich vor, kam mir jener Malik, den ich in den Nachbildern vor meinem inneren Auge argwöhnisch bemusterte, irgendwie wie eine unbekannte Person vor, die nichts mit mir und meinem Leben zu tun hatte. Ich weiß nicht, ob es mir jemals gelingen wird, jenen Malik, der als Prostituierter arbeitet, in meine Persönlichkeit zu integrieren; ich weiß nicht, ob es überhaupt erstrebenswert ist, jenen Malik als Teil meiner selbst anzuerkennen oder ob es nicht viel klüger von mir wäre, den Prostituierten-Malik in einer Art von heilsamer Schizophrenie, ganz und gar von mir abzuspalten. Gestern habe ich mich jedenfalls hundsmiserabel gefühlt. Wie auch immer: Es ist spät geworden. Ich vermisse dich!

Schlaf gut und träume etwas Schönes!

Dein Malik!

Siebzehnter Brief

Atopos, Freitag, den 14. Mai 2004

Die Abenddämmerung überzieht den Himmel mit ihren vielfältigen Blautönen und eine Amsel, die auf der noch unbeleuchteten Straßenlaterne gegenüber meiner Wohnung sitzt, begleitet mit ihrem melancholischen Gesang den Beginn dieses Briefes. Die ersten Sterne funkeln bereits am Nachthimmel und während ich dir bei geöffnetem Fenster schreibe, weht ein lauwarmer Frühlingswind den süßen Duft der Vogelbeerblüten in mein Zimmer hinein. Hörst du die melodiösen Strophen der Amsel, vielgeliebte Stella? Siehst du das von Ost nach West in seiner Sättigung zunehmende Blau der Dämmerung; und kannst du es riechen, riechst du das blumige Aroma der Vogelbeere, das die Luft in meinem Zimmer mit seinem bezauberndem Frühlingsparfüm anmutig durchwoben hat? Ach Stella, weshalb bist du nicht hier, warum ...

Die Nacht mit Sue steckt mir noch in den Knochen und morgen habe ich bereits den nächsten Termin mit einer anderen Kundin, vor dem ich mich jetzt schon fürchte. Später, nach dem Ende dieses Briefes, werde ich noch ins *Helsinki* gehen, um mich ein wenig von meinen Ängsten abzulenken und die Nacht nicht mit unnötigen Grübeleien zu verbringen – denn abgesehen von meinem Märchenwald gibt es in Atopos kaum einen anderen Ort, der mich so sehr entspannt und beschwichtigt wie diese Bar, die, wie ich dir bereits geschrieben habe, nur ein paar wenige Gehminuten von meiner Wohnung entfernt liegt und im Verlauf der letzten paar Monate zu einer Art von zweitem zu Hause für mich geworden ist.

Komm Stella, lass uns gemeinsam ins *Helsinki* gehen! Wir ziehen uns an und verlassen meine Altbauwohnung, deren Dielenboden ich heute, so wie jeden Freitag, mit Besen und Waschlappen vom Staub der vergangenen Woche befreit habe. Wir schließen die Wohnung mit ihren hohen Decken hinter uns ab, laufen zwei Stockwerke treppab und landen auf einer Straße, die mit Haselnussbäumen, Linden und Vogelbeeren umsäumt ist. Ein paar Häuser weiter kaufen wir in einem kleinen Lebensmittelladen Tabak und nachdem wir mit dem wie immer zu einem Spaß aufgelegten Mahmud, dem persischen Besitzer des Ladens, ein bisschen über Gott und die Welt geplaudert haben, schlendern wir gemütlich bis zur nächsten Kreuzung, die in einer der lautesten und lebendigsten Straßen des Stadtviertels einmündet. Jetzt sind wir mittendrin im Großstadttrubel: Die Autos rauschen an uns vorbei und die Motoren der Doppeldeckerbusse übertönen mit ihrem ratterndem Lärm nahezu jedes Gespräch, unterdessen in der Mitte der Magistrale auf einer von Mauerpfeilern und Eisenstützen hoch über der Erde verlaufenden Bahntrasse die Metro sanft über unsere Köpfe hinweg gleitet. Links und rechts von uns stehen fünfstöckige Wohnhäuser aus der Jugendstilzeit, in deren Erdgeschossen sich Kleidungsgeschäfte, Kioske, Lebensmittelläden, Bars, Drogerien, Restaurants, Apotheken und Imbissstände wie an einer Perlenkette aneinanderreihen und ein merkwürdiges Duftgemisch kreieren, das sich aus gegrillten Hähnchen, gebackenen Pizzas, in Fett brutzelnden Pommes und sich am Spieß drehenden Döner Kebabs zusammensetzt. Wir laufen in einer wogenden Masse – die sich zerteilt, findet, gegeneinander stößt sowie ineinander greift – gen Süden die Allee hinunter und begegnen verliebten Pärchen, aufgetakelten Mädchengruppen, bettelnden Obdachlosen (die später unter dem Gemäuer der Hochbahn ihre Nachtlager aufschlagen werden), dunkelfarbigen Drogenverkäufern, einsam dahin sinnenden Spaziergängern, beschwingten Touristen und erschöpften Einheimischen, die alle gemeinsam, durch die vielgestaltige Energie, die sie verströmen, unbewusste Spuren in unserer Gemütsverfassung hinterlassen werden. Nach ungefähr zehn Minuten gelangen wir an eine Kreuzung, deren Straßen sich sternförmig in alle Himmelsrichtungen zerstreuen. Wir biegen jetzt rechts in die Platanenallee ein, in der sich bereits das *Helsinki* befindet.

Die Platanenallee ist im Gegensatz zur vorherigen Magistrale eine recht enge Straße, die durch ihre breiten Bürgersteige, auf der sich die Tische und Stühle der vielen hier ansässigen Restaurants, Bars und Cafés ausbreiten und ihrer verhältnismäßig schmalen Verkehrswege, die keinen tosenden Großstadtverkehr zulassen, ein Ort, an dem die Menschen geradezu zum flanieren, innehalten und beobachten eingeladen werden. Unter den ahornblättrigen Platanen, deren kugelförmige grüne Früchte wie kleine Weihnachtskugeln im Geäst der Bäume hängen und den Straßenlaternen, die zwischen den Bäumen und all den Lokalen der Platanenallee ihr mattgoldenes Licht verwunschen auf den Asphalt verströmen, kann man hier Nacht für Nacht das nicht zu stillende Bedürfnis der Großstadtmenschen nach Abwechslung und Unterhaltung bestaunen, studieren oder auch verabscheuen.

Wir sitzen jetzt an der hufeisenförmigen Bar im *Helsinki* oder stehen an dem runden Tisch eines Spätverkaufs, der zehn Meter vom *Helsinki* entfernt, all jene Leute anzieht, die sich das teure Bier in der Bar nicht leisten können. Abend für Abend gruppiert sich um diesen bauchhohen silbrigmetallischen Stehtisch jenes Spätverkaufs, der sich *Obst & Gemüse* nennt, eine wahrhaft bizarre Ansammlung von Menschen, die den so genannten Randgruppen der Gesellschaft angehören. Stundenlang stehen Alkoholiker, Bettler, Obdachlose, Künstler, Kleinkriminelle, Arbeitslose und Ausländer, die größtenteils aus Schwarzafrika sowie Mittel- und Südamerika nach Atopos ausgewandert sind, trinkend und rauchend – wobei sich das Rauchen nicht nur auf den Konsum von Tabak bezieht – an diesem Tisch, der wie bei einer Fernsehtalkshow der Mittelpunkt für weitschweifige Diskussionsrunden, üble Beschimpfungen und absonderliche Verbrüderungen ist.

Wir stehen jetzt an diesem Tisch, vielgeliebte Stella, und beobachten, wie sich ein Afrikaner und ein Mittelamerikaner über die neoliberale Entwicklung der Weltwirtschaft unterhalten und ein alkoholisierter Obdachloser zwei desinteressiert wirkenden jungen Künstlern seine verworrene Lebensphilosophie erläutert, unterdessen an anderer Stelle drei Brasilianer sich singend in ihre Heimat zurück phantasieren und daneben ein zersauster älterer Mann sich lauthals auf arabisch ein heftiges Wortgefecht mit sich selbst liefert. Falls du dich jetzt fragst, was ich unter all diesen Chaoten und Spinnern zu suchen habe, lautet meine Antwort: Lebendigkeit. Ich stehe da und suche einen Malik, der ohne intellektuellen Überbau, bei und mit diesen Menschen sein kann, suche einen Malik, der jenseits seines Verstandes, mit seinem Körper und seinem Herzen präsent ist und genieße dabei all das Durcheinander und all die Unvernunft, die diese wunderbaren Menschen um sich herum verbreiten.

Doch zurück zum *Helsinki*: Endlich sitzen wir auf einem der drehbaren Barhocker an der Theke und bestellen uns für dich ein Glas Sekt und für mich ein frisch gezapftes, kühles Bier. Das *Helsinki* ist wie immer gut besucht, die Menschen drängeln sich an der Bar, die Tische sind besetzt und sogar draußen auf der Barterrasse gibt es kaum mehr einen freien Stuhl. Im Winter war es nicht so voll, im Winter war es irgendwie poetischer und verträumter; in den kalten Monaten gab es viele Abende, in denen sich nur ein paar Gäste in der Bar verloren und man nahezu ungestört seinen abstrusen Gedankengängen nachhängen konnte. In gleicher Weise nahm ich, da ich nicht von tausenderlei Stimmen abgelenkt wurde, Dinge wahr, für die ich nunmehr im allgemeinen Trubel kein Ohr und kein Auge mehr habe. An der in einem warmen rotbraunen Farbton gehaltenen und überaus hohen Decke der Bar hängt zum Beispiel seit Monaten die Spielkarte der Herz Dame und seit Monaten frage ich mich, wie diese Herz Dame dort hingelangen konnte. Man sitzt da, schaut, beobachtet und phantasiert so vor sich hin: die Wandlichter an den Seitenwänden (die ebenso wie die Decke in einen warmen rotbraunen Farbton getaucht sind) sehen wie Tulpen aus und blickt man nur lange genug in dieses von den Tulpen beleuchtete warme Rotbraun hinein, erscheinen einem vor dem inneren Auge die unendlich weiten rotbraunen Steppenlandschaften Kenias, auf denen die Massai-Völker mit ihrem Rindern umherwandern. Die Kaffeemaschine dampft und rattert, währenddessen sie die kleinen schwarzen Kaffeebohnen zermahlt – die von wem gepflückt wurden? –, wie ein Raddampfer auf dem Mississippi. Die Theke der Bar ist aus Eichenholz und in welchem fernen Wald standen jene Eichen, auf deren verarbeiteten Holz ich meinen Arm abstütze? In der Stereoanlage läuft eine CD mit brasilianischer Musik, deren Samba-Rhythmen einen schnurstracks in die glühend heißen Straßen Rio de Janeiros versetzen und auf den Glasregalen hinter der Bar steht eine Flasche Rum aus Kuba, von der ich mir ein Glas gönne und während ich den Rum trinke, brennt die sengende karibische Sonne auf riesige Zuckerrohrfelder hinab, die von schwitzenden Arbeitern mit ihren scharfkantigen Macheten abgeschlagen werden. Ich sitze an der Bartheke und schaue durch die riesige Fensterfront des *Helsinki* auf die Straße hinaus, auf der dick vermummte Passanten im kräftigen Schneegestöber einer eiskalten Februarnacht sich ihren Weg nach Hause bahnen. Die Schneeflocken schweben und tänzeln im goldenen Licht der Straßenlaternen auf die Erde hinab und die fahlgelb gescheckten Platanen sind kahl und die Fenster im gegenüberliegenden Wohnhaus sind geschlossen – aber jetzt ist nicht Winter, sondern Frühling; die Platanen sind nicht kahl, sondern grün belaubt; die Menschen tragen keine Wintermäntel, sondern sind leicht bekleidet; die Fenster sind geöffnet anstatt verschlossen und ich sitze nicht einsam an der Bar, sondern stoße mit dir, vielgeliebte Stella, auf eine glückliche Zukunft an.

Umflüstert vom wogenden Meer der Menschenstimmen, die sich wie die Wellen an einem Sandstrand abwechselnd vor- und zurückziehen, lassen wir es uns im *Helsinki* gemeinsam gut gehen. Die Gäste sind wie immer bunt gemischt: dort hinten am Tisch zwei Kumpels, die sich viel zu erzählen haben; links in der Ecke ein Pärchen, das sich gelangweilt anschweigt; an der Theke mehr Männer als Frauen, an der Theke alte und junge, erfolgreiche und erfolglose, verlassene und noch zu verlassende Männer, die stumm in ihr Bierglas starren; an einem anderen Tisch zwei Frauen, die so tun, als ob sie nicht angesprochen werden wollen und sich gewiss das Gegenteil erhoffen; in den Gängen Grüppchen von Freunden, die sich durch die aufheiternde Wirkung des Alkohols, ausgelassen und lautstark unterhalten; und dazwischen all die Stammgäste, die sich mit einem wortlosen, nur leicht angedeuteten Kopfnicken begrüßen und von denen ich dir, da es schon wieder sehr spät geworden ist, in einem anderen Brief vielleicht einmal mehr erzählen werde.

Ich muss jetzt los, Stella. Kommst du mit mir heute Nacht ins *Helsinki*? Du sagst, dass du noch 20 Minuten brauchst, um dich im Bad zurechtzumachen. Kein Problem, Stella: Ich kann warten! Du weißt nicht, was du anziehen sollst? – Wie wäre es mit dem roten Abendkleid, das ich so sehr liebe? Du sagst, dass du keine passenden Schuhe für dieses Kleid hättest. Aber nimm doch deine roten Stöckelschuhe, du weißt schon, die mit den hohen Absätzen. Du bist fertig und findest, dass du nicht gut aussiehst. Einziggeliebte Stella: Man kann gar nicht bezaubernder als du in diesem Augenblick aussehen! Jetzt können wir gehen, sagst du. Gut, gehen wir!

Dein Malik!

Achtzehnter Brief

Atopos, Anfang Juni 2004

Deine telepathischen Geburtstagsgrüße sind am Freitag bei mir angekommen, vielgeliebte Stella: Du warst bei mir, ganz nah an meinem Herzen und dich zu spüren, zu wissen, dass du an mich denkst, hat mir unglaublich gut getan. Ich habe dich gesehen, wie du mir zugelächelt und wie du mir mit deiner zarten Stimme „Alles Gute" gewünscht hast. Du hast mich in deiner Erinnerung heraufbeschworen und deine Seele hat mich gerufen und meine Seele hat, über Tausende Kilometer hinweg, dich erhört und dir geantwortet. Du hast gesagt, dass du mich immer noch liebst, hast gesagt, dass du mich vermisst, hast gesagt, dass ich immer noch dein Mann sei. Ja, ganz gewiss hast du mich zu meinem Geburtstag besucht; ja, zweifelsohne war diese Wärme und Liebe, die mich am Freitag durchströmt hat, kein Akt der Täuschung, sondern die wunderbare Realität zweier Wesen, die sich mit ihren Seelen begegnen können, ohne körperlich anwesend zu sein. Danke, einziggeliebte Stella, vielen Dank für deine liebevollen Worte und vielen Dank für jenes Herz, das du mir zugeschickt hast: Es hat mich durch seine samtweichen Berührungen glücklich gestimmt!

Ich arbeite immer noch beim Begleitservice und war am Samstag bei einer Kundin, deren äußeres Erscheinungsbild eine Herausforderung für mich darstellte. Die Dame hieß Frau Stoddelmeyer und nannte mich die ganze Nacht über *Junger Mann*, was in Anbetracht ihrer 73 Jahre durchaus angemessen war. Beim Abendessen in ihrer Wohnung – es war ein Hausbesuch – habe ich mich die ganze Zeit über gefragt, wie zum Teufel noch mal sich mein Schwanz in Anbetracht dieser alten Dame, die bei einer Körpergröße von ungefähr 1,60 m geschätzte einhundert Kilo wog und deren Haut so zerfurcht und runzelig wie ein marodes Bauernhaus aussah, später im Bett aufrichten sollte. Ich hatte also ein gewichtiges ästhetisches Problem und habe, um Zeit zu gewinnen, das Abendessen, indem ich Frau Stoddelmeyer nahezu alle Geschichten aus meiner Kindheit und Jugend erzählte, solange wie nur möglich künstlich hinausgezögert. Ich brauchte die Zeit, um mich noch mehr zu betrinken, brauchte diesen Aufschub, um in meiner Phantasie die Nacktbilder junger Frauen zu erschaffen, die mich wenigstens ein wenig erotisieren sollten. Ich goss mir ein Glas Champagner nach dem anderen ein, redete und trank mir Frau Stoddelmeyer, die übrigens eine überaus aufgeweckte, sympathische und geistreiche ältere Dame war, schön und versuchte mir unentwegt weiszumachen, dass auch der Sex mit älteren Menschen durchaus reizvoll sein könnte.

Im Bett erwies sich Frau Stodellmeyer, trotz ihres Alters, als eine stürmische und aufbrausende Person, die gerne das Kommando übernimmt. Nachdem sie meinen Schwanz, der sich zunächst partout nicht aufrichten wollte, gelutscht hatte, setzte sie sich rittlings auf mich und stöhnte dermaßen laut, dass ich schon befürchtete, dass die ganze Stadt von Frau Stoddelemeyers Lustschreien aufgeschreckt sein müsste. Ich hielt die Augen fest verschlossen, konzentrierte mich im Geiste auf anmutige junge Damen, die sich splitternackt an einem Sandstrand räkelten, und versuchte den Schmerz zu verdrängen, den mir mein mehr oder weniger erigiertes Glied, unter den heftigen Stößen Frau Stoddelmeyers bereitete. Sie keuchte, schien kaum mehr Luft zu bekommen und ihr Herz pochte so laut und ungestüm, dass ein Schlaganfall unvermeidlich schien – doch anstatt, wie ich bereits fälschlicherweise angenommen hatte, tot über mir zusammenzubrechen, durchzuckten mehrere Orgasmen ihren brüchigen Körper und als im Anschluss daran ihre heftigen Kontraktionen und Zuckungen allmählich abebbten, sank sie wie eine schnurrende Katze neben mich. Sie lag da, sah mich an und in ihren wässrigen, kleinen und altersschwachen Augen war soviel Glück und Dankbarkeit, dass mir ganz warm ums Herz wurde und ich mich sogar ein wenig dafür schämte, mich vor ihr geekelt zu haben.

    Doch mit diesem ersten Mal war meine Nachtschicht noch lange nicht beendet: Frau Stoddelmeyer zeigte eine Kondition und Ausdauer, wie ich sie in ihrem vorgerückten Alter nicht mehr für möglich gehalten hätte. Darüber hinaus hatte sie einen geradezu unersättlichen Appetit auf Sex, der mich die ganze Nacht über nicht zur Ruhe kommen ließ. Kurz nach meiner ersten Ejakulation holte sie unter ihrem Kopfkissen einen Dildo hervor, mit dem ich es ihr besorgen musste. Diesmal blieben meine Augen geöffnet: Ich steckte den Dildo in ihre verwelkte und ausgeleierte Vagina hinein und beobachtete, wie sich unter den Stößen des Ersatzgliedes, ihr runzeliger und zerbrechlicher Körper ekstatisch hin und her wand. Ich weiß auch nicht, wie ich dir das erklären soll, aber allmählich verlor ich, möglicherweise durch den Alkohol bedingt oder vielleicht auch nur, weil ich mich an die Situation gewöhnt hatte, all jenen Ekel und Abscheu, den ich zu Anfang des Abends noch so sehr empfunden hatte.

    Beim nächsten Akt ließ ich mich jedenfalls gehen und küsste ihre schlaffen und wie faules Obst herabhängenden Brüste, streichelte all ihre Fettspalten und Rettungsringe, liebkoste ihre brüchige und zerklüftete Haut, spielte mit meinen Fingern an ihrer morschen Klitoris und leckte mit meiner

Zunge ihre altertümlichen Schamlippen. Seltsam, aber dieser Körper, der mir vor ein paar Stunden noch so unansehnlich und abschreckend vorkam, dieser unglaublich verschrumpelte und zerknitterte Körper von Frau Stoddelmeyer, war jetzt, wenngleich auch noch nicht schön, immerhin für mich zu etwas geworden, dass ein Recht auf Leidenschaft und Anerkennung besaß. Frau Stoddelmeyer küsste, kratzte, schrie und zuckte bis in das Morgengrauen hinein und gab mir zum Abschluss ein Trinkgeld, das sich in der Nähe eines meiner früheren Wochengehalte als Journalist bewegte.

Seit dieser Nacht mit Frau Stoddelmeyer musste ich viel über den Begriff der Schönheit nachdenken. Wo wohnt die Schönheit, vielgeliebte Stella? Ich erinnerte mich an einen Satz von Goethe, der in einem seiner Briefe – ich habe es extra nochmals nachgeschlagen – in einem Brief an Friederike Oeser aus dem Jahre 1769, einmal die folgenden Worte schrieb:

Und was ist Schönheit? Sie ist nicht Licht und nicht Nacht. Dämmerung; eine Geburt von Wahrheit und Unwahrheit. Ein Mittelding.

Treffender als Goethe kann man es kaum formulieren; denn Schönheit ist mehr als allein das äußere Erscheinungsbild einer Person, ist mehr als das herkömmliche, von der Kulturindustrie geprägte Schönheitsideal, in der Frauen nur dann als schön gelten, wenn sie schlank, jugendlich und wohlproportioniert sind. Versteh mich richtig, Stella, damit möchte ich nicht behaupten, dass das äußere Erscheinungsbild unwichtig wäre: Gewiss ist eine Frau mit einer schlanken Taille, langen Beinen, einem knackigen Arsch und straffen runden Brüsten, ist eine Frau, deren Stimme verführerisch klingt, deren lange Wimpern ihren Augenaufschlag betonen, deren Schmollmund zum Küssen einlädt und deren lasziver

Hüftschwung uns um den Verstand bringt, attraktiver und hübscher als eine Frau, die all diese Attribute nicht besitzt. Aber diese stereotypen Merkmale reichen eben noch nicht dazu aus, um wirklich schön zu sein. Wie oft ist mir im Leben schon eine Frau begegnet, die all diese klischeehaften Vorstellungen der Schönheit besaß und dennoch meiner Ansicht nach nicht schön, sondern sogar abstoßend wirkte, da sich in ihrem Gesicht kein Rätsel und kein Geheimnis verbarg, da sich in ihren vermeintlich schönen Augen all das Seichte, Uninteressante und Plumpe ihrer Persönlichkeit offenbarte.

Was also ist Schönheit? Hat mir nicht die alte Frau Stoddelmeyer bewiesen, dass sogar ein vermeintlich potthässlicher Körper wie der ihre durch Humor, Geist, Leidenschaft und Lebendigkeit schön werden kann? Brauche ich ein Bildverbot? Erfordert meine Arbeit als männlicher Edelprostituierter von mir, das allgemeingültige Schönheitsideal zu vernichten und zu zerstören? Ist es nicht meine Aufgabe, Schönheit in Speckfalten, brüchigen Knochen, schlaffen Brüsten, herunter hängenden Ärschen und verwelkten Hautformationen zu suchen und zu finden? – Ist es nicht meine Aufgabe, eine sublime Schönheit in den Frauen freizuphantasieren, die quasi eine Umwertung der Werte zur Folge hat, in der das allgemein Schöne hässlich und das vermeintlich Hässliche wiederum schön wird? Sollte ich mir ein Bildverbot auferlegen, das mir untersagt, Schönheit nach äußeren Kriterien zu beurteilen oder brauche ich nicht vielmehr ein Bildgebot, das mich stets darin ermahnt, die Schönheit jenseits von Licht und Nacht zu suchen?

Erinnerst du dich noch an das Bildnis des Dorian Gray von Oscar Wilde? Ich weiß, dass du diesen Roman gelesen hast. Im Mittelpunkt dieses wundervollen Buches wird das Verhältnis von Innen- und Außenwelt umgekehrt, indem der Körper des Dorian Gray die ewige Schönheit und Blüte seiner Jugend beibehält, währenddessen das Porträt, das sein Freund Basil Hallward von ihm gemalt hatte, beziehungsweise die Seele des Dorian Gray, im Verlauf der Zeit alt, hässlich, heimtückisch, grausam und widerwärtig wird. Es war also das gemalte Abbild und nicht sein äußeres Erscheinungsbild, das die Schattenseiten seiner Seele widerspiegelte und es ihm dadurch ermöglichte, seine Umgebung mit einem unschuldigen und engelsgleichen Gesicht zu täuschen. Was, wenn es mir nunmehr gelingen würde, die Thematik des Romans nochmals umzustülpen, indem ich die Seelen der Frauen freiphantasiere und wacherzähle und diese möglicherweise bildhübschen Seelen dann anstelle ihres sichtbaren Erscheinungsbildes setzen würde? Warum eigentlich nicht? Warum sich nicht auf die Suche nach einer anderen Schönheit begeben, in der ich, so abgedroschen und banal sich dies auch anhören mag, das Porträt der inneren Schönheit meiner Kundinnen Schicht um Schicht freilege und diese dann in das äußere Erscheinungsbild mit hinein zeichne? Wäre dies ebenso ein Betrug wie im Roman oder würde ich dadurch nicht vielmehr dem wirklichen Erscheinungsbild meiner Kundinnen näher kommen und gerecht werden? Aber was, wenn auch die Seelen meiner Kundinnen alt, hässlich und niederträchtig sind? – Na ja, dann habe ich eben Pech gehabt.

Auf der Suche nach Schönheit, aber nicht nur in den Körpern der Frauen, sondern auch im Leben, in meinem Leben – ja, Stella, was tue ich im Moment auch anderes, als die Schönheit zu suchen. Ich suche sie in den Büchern, in meiner Arbeit, in meinem Märchenwald, in der Natur, in der Stadt, in meiner Seele, in den Menschen auf der Platanenallee, in dir und diesen Briefen; bin auf der Suche nach einem neuen ästhetischen Schönheitsideal, das vielleicht erst in der Vielstimmigkeit und im Widerspruch seinen ganzen Zauber entfalten wird? Ja, ich suche eine schöne Daseinsform, in der sich die Gegensätze und Verschiedenheiten nicht ausschließen, sondern ganz im Gegenteil wechselseitig durchdringen und vermischen, suche also eine schöne Unförmigkeit oder ein harmonisches Muster, das mir möglicherweise eine andere, vielleicht tiefsinnigere und wahrhaftigere Sicht auf mich und das Leben ermöglicht? Ach Stella, was ist Schönheit? Wo verweilt sie? Wo täuscht sie? Wo leuchtet sie? Ist sie überhaupt der richtige Begriff? Ist nicht allein schon der Begriff der Schönheit als Lebensideal ein fataler Irrglaube?

Wie dem auch sei: Schlaf gut, vielgeliebte Stella, und träume etwas Schönes!

Dein Malik!

Neunzehnter Brief

Atopos, Anfang Juli 2004

Licht und Weiß: Der Sommer ist Licht und Weiß, vielgeliebte Stella. Die Mauersegler jagen mit ihren langen sichelförmigen Flügeln und ihren kurzen gegabelten Schwänzen wie Fluggeschwader durch die hellicht schimmernden Straßenschluchten der Millionenstadt, das Flusswasser glitzert im Angesicht der Sonne und die Luftschichten erzittern flimmernd über dem Asphalt. Ausgedehnte Spaziergänge durch die sonnenüberfluteten Straßen der Stadt und ich, in all dieser Lichtfülle verschwindend, untergehend, eintauchend sowie zerfließend; und im Märchenwald lassen die Zweiggewölbe die Sonne nur lichtbetupft auf den Waldboden gelangen, unzählige Lichtfunken hängen im Geäst; zersplittertes Licht bestreicht die Baumstämme und dort, wo die Bäume einen Spalt frei lassen, durchschneidet eine glühende Linie beseelt den Schatten des Waldes.

Licht und Weiß: der Sommer ist Licht und Weiß, vielgeliebte Stella.

Ein Blick in den Himmel und welche Geschichten erzählen dir die federweißen Schönwetterwolken heute? Schneeweiße Eisgebirge am Horizont und gestern ein kräftiger Nordostwind, der schneefarbene Drachen und Elefanten über die Häuser der Stadt hinweg gefegt hat. An einem anderen Tag ein sanfter Wolkenflug und das bezaubernde Flattern der Schmetterlinge, auf Wegrändern, in Gärten, auf Blumen, an Hauswänden, über parkenden Autos – überall und allerorts – jener besänftigende Flug der Weißlinge, der meine Schritte leicht und beschwingt werden ließ. An anderer Stelle die schönwipfligen Robinien mit ihren milchigweiß herabhängenden Traubenblüten, die mich mit ihrem süßen Wohlgeruch schmeichelhaft umduften und gleich daneben ein paar Pappeln, die aus ihren kleinen grünen Fruchtkapseln jene feinen wolligen Samenflocken entlassen, die nunmehr schon seit mehreren Wochen vom Wind getragen samtweich durch die Stadt schweben – und wie leicht und unbeschwert der Flockentanz der Pappelsamen doch ist, ein gewichtloses hoch und runter sowie ein elegantes kreuz und quer – welch ein müheloses und geschmeidiges zartweißes Dahinwehen jener flaumbesetzten Pappelsamenflocken, deren luftiger Tanz meine Seele entrückt und mein Herz von aller Schwere und Last befreit!

Licht und Weiß: der Sommer ist Licht und Weiß, vielgeliebte Stella. Ich fühle mich gut, fühle mich geborgen und lasse, so oft wie nur möglich, meine Seele von der wärmenden Julisonne leuchtend durchdringen.

Meine Gemütszustände stabilisieren sich allmählich und auch in der Arbeit scheine ich Fortschritte zu machen. Ich bin nicht mehr ganz so fahrig und nervös wie noch zu Beginn, bin ruhiger, gelassener und auch ein klein wenig souveräner geworden. Ebenso benutze ich inzwischen ab und zu Viagra und die Einnahme dieses potenzsteigernden Mittels hat sich überaus positiv auf meine Standfestigkeit ausgewirkt. Ich hatte im vergangenen Monat viele Kundinnen und glaube sagen zu dürfen, dass die meisten durchaus zufrieden mit mir waren. Alles lief also ganz gut und es gab nur eine Nacht, die mich etwas irritiert und nachdenklich gestimmt hat.

Es war sehr heiß an jenem Tag und ich war für zehn Uhr abends zu einem Hotel in der Innenstadt bestellt worden, das zu den feinsten Adressen von Atopos gehört. Der Hotelportier, der einen eleganten schwarzen Frack trug, verbeugte sich bei meiner Ankunft tief vor mir und öffnete mit seinen weißen Handschuhen formvollendet die Tür zum Foyer, dessen prachtvolle Einrichtung mich ein wenig schwindelig machte. Ich war beeindruckt von dem glänzenden Marmorboden, den antiken Säulen, der atemberaubend hohen Decke, den goldenen Kronleuchtern, der geschmackvoll eingerichteten Kaminecke und den Hotelgästen, die ausnahmslos reich und vornehm wirkten. Von all diesem Prunk etwas eingeschüchtert fragte ich den Empfangschef mit viel zu zaghafter Stimme, ob eine Nachricht für mich hinterlegt worden sei, woraufhin dieser mir mit einem diskreten Lächeln zuflüsterte, dass ich von der Dame bereits auf Zimmer 402 erwartet würde. Der Hotelpage brachte mich mit dem Lift in den vierten Stock, nahm dankend sein Trinkgeld entgegen und wünschte mir einen angenehmen Abend. Schwitzend klopfte ich an die Zimmertür, die mir von einer recht schlanken und groß gewachsenen Frau so um die Vierzig geöffnet wurde.

Die Frau hieß, so behauptete sie es jedenfalls, Nora und kam, nachdem sie mich wie ein Stück Schlachtvieh begutachtet hatte, sofort zur Sache: Sie drückte mir eine Polizeiuniform in die Hand und sagte in einem herrischen Tonfall, der keinen Widerspruch zuließ: „Ziehen Sie sich im Bad um."

Alles ging ganz schnell und ich tat einfach, was man mir befohlen hatte. Die Uniform saß wie angegossen und als ich mich im Badezimmerspiegel mit Polizeiabzeichen, Lederstiefeln, Handschellen, Gummiknüppel und Pistolenhalter betrachtete, war es, als ob ich mir mit der Uniform eine andere Identität zugelegt hätte. Ich fühlte mich irgendwie kalt, emotionslos und stark, fühlte mich wie ein anderer Mensch, der nahezu nichts mehr mit den Malik zu tun hatte, der noch vor ein paar Minuten ein wenig unsicher durch das Hotelfoyer geschlichen war. In diesem Moment verstand ich nochmals auf ganz andere Art und Weise, warum sich so viele Prostituierte einen Arbeitsnamen zulegen, verstand ich unmittelbar und körperlich, dass solch ein anderer Name oder eine Uniform oder was auch immer das eigene Wesen durch seine tarnende Wirkung stärkt und beschützt.

Ich ging ins Schlafzimmer. Die purpurfarbenen Vorhänge waren zugezogen, das Licht war gedämpft und Nora lag nackt auf dem Bett. Sie sah mich mit einem kühnen und herausforderndem Blick an und befahl mir mit kaltblütiger Stimme, ihr Handgelenk an das Bettgestell zu ketten. Die ganze Szenerie kam mir irgendwie spielfilmvertraut vor, war wie eine Szene aus den billigen Sex- oder Gangsterfilmen, die ich mir mit Sechzehn klammheimlich auf Video angeschaut hatte – mit dem einzigen Unterschied, dass es nunmehr Gerüche gab und ich auch noch die Hauptrolle spielen sollte. Ich hantierte ungeschickt mit den Handschellen herum und erinnerte mich in diesem Augenblick daran, wie ich mich einmal als Kind – vielleicht mit sechs oder sieben Jahren – im Karneval als Polizist verkleidet hatte und versehentlich meine Kusine zum Weinen brachte, da mir der Plastikschlüssel von den Handschellen, die ich ihr angelegt hatte, beim Öffnen abgebrochen war. Diesmal waren die Handschellen jedoch nicht aus Plastik sondern aus silbernem Metall und ich war kein kleines Kind im Karnevalskostüm sondern ein erwachsener Mann, der nunmehr als Prostituierter in Polizeiuniform abermals einer Frau Handschellen anlegte – seltsam, vielgeliebte Stella, wie sich manche Bilder im Leben grundverschieden wiederholen.

Kurz nachdem es mir endlich gelungen war, Noras Hände an den Messingrahmen des Bettes anzuketten, bekam ich von ihr im militärischen Befehlston die Anweisung, meinen Gummiknüppel einzusetzen. Ich ließ den Knüppel langsam über ihren Hals, ihre flachen Brüste, ihre langen schlanken Beine und ihren behaarten Schamhügel gleiten. Sie wand sich hin und her, wollte sich aus ihrer machtlosen Position befreien, wurde immerzu erregter und dann, als sie den Höhepunkt ihrer Anspannung erreicht hatte, schrie sie: „Und jetzt ramm ihn mir rein, du Schwein. Los. Tiefer. Härter. Du Scheiß-Bullenschwein. Gib's mir. Los. Gib's mir!"

Ich schob den Knüppel zwischen ihre gespreizten Beine und sie stöhnte, schrie, schimpfte und zuckte. Danach wurde der Gummiknüppel mit dem Revolver vertauscht. Obschon ich noch nie eine richtige Waffe in der Hand hatte, fühlte sich für mich dieses schwere Schießeisen, mit dem ich nunmehr ihren Körper entlang glitt, echt an. Ich weiß auch nicht warum, aber anstatt mich zu ekeln, fand ich Gefallen an diesem Machtspiel; und während Nora mir unablässig schmutzige und obszöne Wörter an den Kopf warf, wurde ich von Minute zu Minute erhitzter und lüsterner. Ja, Stella: es war erotisch, dass sie sich nicht wehren konnte; es war erotisch, mit der Schusswaffe über ihren hilflosen Körper entlang zu streicheln; es war erotisch, den pechschwarzen Lauf der Pistole in ihre triefende Vagina zu stecken. Ich drang immer tiefer mit der eisernen Schusswaffe in ihr Geschlecht ein und es war ganz eigenartig, wie sinnlich und verführerisch dies alles auf mich wirkte.

Der Pistolenlauf in ihrer feuchten Vagina und Noras Augen funkelnd, hasserfüllt und zugleich so voller Lust und Begierde und dann ihr Befehl, diesmal weder Knüppel noch Schießeisen, sondern meinen Schwanz, der so steif und hart wie noch bei keiner Kundin zuvor geworden war, in sie hinein zu stecken. Welch ein Kampf! Welch eine Fleischeslust!

Und welch eine Abscheu vor jener animalischen Triebhaftigkeit, zu der wir als Menschen fähig sind! Zum ersten Mal hatte ich bei einer Kundin einen Orgasmus.

Als der Akt vorbei war, fühlte ich mich dreckig und angewidert. Ich öffnete ihre Handschellen, ging ins Bad und wollte nur noch so schnell wie möglich aus diesem Hotel verschwinden, was ich dann auch tat. Ich fuhr mit einem Taxi zum *Helsinki* und trank solange, bis ich zu keiner mich aufwühlenden Empfindung mehr fähig war.

Am darauf folgenden Morgen dachte ich, dass ich für diesen Job einfach zu empfindlich und sensibel bin. Ich wollte mal wieder alles hinschmeißen! Ich betrachtete die Nachbilder und fragte mich, warum mich die Gewalt der letzten Nacht so sehr angezogen und fasziniert hatte? War es das Kostüm, war es die Sehnsucht danach, jemand anderer zu sein? Oder war es die Überschreitung einer moralischen Grenze, war es das Spiel mit der Gefahr, das mich so sehr gereizt hatte? Oder war es das Verlangen nach Schmerz oder die Wollust der Erniedrigung oder vielleicht doch nur der Zauber von Herrschaft und Macht? Warum hat die Gewalt solch eine Sinnlichkeit und Kraft, warum besitzt sie solch eine lustvolle und dunkle Schönheit? – Und wie viel Gewalt kann und darf ich, ohne dabei mein Herz und meine Seele zu verlieren, mir in meiner Arbeit und in meinem Leben erlauben? Verstehst du Stella, es ist eines, sich diese Dinge in seiner Phantasie auszumalen und etwas ganz anderes, sie in Wirklichkeit zu erleben. Plötzlich erkennt man sich nicht wieder und man bekommt Angst vor diesem Fremden, der bislang unerweckt in einem geschlummert hat, bekommt plötzlich Angst vor seinen eigenen Abgründen und seiner eigenen Gewalt.

Mittlerweile habe ich mich, indem ich meine Ängste akzeptiert (oder verdrängt?) habe, wieder zurückerobert. Ich bin einfach da, schaue, staune und lasse alles geschehen. Wie auch immer, vielgeliebte Stella, dieser Sommer ist trotz dieser Geschichte mit Nora Licht und Weiß, ganz gewiss ist dieser Sommer für mich Licht und Weiß!

Schlaf gut und träume etwas Schönes!

Dein Malik!

Zwanzigster Brief

Atopos, Anfang August 2004

Im Allgemeinen werde ich von den Frauen ja relativ respektvoll behandelt, aber letzte Woche, vielgeliebte Stella, hatte ich es mit einer Kundin zu tun, die mir jetzt noch die Zornesröte ins Gesicht treibt.

Wir waren spät abends in einem dieser Wolkenkratzer im Geschäftsviertel von Atopos verabredet und als ich zwei Minuten nach Elf im 24. Stock ankam, wurde ich gleich von der Kundin – die mich anscheinend für zu unwürdig erachtete, um mir ihren Namen zu nennen – in einem widerwärtig hochfahrenden Tonfall darauf aufmerksam gemacht, dass wenn sie elf Uhr sage, sie auch elf Uhr meine und ich mir das doch bitte schön für das nächste Mal merken sollte. Danach forderte mich die Frau, die sich für ihr Alter, das ich so um die Mitte vierzig schätzen würde, zugegebenermaßen nicht schlecht gehalten hatte, in einem ebenso arroganten Tonfall auf, mir erst einmal die Hände zu waschen. Alles an dieser Frau war mir unsympathisch: Ihre aufrechte Körperhaltung wirkte bieder und verkrampft, sie trug einen abscheulichen dunkelbraunen, knielangen Rock mit dazugehöriger Bluse und ihre abrasierten Augenbrauen, die sie mit einem schwarzen Augenbrauenstift nachgezeichnet hatte, ließen ihr Gesicht noch kälter, seelenloser und abgestumpfter erscheinen, als es dies ohnehin schon war. Eigentlich hätte ich sofort gehen, hätte ich, als sie mich mit ihrem blasiertem Getue dazu aufgefordert hatte, mir erst einmal die Hände zu waschen, sofort das Bürogebäude verlassen und mir einen schönen

Abend machen sollen – doch bedauerlicherweise bin ich geblieben.

Darüber hinaus verstärkte das Großraumbüro, in dem wir uns befanden, durch seine funktionale und lieblose Einrichtung – überall Aktenordner, Telefaxgeräte, Drucker, hässliche blaue Schreibtische, scheußliche graue Schreibtischlampen, zugeklappte Laptops, graue Papierkörbe und stumpfsinnige Wandbilder – in mir ein Gefühl der Abneigung und des Unwohlseins. Alles in diesem verlassenem Raum war steril und tot, war kühl und beklemmend und die Angestellten, die tagsüber hier wenigstens noch ihre Energie verströmten, saßen jetzt gemütlich bei ihren Familien, welche mir nunmehr aus den eingerahmten Fotos, die fein säuberlich auf nahezu jedem Schreibtisch standen, dämlich entgegen grinsten. Ich fühlte mich von diesem Großraumbüro jedenfalls alles andere als inspiriert.

Als ich mit meinen gewaschenen Händen aus dem Badezimmer kam, warf mir die Kundin zwei durchsichtige Handschuhe, die man gemeinhin in einem Erste-Hilfe-Koffer findet, verächtlich entgegen und erläuterte mir mit prätentiöser sowie hochmütiger Stimme, was ich im Folgendem zu tun und was zu unterlassen hatte. Ihre Anweisungen liefen darauf hinaus, dass ich, währenddessen sie weiterhin arbeiten würde, unter den Schreibtisch kriechen und sie von dort aus, ohne einen Ton von mir zu geben, mit meinen Fingern befriedigen sollte.

Sie zog sich ihren Schlüpfer aus, schob diesen abscheulichen dunkelbraunen Rock nach oben, setzte sich mit gespreizten Beinen auf ihren Bürostuhl und arbeitete – oder tat jedenfalls so, als ob sie arbeiten würde – unterdessen ich meine behandschuhten Finger in ihre enge und widerspenstige Möse steckte. Obgleich ich mir beinahe einen Krampf in beiden Armen zuzog, blieb ihre Vagina ebenso kühl, distanziert und leidenschaftslos wie zuvor ihr Gesicht. Die Kundin zeigte nicht die geringste Erregung und nur ab und zu hörte ich von ihr Befehle wie „Jetzt schneller!", „Nicht so grob!", „Den Finger tiefer in die Vagina!", „Mit der Klitoris spielen!" oder „Jetzt drei Finger!". Ich blickte auf ihre unappetitliche und frigide Vagina und dachte: „Was für ein Scheißleben habe ich mir da eigentlich ausgesucht – du sitzt hier unter einem Schreibtisch und fingerst gelangweilt und erniedrigt an der Vagina einer Frau herum, die dich auch noch wie ein Stück Scheiße behandelt."

Nach ungefähr einer Viertelstunde lustloser Fingerspiele sollte ich dann nach oben kommen. Sie rückte die Gegenstände auf ihrem Schreibtisch zur Seite, wischte mit einem Tuch penibel über dessen bereits blank polierte Oberfläche, strich mit der linken Hand ihren mit Brillantine festgeklebten Kurzhaarschnitt zurecht, überreichte mir mit einer abfälligen Geste ein Kondom, legte sich rücklings auf den Schreibtisch und sagte mit überaus genervter Stimme: „Na los, bringen wir es hinter uns."

Ich drang in sie ein und abermals zeigte sie keine Empfindung – da war kein Stöhnen, kein Lustschrei, kein sich Winden, keine Zuckung; wie ein totes Stück Fleisch lag sie einfach nur da und zeigte nicht einmal den Hauch von irgendeiner körperlichen Erregung. Ich war frustriert und konnte nicht verstehen, warum sich diese Frau einen Prostituierten kaufte, obwohl sie doch offensichtlich keinerlei Spaß und Freude am Sex hatte. Ihr Körper blieb die ganze Zeit über unterkühlt, hart, stumpf und seelenlos. Ganz gewiss war dies der grausamste und schlimmste, war dies der abgeschmackteste und ödeste Geschlechtsakt aller Zeiten. Ich übertreibe nicht, Stella: Es war wahrhaftig der widerlichste Geschlechtsakt meines Lebens!

Doch damit noch nicht genug. Nach ungefähr einer Viertelstunde entwürdigendem Sex hatte diese dumme Kuh auch noch die Nerven, sich bei mir zu beschweren. Wortwörtlich sagte sie: „Wo bleibt Ihre Ejakulation? Können Sie nicht etwas schneller machen? Ich kann ja nicht den ganzen Tag mit solchen Kindereien verschwenden." Ich war sauer, war wütend, stieß immer kräftiger zu und habe sie in diesem Moment gehasst, wirklich abgrundtief gehasst. Der folgende Samenerguss – den sie abfällig mit dem Satz „Na endlich; wurde ja auch Zeit" kommentierte – war an Erniedrigung kaum mehr zu überbieten. Doch dieser Frau gelang es immer wieder, sich in ihren Unverschämtheiten zu überbieten. Sobald wir uns zurecht gemacht hatten griff sie in ihre Geldbörse, schmiss mir ein paar Hunderter selbstgefällig auf den Schreibtisch und sagte mit einer Stimme, wie sie kaum hochnäsiger und großspuriger hätte sein können: „Eigentlich ist es ja eine Schande, dass ich Sie dafür auch noch bezahlen muss. Geben Sie es doch zu, dass hat Ihnen doch alles richtig Spaß gemacht! Aber Geschäft bleibt wohl Geschäft."

Ich dachte und leider dachte ich es nur: Was bildet sich diese blöde – entschuldige bitte den folgenden Ausdruck – Fotze eigentlich ein? Was denkt sie, wer sie ist? Man müsste sie windelweich prügeln, müsste sie so lange durchprügeln, bis nichts mehr von ihrer schwachköpfigen Aufgeblasenheit mehr übrig bleiben würde. Ich tat jedoch nichts dergleichen, versuchte mich zu beherrschen, nahm das Geld, blickte zum Abschluss mit der größtmöglichen Geringschätzung und Verachtung in ihre leblosen Augen und verschwand grußlos.

Rückblickend denke ich, dass mir so etwas nicht noch einmal passieren darf, denke ich, dass mich keine Kundin mehr so demütigend behandeln darf wie diese Frau. Warum habe ich ihr das Geld nicht einfach vor die Füße geworfen und warum habe ich all diese Beleidigungen widerstandslos hingenommen anstatt ihr mit einer angemessenen Reaktion einen Denkzettel zu verpassen? Ich ärgere mich über mein Verhalten, bin sogar enttäuscht von mir! Aber gut, immerhin sammle ich Erfahrungen. Nochmals werde ich solch ein Gehabe jedenfalls nicht mehr tolerieren!

Ach Stella, auf was habe ich mich da nur eingelassen?
Ich vermisse dich!
Schlaf gut und träume etwas Schönes!

Dein Malik!

Einundzwanzigster Brief

Atopos, Ende August – Ende September 2004

Ich war in den vergangenen Monaten sehr oft im *Obst & Gemüse* sowie im *Helsinki* und möchte dir in diesem Brief ein wenig von den Menschen erzählen, die ich dort stets antreffe und die im Verlauf der Zeit, wenngleich auch nicht zu Freunden, so doch immerhin zu guten Bekannten von mir geworden sind.

Am Anfang des Abends gehe ich immer zum Spätverkauf, stehe ich stets am runden Tisch vom *Obst & Gemüse*. Ich bin da und rede, staune, trinke Bier, plaudere, streite, beobachte oder tagträume einfach so vor mich hin. Es ist Hochsommer. Die Spatzen haben sich kurz vor der Abenddämmerung zwitschernd in ihr Vogelschlafgebüsch zurückgezogen, die Nächte sind schwül und heiß, das Leben pulsiert auf der Platanenallee, Tausende von braungebrannten Passanten huschen lärmend vorüber, die Straßenlaternen – die ich vor ein paar Wochen zu „Meinen Nachtsonnenblumen" umbenannt habe – werfen ihren goldenen Widerschein auf den Asphalt, indem sich die Silhouetten der Platanen bezaubernd eingezeichnet haben und Oma – keiner von uns (ich sage schon uns) weiß, wie sie in Wirklichkeit heißt – kommt wie jeden Abend mit ihrer voll beladenen Schubkarre zum *Obst & Gemüse*, um sich hier das Pfand für all die Flaschen und Dosen abzuholen, die sie den gesamten Tag über mühselig in den Straßen der Millionenstadt gesammelt hat.

Oma ist eine kleine, dicke, alte und robuste Frau, deren grauer Wuschelkopf in Verbindung mit ihrer aus dem Gesicht hervorspringenden Hakennase, ihr die Gestalt einer gutmütigen Hexe verleihen. Ich mag Oma. Ihre Augen sind lebhaft und rein und ihre kleine Statur weckt in mir einen väterlichen Beschützerinstinkt, den sie, da sie sich durchaus zu wehren weiß, gar nicht nötig hat. Jede Nacht kommt sie mit ihrem Schubkarren zum Kiosk, legt an unserem Tisch eine kleine Pause ein und flirtet ein wenig mit mir. Ich lasse mich gerne auf diesen Flirt ein, schenke ihr ein Lächeln und freue mich darüber, in Omas Augen eine Weiblichkeit zu erwecken, die aufgrund ihres rauen Alltags sowie ihrem alles andere als hübschen Erscheinungsbildes ansonsten nicht mehr zur Geltung kommen darf. Es ist nicht viel, was ich Oma da gebe, aber immerhin fühle ich, dass sie mir für diese kurzen Augenblicke der Sinnlichkeit, in denen sie sich – obgleich sie natürlich weiß, dass wir nur spielen – attraktiv und verführerisch fühlen darf, unendlich dankbar ist.

Nach und nach füllt sich der Spätverkauf mit seinen Stammgästen. Eddie taucht in seinem grellgrünen Bademantel auf. Eddies Arme sind voller Tätowierungen, seine braunen Augen funkeln wild und sein blond gelocktes Haar sieht stets so aus, als ob es gerade von einem Stromschlag zersaust wurde. Eddie ist ein bisschen verrückt: er hat die Schreikrankheit. Zu Beginn eines jeden Abends ist er noch beherrscht, gesellig und unterhaltsam; aber irgendwann ergreift ihn, aus welchem Grund auch immer, das Verlangen zu schreien. Und dann schreit Eddie, vielgeliebte Stella, dann schreit Eddie sich all seine Wut und all seine Verzweiflung von der Seele. Es ist ein ungestümes, ohrenbetäubendes und herzergreifendes Schreien, das man vom oberen bis zum unteren Ende der Platanenallee vernehmen kann und jeder, der Eddie nicht kennt, fürchtet sich vor diesem tätowierten Mann und seinen stimmlichen Gewaltausbrüchen, obwohl er eigentlich ein sanftmütiger Mensch ist, der keiner Fliege etwas zu Leide tun könnte.

Eddies Schreiattacken sind von unterschiedlicher Zeitdauer. Manchmal hat er sich nach fünf Minuten bereits ausgeschrieen, kommt dann wieder zurück an den Tisch und tut ganz so, als ob nichts geschehen sei; ein andermal hat ihn sein Schreien so sehr erschöpft, dass er sich auf die Straße niederlegt, eine Stunde schläft, irgendwann aufwacht und schließlich besänftigt nach Hause schlurft; und an wiederum anderen Tagen schreit er solange, bis jemand die Polizei verständigt, von der er sich dann widerstandslos abführen lässt und die ihn, wie er mir einmal erzählt hat, in die Psychiatrie fährt, wo er mit Pillen ruhig gestellt wird. Zwei oder drei Tage später steht er dann wieder am Kiosk und beginnt irgendwann wieder zu Schreien. Gewiss tut mir Eddie Leid, aber in seinem Schreien steckt auch etwas Poetisches, Kraftvolles und Ungebändigtes, das mich ungemein fasziniert – mitunter wünschte ich mir, so wie Eddie schreien zu können. Ja, Stella, einfach nur schreien, mich, dich, die Welt und das Leben solange anschreien, bis all der Seelenmüll, der sich in unserem Dasein angesammelt hat, heraus geschrieen ist und man wieder befreit und gereinigt aufatmen kann.

Relativ unbeeindruckt von Eddies Geschrei – sogar die seltsamsten Verhaltensweisen verwandeln sich im Verlauf der Wiederholung irgendwann einmal zur gewöhnlichen Alltagsroutine – werden die Gespräche und Diskussionen am runden Tisch des Kiosks fortgeführt: Samuel, Ilassu, Richard und Razak, allesamt kräftig gebaute und hoch gewachsene Männer aus Ghana, sind sich, während sie literweise Rotwein trinken und einen Joint nach dem anderen rauchen, mal wieder uneins darüber, in welchen Club sie später noch gehen sollen. Ich habe diese vier Jungs aus Ghana wirklich gern. Ich mag es, wie sie sich begrüßen: zunächst rechte Faust auf rechte Faust und danach mit der Faust aufs eigene Herz geschlagen; mag es, dass sie sich durch dieses zugegebenermaßen etwas pathetische Begrüßungsritual ein jedes Mal ins Gedächtnis zurückrufen, dass es darauf ankommt, Herz zu zeigen. Zudem macht es mir Spaß, mit Samuel, Ilassu, Richard und Razak über Gott und die Welt zu plaudern oder ihnen einfach nur dabei zuzuhören, wie sie sich mit ihren tiefen und sonoren afrikanischen Stimmen über ihre Kindheit in Accra unterhalten. Ich weiß nicht warum, aber der Tonfall dieser schweren Baritonstimmen, der allein den Afrikanern eigen ist, vermittelt mir ein Gefühl von Geborgenheit und Wärme – es ist, als ob ihre Stimmen eine tief verwurzelte Schicht in mir ansprechen würden, die mich an etwas Schönes erinnert, obgleich ich, wie du weißt, weder afrikanische Vorfahren habe, noch jemals in Afrika gewesen bin. Und manchmal, wenn sie statt in Englisch, sich auf Ashanti oder in einer anderen Stammessprache unterhalten, fühle ich mich nach Accra versetzt und träume von fremden Gerüchen, ungewöhnlichen Eindrücken oder geheimnisvoll dunklen Frauenaugen; dann phantasiere ich mich in ein fernes unbekanntes Leben hinweg, in dem nichts mehr so ist, wie es vorher einmal war und wenngleich sich diese Traumbilder für dich auch kitschig und romantisch anhören mögen, schaffen sie es doch immerhin, mich für kurze Zeit von mir selbst zu befreien. Vermutlich würdest du, vielgeliebte Stella, Samuel, Illasu, Richard und Razak für unverantwortliche, infantile, einfältige, machohafte und beschränkte Typen halten, die sich ihren Verstand aus der Birne saufen, nichts auf die Reihe bekommen und ihr Leben sinnlos verschwenden. Für mich sind und bleiben sie jedoch ein warmherziger, gutmütiger und etwas versponnener Freundeskreis, dessen Nähe sich positiv auf meine Seele und mein Herz auswirkt. Links vom Tisch steht Andrej, ein hünenhafter, muskelbepackter, blonder und blauäugiger Russe, den sie erst vor ein paar Wochen aus dem Gefängnis entlassen haben. Andrej liebt es, ob man es nun hören möchte oder nicht, einem mit seiner alkoholdurchtränkten und grobschlächtigen slawischen Männerstimme minutiös zu schildern, wie er einmal diesem oder jenem Typen die Fresse eingeschlagen hat. Andrejs Augen glitzern und strahlen, unterdessen er einem prahlerisch Geschichten von Schlägereien, Raubüberfällen oder irgendwelchen schönen Frauen, die er irgendwo einmal flach gelegt hat, erzählt. Sein Körper ist pure Gewalt, aus jeder seiner Poren strömt Angriffslust und Aggressivität und dennoch ist er – jedenfalls insofern man kein Problem mit ihm hat – ein durchaus netter und sympathischer Kerl. Glücklicherweise scheint mich Andrej zu mögen, weswegen ich momentan nicht zu befürchten brauche, Andrejs Faust niederschmetternd und krachend in meinem Gesicht wieder zu finden.

Ein paar Meter abseits vom Tisch haben die Zwillingsbrüder Dempsey aus Irland mal wieder ein paar junge Touristinnen aufgegabelt, die sie mit ihren abenteuerlustigen und bisweilen an Münchhausen erinnernden Geschichten zu beeindrucken versuchen. Die bereits in die Jahre gekommenen Dempsey-Zwillinge, in deren verschrumpelten Gesichtern stets der Schalk der Marx Brothers aufblitzt, sind wie immer besoffen, laut, charmant und fröhlich. Du musst sie einmal hören, Stella, musst einmal hören, wie sie lachend und sich fortwährend ins Wort fallend davon berichten, wie sie auf einer ihrer zahlreichen Fahrradtouren durch Südamerika, Afrika oder Europa ausgeraubt, verführt, betrogen oder von zwielichtigen Personen, die ihnen nach dem Leben trachteten, verfolgt wurden.

Ich weiß auch nicht so recht, aber die Spontaneität und das Unangepasste, die Unvernunft und die Lebhaftigkeit dieser Menschen am Kiosk imponiert und beeindruckt mich. Ihr Geschrei, ihre Gewalt, ihre oft derbe Ausdrucksweise, aber eben auch ihre Herzlichkeit und ihr Humor, sind für mich wahrhaftiger und lebendiger als all das geistreiche, phrasenhafte und affektierte Getue der gebildeten Schichten, mit denen ich es in Berlin zu tun hatte und ein Abend mit ihnen ist allemal lustiger und anregender, als es je ein Abend mit Menschen sein könnte, die sich auf ihre reflexiven Gedankenspiele, intellektuellen Gespräche und zivilisierten Umgangsformen auch noch etwas einbilden. Ja, ich habe viel übrig für diese Verrückten, die so wunderbar kantig, eigen, widersprüchlich, stur, verschroben und störrisch sind, habe Gefallen daran gefunden, dass sie mich stets durch ihren Witz und ihre Unberechenbarkeit überraschen, habe sie also kurzum richtig lieb gewonnen.

Selbstverständlich könnte es sein, dass ich sie, allein aufgrund der Tatsache, dass sie einem anderen, mir fremden sozialen Milieu entspringen und angehören, interessant und aufregend finde und gewiss könnte es auch sein, dass ich aufgrund der Fremdheit und Andersartigkeit ihrer Verhaltensweisen – die es mir momentan ermöglichen, mich selbst in ihnen nochmals ganz neu widerzuspiegeln und aufzuhellen – sie alle ein wenig verkläre, beschönige oder gar idealisiere. Vielleicht hat meine Begeisterung für sie eben einfach etwas mit dem menschlichen Bedürfnis zu tun, etwas Neues erleben zu wollen und wird, sobald sich das Neue in das Gewöhnliche verwandelt hat, wieder verfliegen. Doch im Augenblick tun sie mir gut und helfen mir dabei, die Vielfalt des Lebens, die ich in Berlin kaum mehr wahrgenommen habe, wieder ganz neu für mich zu entdecken.

Es ist ein Uhr nachts, das Kiosk schließt, der silberne Metalltisch wird von dem Besitzer des *Obst & Gemüse* in den Laden zurück gerollt und wir – Oma, Eddie, Samuel, Illasu, Richard, Razak, Andrej, die Dempsey Zwillinge und all die anderen, auf die ich nicht näher eingegangen bin – müssen weiterziehen; gehen jetzt je nach Wochentag, körperlicher und geistiger Verfassung sowie finanziellen Möglichkeiten, in eine andere Bar, nach Hause, in einen Club oder ins ein paar Meter weiter gelegene *Helsinki*, so wie ich es zumeist tue.

Ich sitze an der Theke des *Helsinki*, trinke Bier, bin leicht angetrunken, lausche der Musik und lasse mich einfach sein. An einem der Tische streitet sich ein Paar, das zu den Stammgästen der Bar gehört. Zwei- bis dreimal pro Woche geben sie sich dem Vergnügen hin, sich öffentlich zu besaufen und zu beschimpfen. Er, ein dunkelhäutiger Mann mit Hornbrille; stets elegant gekleidet und, vermutlich wegen der Brille, die er trägt, geistreich erscheinend, bezeichnet sie als „Hure", „Dreckschlampe", „stinkendes Loch" und „hohlköpfige Fotze" und sie, eine Blondine Mitte vierzig, deren Gesichtszüge vom Alkohol aufgeschwemmt sind, zahlt es ihm mit gleicher Münze zurück, indem sie ihn fortwährend als impotenten Labersack beleidigt, der schon seit Jahren seinen Schwanz nicht mehr hoch bekommt. Stundenlang bewerfen sie sich mit Dreck und lieben sich auf eine perverse Art und Weise, die gelegentlich belustigend, zumeist aber auch einfach nur widerlich ist.

Rafael, ein gutmütiger Mexikaner Anfang dreißig, der tagsüber als Verkäufer in einem Supermarkt arbeitet, bekommt von alledem mal wieder nichts mit, da er mit seinen schönen großen dunklen Augen in seine Arbeit vertieft ist. Rafael versucht per Fernstudium ein Diplom in Betriebswirtschaftslehre abzuschließen und sitzt häufig, von unzähligen Tassen Kaffee und dem Lärm der Gäste wach gehalten, lesend und sich Notizen machend bis spät in der Nacht an einem der Ecktische der Bar. Warum er sich gerade das *Helsinki*, das zu einer der lautesten Kneipen der Gegend zählt, als Studienplatz ausgesucht hat, bleibt sein Geheimnis – aber es soll ja viele Menschen geben, die von der Einsamkeit und Stille ihres Zimmers abgeschreckt, Aufruhr und Trubel benötigen, um sich, angesteckt von der Energie der anderen Menschen, konzentrieren zu können.

Am Tresen erläutert Jacek, ein polnischer Maler, dem Schauspieler Gary – der vor ein paar Stunden noch Shakespeares Macbeth gespielt hat und sich gerade mit ein paar Gläsern Schnaps vom Lampenfieber der Aufführung zu beruhigen versucht – seine angeblich revolutionären Kunst- und Gesellschaftstheorien. Jacek und Gary sind zwei überaus eingebildete und narzisstische Künstler, die Nacht für Nacht versuchen, sich gegenseitig auszustechen und zu übertrumpfen. Beide sind sie felsenfest davon überzeugt, dass sie eines nicht allzu fernen Tages reich und berühmt sein werden und beide gehen sie davon aus, dass sie, und zwar nur sie, den Mittelpunkt der Welt verkörpern, was zwangsläufig, insbesondere wenn Frauen ins Spiel kommen, zu heftigen Überwerfungen zwischen ihnen führt, die jedoch am darauf folgenden Tag bereits wieder vergeben und vergessen sind.

Um Punkt 2.30 Uhr erscheint jede Nacht ein etwas heruntergekommener Typ mit seinen zwei eleganten Cockerspaniel in der Kneipe, bestellt sich einen Whisky, trinkt diesen im Stehen und verlässt nach fünf Minuten, ohne dabei jemals ein Wort zu verlieren, wieder die Bar. Das Eigenartige an diesem

Typen ist, dass er selbst schmutzig und verfilzt aussieht, während seine beiden Hunde in Glanz und Gloria erstrahlen. Dieser Typ ist mir ein Rätsel: Abgesehen davon, dass er stets um die gleiche Uhrzeit kommt, was man ja noch als eine ritualisierte Handlungsweise begreifen könnte, die seinen Alltag ordnet, verstehe ich einfach nicht, wie ich diese zwei sich widersprechenden Bilder von ihm und seinen Hunden in Einklang bringen soll. Dort er mit seinen ungewaschenen langen Haaren, stinkenden Klamotten, löchrigen Schuhen, verbitterten Augen und niedergedrückter Körperhaltung und zu seinen Füßen die zwei Cockerspaniel mit ihren sauberen, gepflegten und hell glänzenden Fellen, mit ihrer anmutigen, geradezu divahaften Ausstrahlung und ihren heiteren schwarzen Äuglein. Für gewöhnlich ist es doch so, dass Hundebesitzer mit ihren Hunden eine Einheit bilden, dass sich im Hund der Charakter, das Aussehen und die Persönlichkeit des Hundebesitzers widerspiegelt. Nun gut, in diesem Fall ist es eben anders, in diesem Fall ist es möglicherweise einfach so, dass er durch seine Hunde – wie es ja auch manche Eltern mit ihren Kindern tun – etwas nachholt und auslebt, das ihm selbst in seinem Leben verwehrt geblieben ist. Wie auch immer, dieser Typ mit seinen zwei Cockerspaniel hat etwas Verträumtes und Verwunschenes an sich, das ihm – jedenfalls in meinen Augen – die Aura einer poetischen Schönheit verleiht.

Neben den bereits genannten Stammgästen sitzen am Tresen noch der Dicke, der wie immer wortkarg und apathisch ein Bier nach dem anderen säuft; der Verrückte, der wie immer zappelnd auf seinem Barhocker herum rutscht und wild gestikulierend verworrene Gespräche mit sich selbst führt; der unglückliche Michael, der wie immer so aussieht, als ob er dem Schmerz, der offensichtlich auf seinen Schultern lastet, nichts mehr entgegenzusetzen hat; und der Gauner Daniele, der sich mit seinen schiefen Zähnen und seiner lustigen Zahnlücke wie immer grinsend und ausgelassen von seinen illegalen Geschäften erholt. Wie du siehst, gibt es kaum Frauen unter den Stammgästen und überhaupt ist das *Helsinki* – obgleich jeden Abend ein paar Freundinnen vergnügt an den Tischen sitzen und sich mitunter sogar eine Frau alleine in die Bar wagt – wegen seines etwas schmutzigen, verrauchten und nicht gerade edlen Ambiente, eine Bar, in der sich eher Männer wohl fühlen.

Dieser Umstand macht den Kellnerinnen – soweit ich es überblicken kann, arbeiten im Schichtrhythmus sieben Frauen im *Helsinki* –, ihren ohnehin schon beschwerlichen Job, da sie pausenlos von den Männern angeglotzt, vergöttert, angemacht, geliebt und verspottet werden, nicht gerade einfacher. Ich bewundere Monica, Teresa, Jennifer, Charlotte, Julia, Sandra und Gilda – so heißen die Bardamen, die alle um die 30 sind und die man durchweg als intelligent und hübsch bezeichnen kann – für die Ruhe und Ausdauer, die sie im Chaos der Bestellungen bewahren; bewundere ihre Übersicht, ihre Geschicklichkeit im Umgang mit den Getränken sowie ihre Robustheit und Abgeklärtheit gegenüber den aufdringlichen und bisweilen auch anzüglichem Annäherungsversuchen der männlichen Gäste. Ob ich mit den Bardamen flirte, fragst du, Stella? Ich glaube eher nein – gut, manchmal spielen wir ein bisschen, mitunter weiche ich ihren Blicken nicht aus und nehme in gleicher Weise ihre Augenkomplimente dankbar entgegen – doch sobald sie mehr von mir wollten, habe ich ihnen unmissverständlich zu verstehen gegeben, dass sie sich keine Hoffnungen zu machen brauchen, da mein Herz bereits an jemanden anderen vergeben ist, da mein Herz, trotz all unserer Probleme, die wir gegen Ende unserer Beziehung hatten, immer noch ganz und gar von dir ausgefüllt wird – ja; es bist immer noch du, Stella, die ich abgrundtief liebe!

Es ist vier, halb fünf oder fünf Uhr morgens – es ist egal: denn die Zeit spielt schon längst keine Rolle mehr. Im *Helsinki* sind kaum mehr Gäste, ich trinke einen letzten Schluck Bier, bezahle und schlendere nach Hause. Das Licht ist schon da, ein neuer Tag erwacht. Mein Denken und meine Wahrnehmung sind, nach dem vielen Leben und dem vielen Alkohol in der Nacht, jetzt, in der Ruhe und Stille der tiefblauen Morgendämmerung, völlig entspannt und besänftigt. Es ist immer noch warm, die Menschen schlafen und die letzten Träume suchen einander, bevor sie als geheimnisumwitterte Nachbilder, die Schlafenden in den Wachzustand hinüber begleitet werden. Ich dagegen tagträume noch: Losgelöstes Dahingleiten auf leeren, ganz und gar unbevölkerten Stadtstraßen und ein liebevolles Heraufbeschwören deines Bildes unter einem Himmel, der jetzt bereits rosa schimmert. Ich sehe deine Augen, sehe dein Lächeln und gebe dir einen Kuss, während die Melodien der Vögel – ohne die störenden Nebengeräusche der aufbrechenden Metropole – mein Herz klar und rein durchströmen. Ich öffne die Haustür; lege mich in mein samtweiches Bett und schlafe, mit deinem Bild in meinem Herzen, geliebt und geborgen ein.

Was sagst du zu den Menschen auf der Platanenallee? Hast du, obwohl ich sie nur andeuten und skizzieren konnte, einen Eindruck von ihnen bekommen? Wie findest du meine neuen Bekannten? Machst du dir Sorgen? Denkst du, dass ich zuviel trinke und rauche und glaubst du, dass all diese merkwürdigen Gestalten, mit denen ich mich da umgebe, unter Umständen einen schlechten Einfluss auf mich ausüben? Bist du der Meinung, dass ich mich in eine falsche, in eine gehaltlose, triviale, armselige und verblödete Richtung hin entwickle; bist du der Ansicht, dass ich mich mit gescheiteren und gebildeteren Personen treffen sollte? Ich weiß auch nicht, Stella, diese Jungs sind Danebenstehende und Herausgefallene, sind jene, für die es keinen Platz in der sogenannten anständigen Gesellschaft gibt. In ihrer Umgebung empfinde ich jedenfalls keinen Druck etwas Tugendhaftes, Rechtschaffenes oder gar Vorbildliches aus mir und meinem Leben machen zu müssen und genau dies tut mir im Augenblick ungemein gut. Ich muss nichts darstellen, brauche mich nicht zu verstellen, kann kommen und gehen wann immer ich will und werde als Einzelner erkannt, ohne das sich daraus verbindliche Freundschaften (die ich momentan gar nicht haben möchte) ergeben würden. Darüber hinaus brauche ich sie als Gegenpol zu meinem verkopften Bücherdasein, den Briefen, meiner Sehnsucht nach dir und den reichen Kundinnen, brauche ich ihre grobe, direkte und kumpelhafte Art und Weise als Gegengewicht zu jener degenerierten, überreichen und irgendwie auch unwirklichen Welt der käuflichen Liebe, um den Kontakt mit der Realität nicht zu verlieren, um mich also gewissermaßen durch sie zu erden.

Wie dem auch sei: Ich umarme, küsse, vermisse und denke unaufhörlich an dich!
Schlaf gut, vielgeliebte Stella, und träume etwas Schönes!

Dein Malik!

Zweiundzwanzigster Brief

Atopos, Mitte Oktober 2004

Anfang des Monats war ich durch eine Erkältung für zwei Tage an mein Bett gefesselt. Die Nase lief ohne Unterlass, die zerknüllten Taschentücher stapelten sich um mein Kopfkissen herum, der Hals schmerzte beim Schlucken, die Geräusche der Außenwelt drangen nur noch dunkel und gedämpft an das Gehör – ganz so, als ob man unter Wasser tauchen würde – und mein Körper war so träge und erschöpft, dass mir sogar der Gang auf die Toilette wie eine beschwerliche Reise vorkam. Aber so eine Krankheit hat auch etwas Gutes an sich. Sie entbindet einen von den Anforderungen der Arbeit, lässt einen sämtliche Pflichten des Alltags vergessen und erzeugt eine aus der Ordnung entzogene und heraus gelöste Zeit, in der einem wieder zu Bewusstsein kommt, wie kostbar und großartig das Geschenk des Lebens doch ist.

Zudem gibt es bei einer Erkältung diesen ganz eigentümlichen bittersüßen Geruch, der einen an all die vergangenen Erkältungen zurückerinnert und in mir das Bild von meiner Mutter wachruft, wie sie mir, damals in der Kindheit, liebevoll Kamillentee und Zwieback ans Bett brachte, meine Temperatur nahm, Märchen vorlas, mich also fürsorglich umsorgte und gesund pflegte. Wie unsichtbare Wasserzeichen, die man erst erkennt, wenn man die Geldscheine gegen das Licht hält, hoben jene bittersüßen Duftwolken der Erkältung Kindheitsbilder in mein Bewusstsein empor, die ich längst vergessen hatte. Es war, als ob ich durch und im Eigengeruch meiner Erkältung nochmals nach Hause fahren durfte: Ich sah die täglich sich wiederholende Busfahrt zur Schule mit all ihren Wunschvorstellungen und dem stets fröhlich pfeifenden Busfahrer; hörte den Glockenschlag zur großen Pause und erkannte den Schulhof, auf dem stets gespielt, gestritten und sich wieder versöhnt wurde; sah all die Lehrer und meine Mitschüler und die tiefgrünen Hügel und Täler, die mein Heimatdorf sanft umschlossen; erschnupperte den Schweiß in der Fußballkabine; erinnerte mich an das Mädchen aus der Nachbarstraße, die meine erste große Liebe war, erinnerte mich daran, wie ich es kaum erwarten konnte, nach den Hausaufgaben zu Dorothea zu gehen, um mit ihr unter den blühenden Apfelbäumen in ihrem Garten herumzutollen; erspähte die wilden Schlittenfahrten mit meinem kleinen Bruder und wie er sich einmal, bei solch einer Schlittenfahrt, seinen linken Arm gebrochen hatte und erblickte Mutter, wie sie bisweilen nachts in ihrem Sessel vor dem laufenden Fernsehbild einschlief – all dies und noch vieles mehr sah ich, durch jene bittersüßen Gerüche der Erkältung heraufbeschworen vor meinem inneren Auge. Seltsam, aber ich habe mich in meiner Krankheit irgendwie wohl und geborgen gefühlt; wie schmerzhaft und wunderschön zugleich doch solch eine Erkältung sein kann!

Nach meiner Genesung kam ich mir wie ein Neugeborener vor, der die Welt erst noch zu entdecken hat. Ich unternahm ausgiebige Spaziergänge durch die Stadt und meinen Märchenwald und saugte jeden Anblick, jedes noch so kleine Detail wie unter einem Vergrößerungsglas lebenshungrig in mich hinein: Inmitten einer viel befahrenen Straßenkreuzung eine leuchtende Sonnenblume, die sich tief vor der nahenden Herbstkälte verneigte; auf einer uralten Buche ein stammabwärts kletternder Kleiber mit seinem anmutigen schwarzen Augenstreif und in mir die Frage: „Und du, mein süßer kleiner Vogel: Wie geht es dir heute?";

allerorts das gleißende Oktoberlicht als Einladung zum Träumen, als Einladung zum innersten Kern der eigenen Phantasie vorzudringen – allerorts das bezaubernde Licht ganz so, als ob man jedes einzelne Goldkörnchen mit seiner ausgestreckten Hand umtasten und ergreifen könnte; und dort drüben ein tiefrotes Ahornblatt, das sich im Gelb und Grün einer Linde verflogen hat; und etwas weiter die Blattnerven eines am Boden liegenden Platanenblattes wie die sich in Windungen fortbewegenden Wasserverläufe einer Flusslandschaft; und hier ein parkendes Auto von goldenen Lindenblättern eingehüllt oder eingeblättert; und in den frühen Morgenstunden der verwunschene grauweiße Reif einer Parkwiese; und am Abend das Fluten und Wogen der Baumwipfel im aufbrausendem Herbstwind und im Angesicht der bunten Laubmeere meines epischen Märchenwaldes, indem sich zur Zeit augenbetäubend Farbe an Farbe reiht, ein mitunter überglückliches Hinschauen und Aufatmen.

Tagelang lief ich entrückt und nahezu verzaubert durch Atopos, bevor mich, bedauerlicherweise, in der letzten Woche, mal wieder eine Schwermut und Melancholie befiel, deren Ursache in meiner Sehnsucht nach dir, einziggeliebte Stella, zu finden ist. Heute, genau vor einem Jahr, habe ich dich zum letzten Mal gesehen; heute, genau vor einem Jahr, habe ich dich zum letzten Mal berührt und der Gedanke daran, dass ich noch zwei weitere Jahre warten muss, bevor ich dich – vielleicht – wieder in meine Arme schließen darf, erfüllt mich mit einem wehmütigen Schmerz, gegen den ich momentan kein Gegengift zu finden scheine. Ich liebe dich, Stella, liebe dich immer noch so sehr, wie ein Mann eine Frau nur lieben kann. Das leere Blatt auf meinem Schreibtisch wie deine samtweiche Haut und der Schwung meines Füllfederhalters wie eine zärtliche Berührung; ja, die leeren weißen

Blätter wie deine anschmiegsame schneeweiße Haut, auf die ich Liebeswörter hinhauche, auf die ich mein Begehren hingebungsvoll und leidenschaftlich eingraviere. Alle, außer dir, sind immer noch die Anderen! Merkst du, wie meine Wörter um den Globus reisen, über den Atlantik zu dir fliegen und dich jetzt, genau jetzt, ganz sanft umwehen und liebkosen?

Zwei Jahre sind eine lange Zeit, eine mir im Augenblick unvorstellbar lang erscheinende Zeit. Anstatt zwei könnte ich auch drei, fünf oder sieben Jahre schreiben, da mir die Zeit, die uns noch voneinander trennt, wie eine unüberbrückbare Ewigkeit vorkommt. Wie soll ich das nur aushalten? Und du, wie schaffst du es? Schaffst du es überhaupt oder hast du uns bereits aufgegeben? Wie sieht es in deinem Herzen aus? Glaubst du noch an uns, glaubst du noch an ein Wiedersehen in Paris? Liebst du mich noch? Gibst du uns noch eine Chance? Es ist ein weitläufiger und unübersichtlicher Weg bis zum Petit Pont, noch ist es eine steinige Wegstrecke bis zur jener kleinen Brücke, auf der wir uns einst geküsst haben!

Und falls wir unser Ziel erreichen, was dann? Werde ich dir in zwei Jahren gelassener und glücklicher wiedergegeben werden, werde ich in zwei Jahren, gereinigt und geläutert, auf ein Neues in unserer Liebe einmünden oder wird nichts dergleichen geschehen? Werden wir uns in zwei Jahren überhaupt noch erfassen und nachvollziehen können oder werden wir, da sich unsere Lebensansichten und unsere Charaktere in der Zwischenzeit in entgegen gesetzte Richtungen entwickelt haben, nur noch stumm und verständnislos anstarren können? Werden wir erneut zueinander finden, oder wird die Liebe, die uns einst verband, tot und erloschen sein?

Fern von dir, bin ich zuweilen ganz Gedächtnis – Erinnerungen an glücklich miteinander verbrachte Tage durchfluten meine Seele, tragfähige Erinnerungen, die mich aufrichten und mein Herz erwärmen: unsere vergnügten sonntäglichen Spaziergänge durch Berlin; dein Einfühlungsvermögen in meine Schwächen – ja sogar deine Liebe für meine Schwächen; all unsere fröhlichen, traurigen, amüsanten und mal mehr oder minder geistreichen Gespräche; die tröstlichen Umarmungen deines Körpers, die meine Seele stets mild gestimmt haben; jenes viel zu kurze Nachthemd aus deinen Kindertagen, das die Hälfte deines Pos unbedeckt ließ – mein Gott, wie sehr liebe ich dieses lustige blümchenbedruckte Nachthemd; deine weiche und besänftigende Stimme und dann erst deine Lachfältchen in den Augenwinkeln, diese bezaubernden Lachfältchen, die, wenn du dich mal wieder über mich kaputt gelacht hast, den ganzen Raum mit einer heiteren Ausgelassenheit überströmten. Ach Stella, was würde ich jetzt für den Anblick deiner Lachfältchen nicht alles geben! Ich sehne mich nach dir, sehne mich mit meinem ganzen Wesen nach dir!

Das Gedächtnis des Herzens ist ein Schwindler, ein Scharlatan, ein Fabulant, der einem weismachen möchte, dass früher alles schön und besser war. Na und? Was soll's? Ich lasse mich gerne täuschen, lasse mich gerne betrügen! In der Abwesenheit entschwindest du zu einem Produkt meiner Phantasie, wirst zu einer Möglichkeit, die jenes erstarrte Bild, das ich zuletzt von dir hatte, wieder aufweicht und verflüssigt. In der Abwesenheit wird dein Bild offener, variabler, vielfältiger, fast bist du schon eine fremde Frau für mich, die ich allzu gerne entdecken und verführen würde. Du bist abwesend und zugleich anwesend: dein Bild – welches Bild? – mal näher und mal ferner vor meines Herzens Angesicht. Ich betrachte unsere Nachbilder, betrachte unsere Zukunftsbilder und erblicke zumeist Hoffnung und gelegentlich Nichts.

Es ist ein ständiges Auf und Ab mit meiner Gefühlswelt:

es gibt Augenblicke, in denen mir nichts so sehr fehlt, wie ein geliebter Mensch, an den ich mich anlehnen könnte, in denen ich mir nichts so sehr wünsche, als dich an meiner Seite zu spüren und es gibt andere Augenblicke, in denen ich mit meinem Alleinsein vollkommen einverstanden bin. Ja, manchmal bin ich es müde, an dich zu denken und dann möchte ich dich aufgeben, vergessen, dich aus meinem Gedächtnis hinaus schleudern und manchmal ist mir, als wärest du bei mir, als würdest du mir gegenüber sitzen und dann tut mir deine Anwesenheit gut, dann tröstet mich deine Liebe über all den Schmerz, den ich in mir trage, sanftmütig hinweg.

Wie dem auch sei, noch ist der 15. Oktober der Tag unseres Abschieds, der Tag unseres Versagens, ein Jahrestag, an dem es wahrlich nichts zu feiern gibt! Aber möglicherweise wird dieses Datum, wird dieser 15. Oktober ja in zwei Jahren, so hoffe ich es jedenfalls, eine neue Bedeutung erhalten, wird er in zwei Jahren zum Symbol unserer wiederbelebten Liebe aufsteigen.

Adieu, einziggeliebte Stella!
Schlaf gut und träume etwas Schönes.

Dein Malik

Dreiundzwanzigster Brief

Atopos, November 2004

Drei Begebenheiten, die um Kinder kreisten, haben mich in diesem Monat aufgewühlt, in Frage gestellt, besänftigt und heiter gestimmt.

Erste Kindergeschichte
An einem Sonntag haben mich meine Nachbarn Magda und Antonio darum gebeten, auf ihre beiden kleinen Kinder aufzupassen. Ich habe zugesagt und jener Tag, den ich daraufhin mit Marcello und Maria verbringen durfte, hat in mir eine Zufriedenheit und eine Sanftmut hinterlassen, wie ich sie schon lange nicht mehr verspürt hatte.

Da das Wetter nebelig, kalt und verregnet war, blieben wir den gesamten Tag über in der warmen Wohnung, an deren Zimmerwänden eine blau-weiß gestreifte argentinische Nationalfahne, ein kitschiges Poster zweier sich küssender Schildkröten, alte sonnenüberflutete Bilder von Buenos Aires, eine leuchtende Madonnenfigur, vergilbte Familienphotos und zwei Portraits von Diego Armando Maradona hingen. Ich habe Frühstück gemacht: es gab Spiegeleier, Speck, Toastbrot und Cornflakes. Welch eine Freude, einmal nicht alleine frühstücken zu müssen, welch ein Glück, etwas für Kinder zubereiten zu dürfen und welch ein Spaß, ihnen beim Essen zuzusehen! Das Radio lief, der kleine Marcello (fünf Jahre alt) wippte im Takt der Musik und die kleine Maria (sieben Jahre) habe ich zu einem Tanz aufgefordert, den sie mit strahlenden Augen dankbar annahm. Mit Maria lustig durch das Wohnzimmer geschwebt, mit Maria und Marcello ausgelassen durch die Wohnung gehüpft und danach folgten Kissenschlachten, Kinderspiele, Streitereien, Versöhnungen, stundenlange Zeichentrickfilme im Fernsehen, Mittagessen (Pommes mit Fischstäbchen), Gespräche, Fragen, Geschichten aus ihrem Leben (aufrichtig, ernst und mit kindlicher Naivität erzählt), noch mehr Zeichentrickfilme auf DVD, das Abendessen (Käsenudeln und ein Tomatensalat) und das Zubettbringen der beiden Kleinen – den kuschelig weichen Pyjama übergezogen, die winzigen Zähnchen im Bad geputzt, ein übermütiger Sprung ins Bett und die süße Aufforderung an mich, ihnen noch ein Märchen vorzulesen, was ich dann auch tat. Die Gebrüder Grimm und Rotkäppchen (*Großmutter, was hast du für große Ohren! – Dass ich dich besser hören kann. – Großmutter, was hast du für große Augen! – Dass ich dich besser sehen kann. – Großmutter, was hast du für große Hände! – Dass ich dich besser packen kann. Aber Großmutter, was hast du für ein entsetzlich großes Maul! – Dass ich dich besser fressen kann*) und Rumpelstilzchen (*Heute back ich, morgen brau ich, übermorgen hol ich der Königin ihr Kind; ach, wie gut, dass niemand weiß, dass ich Rumpelstilzchen heiß!*) und die Worte, noch bevor ich sie las, still auf ihren Lippen vorgeformt, Satz für Satz bereits in kinderleichte Phantasiewelten umgewandelt, und dennoch ein stets besorgtes Mitfiebern, ganz so, als ob sie die Märchen zum ersten Mal hören würden. Die allerliebsten Äuglein irgendwann in zarten Träumen entschlafen, die Decke zurecht gerückt und das Zimmer auf leisen Sohlen verlassen. In der Küche bei einem Glas Rotwein den Schlaf gehütet, den Schlaf der beiden Kleinen solange gehütet, bis Magda und Antonio wieder nach Hause kamen.

Dieser Tag hat mir unglaublich gut getan, Stella! Die Kinder haben mich mit ihrer Energie und Heiterkeit durchflutet, haben mit ihrer Lebensfreude und Unbeschwertheit gar mein Herz gereinigt. Wäre es nicht wunderbar, wenn wir Kinder hätten, vielgeliebte Stella? Es ist schön, sich um jemanden anderen kümmern zu dürfen und es beruhigt ungemein, dass da jemand ist, der einen braucht. Man fühlt die Verantwortung für ein fremdes Wesen und es ist diese Verantwortung, die einen stärkt und über sich selbst hinaus wachsen lässt. Und dann ist da natürlich auch noch die Liebe, diese reine, unverfälschte und absolute Liebe, die einen wieder daran glauben lässt, dass alles gut und schön ist. Aber dann doch auch wieder all die Zweifel, die sich in diese allzu romantischen Ideen mit hinein schleichen: Will ich wirklich Kinder bekommen? Warum diese Farce namens Leben noch durch ein Kind fortführen; warum es in diese Welt werfen und es der Sinnlosigkeit und Absurdität des Seins aussetzen? Wozu sich für jemanden aufopfern, der einem später möglicherweise nur Vorwürfe machen wird, der später, genauso wie ich jetzt, mit all der Ungewissheit des Daseins zurechtkommen muss? Liebe ich denn das Leben so sehr, dass ich mit gutem Gewissen behaupten könnte: „Ja, es hat sich gelohnt, geboren worden zu sein"? Andererseits wiederum die Wunschvorstellung, sich mit den Kindern in den natürlichen Lauf der Dinge einzureihen und dadurch selbst wieder geborgener und natürlicher – was auch immer dieses natürlicher bedeuten mag – zu werden. Meine ich mit Natürlichkeit vielleicht jenen Schöpfungsakt, indem etwas Drittes durch unsere Liebe wächst und gedeiht; meine ich jene schöpferische Liebe, die, da sie uns als Individuen übersteigt und überlebt, erst in den Kindern ihre Vollendung finden kann? Aber ist nicht unsere Liebe selbst bereits jenes Dritte? Brauchen wir dafür wirklich etwas Greifbares, einen sichtbaren Beweis, ein Kind? Warum nicht einfach selbstgenügsam dahinleben? Aber dann wieder diese herzergreifenden Bilder: diese honigsüßen unschuldigen Augen, diese goldigen kleinen Finger und dieses blühende, lebensbejahende und weltverzaubernde Lächeln. Ach Stella, werden wir jemals Kinder haben? Ich weiß, dass du dir nichts so sehr wie Kinder wünschst. Und ich? – Vielleicht, ganz gewiss, vermutlich, selbstverständlich, je nachdem?

Zweite Kindergeschichte
Ich war seit den frühen Morgenstunden durch die Stadt geschlendert. Für Mitte November war es ein ungewöhnlich schöner und sonniger Tag. Buntes, raschelndes Laub unter meinen Füßen und hier und da eine dunkelbraun glänzende Kastanie, die ich verspielt durch die Straßen kickte. Am Himmel vereinzelte Wolken, die wie die Gemälde der Alten Meister, vom Sonnenlicht goldschimmernd eingerahmt wurden. Ein paar kurze Pausen in Cafés, um die kalten Füße und Hände aufzuwärmen und dann wieder hinaus in die vielfarbige Beschwingtheit eines anmutigen Herbsttages. Am Nachmittag der Himmel bereits rosafarben und ich auf einer riesigen Straße, die von den Glaspalästen der Banken umsäumt wurde. Auf den Gehwegen nahezu kein Passant, während auf der Straße luxuriöse Autos lautlos an mir vorbei huschten. Ich war ruhig, war gelassen und dann passierte es: Da war auf einmal ich, als ungefähr acht- oder neunjähriger kleiner Junge, der auf eben jener Straße neben mir her lief. Ich sah einen dicken, pummeligen, schüchternen und etwas verstörten kleinen Malik, der mich mit riesigen Augen fragend anschaute. Ich dachte: „Jetzt fängst du an zu spinnen, jetzt wirst du verrückt!" Ich tat so, als ob ich den kleinen Malik nicht wahrnehmen würde, blickte auf die Seite und ignorierte

ihn. Aber der Kleine blieb da, starrte mich unverdrossen an und streckte mir freundschaftlich seine Hand entgegen. Ich hatte Angst, wollte seine Hand nicht ergreifen, wollte, dass er verschwindet. Wir gingen weiter, er lächelte, ich zögerte und fragte mich, ob ich mich auf diesen Unsinn einlassen sollte und ergriff schließlich doch seine Hand. Er freute sich und wir liefen unter diesem rosafarbenen Himmel diese Straße entlang, liefen einfach nur Hand in Hand diese Straße entlang. Ich war gerührt, konnte meine Tränen kaum zurückhalten und war glücklich, Stella, war in diesem Augenblick unglaublich glücklich. Wir schauten uns in die Augen, sahen die gleichen Augen, die sich, aus dem Fluss der Zeit herausgehoben, begrüßten, musterten und verstanden. Es folgte ein leiser, wortloser, ganz und gar liebevoller Abschied. Ich weiß auch nicht Stella, aber dieser kurze Augenblick, indem ich seine Hand halten durfte, dieser kurze Augenblick, indem ich meine kleine Hand halten durfte, hatte etwas Versöhnendes an sich, das mir viel, sehr viel bedeutete.

Dritte Kindergeschichte

Diesmal ein ungemütlicher, eiskalter und hässlicher Tag Ende November. Seit einer Woche immer wieder diese stahlgraue Wolkendecke und dieser dichte rieselnde Regen, der, im Zusammenspiel mit den stürmischen Winden und der beißenden Kälte, jeden Gang ins Freie zur Tortur werden lässt. Knirschendes Eis unter den Schuhsohlen und ein erster, vorwinterlicher Schneefall, der das verwelkte Herbstlaub mit einer hauchdünnen Schneedecke überzog. Schwerfällig machte ich mich mit meiner Mütze, meiner dicken Winterjacke, meinen Handschuhen und meinen Stiefeln auf den

Weg zu einem Café. Es fehlte mir die Sonne, es fehlte mir das Licht; ich war traurig, müde und melancholisch. Ich lief also in diesem erbärmlichen Licht eines tiefgrauen Novembertages die Straße entlang und begegnete auf halben Weg zum Café einer Schulklasse, die angeführt von ihren Lehrerinnen, singend an mir vorüber zog. Es waren ungefähr zwanzig Kinder im Alter von acht bis zehn Jahren, die dick in Pullovern, Jacken und Mützen eingehüllt, Hand in Hand (schon wieder diese Hände), beseelt und freudestrahlend ein Lied sangen, dessen Refrain *Laterne, leuchtet in die Ferne* lautete. Ich weiß auch nicht, wie ich dir das beschreiben soll, aber diese zarten Kinderstimmen klangen so rein, kristallklar und wolkenlos, klangen so liebreizend und unschuldig, dass es mir, beim Lauschen jenes Laternenliedes, nahezu mein Herz gebrochen hätte. Ich sah die fröhlichen Kinder, hörte unentwegt jenes in einem engelsgleichen Chor sich sanft und hoch erhebende „Laterne, leuchtet in die Ferne" und dachte seufzend: „Hört auf, ihr Kinder! – Soviel Anmut, Liebe und Schönheit kann mein verwundetes Herz nicht mehr ertragen!" und weiterhin dachte ich: „Singt, Kinder! – Ewig sollt ihr singen!"

Ich blieb stehen, die Schulklasse entfernte sich und das „Laterne, leuchtet in die Ferne" wurde leiser und leiser und leiser, bis es letztendlich nur nach als sanfter Nachhall in meinem Herzen wütete. Welch ein Schmerz, Stella, welch eine Wehmut und welch eine Schönheit, die dieser zauberhafte Gesang der Kinder, an jenem trostlosen Novembertag, in meinem Herzen hinterließ!

Ich denk an dich, will ein Kind von dir und liebe dich! Schlaf gut und träume etwas Schönes!

Dein Malik!

Vierundzwanzigster Brief

Atopos, Dezember – März 2005

Man sollte meinen, dass man gerade in den Wintermonaten, wenn die Tage kurz und die Nächte lang und kalt sind, Zeit und Muße zum Schreiben langer Briefe findet. Bei mir scheint dies jedoch nicht der Fall zu sein. Ich habe in den letzten Wochen und Monaten weder die Kraft noch die Lust dazu verspürt, dir meine Gedanken mitzuteilen, weswegen ich dir nunmehr, nachdem die Kraft und Lust – aus ebenso unerfindlichen Gründen wie sie einst verloren gingen – wieder zurückgekehrt sind, eine Auswahl von Notizen, Leselektüren, Beobachtungen und Reflexionen ins Reine geschrieben, die dir genauso wie mir, einen Überblick – oder sollte ich nicht besser Eindruck sagen – über die Geschehnisse und Entwicklungen der vergangenen Monate vermitteln sollen.

Freitag, 3. Dezember

Tiefstehende Dezembersonne und ihr Licht wie zerfließendes Gold in den Schienen der Straßenbahnen glitzernd und zerstäubend.

Suche den Horizont in deiner Innenwelt und dann blicke weit.

Sich in das Leben verlieben, sich Tag für Tag aufs Neue in das Leben verlieben (geht das?).

Noch mehr Merksätze finden, die mich vor meinem eigenen Fehlverhalten beschützen.

Sonntag, 5. Dezember

Heute ein besänftigendes, ein geradezu friedliches Schauen.

Fragen lernen, staunen üben, langsamer werden!

Die Rückeroberung des Raumes durch ein stilles Augenruhen.

Mir stets den Umweg gönnen.

Dienstag, 7. Dezember

All die Seufzer, Kratzer und Schreie auf dem Schlachtfeld der körperlichen Liebe.

Die golden schimmernde Mondsichel am Nachthimmel wie ein samtweiches Bett, in das ich mich liebend gerne hinein kuscheln würde.

Donnerstag, 9. Dezember

Stumm rieselnder Schnee in einer unbewohnten Nacht.

Gib dir eine Form und durchwandere sie.

Nach innen gehend, meine Seele durchwandernd.

In der Seele thronen und dadurch schön werden?

Freitag, 10. Dezember

Im Herz meines Märchenwaldes der dunkelschwarze Flug einer Krähe.

Vor mir der noch farblose, bleiche und schüchterne Tagmond und hinter mir all die flammenden rosaroten Facetten einer untergehenden Wintersonne.

Aber diese Liebe war doch nur ein Ausflug aus ihrer Ehe mit Clifford, aus der langen, trägen Gewohnheit des Vertrautseins, das aus Jahren des Leidens und Geduldens gewachsen war. Vielleicht braucht der Mensch solche Ausflüge; und man soll sie ihm nicht versagen. Doch das Wesen eines Ausflugs ist, dass man wieder heimkommt.
　　　　　　　　　(D. H. Lawrence, *Lady Chatterley*)

Sonntag, 12. Dezember

Der frische, fremde Geruch einer meiner Kundinnen, noch Stunden danach, an meinem Körper haftend.

Morgentau, der das Gras mit schillernden Silbertönen überzieht.

Der Musik, der Sprache der Bäume gelauscht.

Montag, 13. Dezember

Freiatmen – atme dich frei!

Keine Drohbilder mehr: Ich verweigere mich meinen Drohbildern!

Der Versuch, die Gegenwart, das Hier und Jetzt, vollständig zu verkörpern.

Schon wieder ein Daseinsschwankender in meinem Augenhorizont.

Mittwoch, 15. Dezember

Auf einer Brücke jene neoklassizistische Statue, jene halbentblößte Frau mit ihren schneeweißen Engelsflügeln und anmutig runden Brüsten, die keusch und wollüstig zugleich, mich stets zum Tagträumen einlädt.

Aufforderung an mich selbst: Schöngehen und Schönsitzen und Schöndenken und Schönfühlen!

Freitag, 17. Dezember

In der Natur mitatmen und sich stetig, im Wechsel der Jahreszeiten, mitverändern.

Im Wald meiner Seele, wie ein Trüffelsucher, Kostbarkeiten gesucht und so manch ein schönes Bild gefunden.

Meine Schönbilder und meine Leitsterne, die mich vor meinen dunklen Abgründen bewahren sollen.

Sonntag, 19. Dezember

Einen offenen, inneren Blick auf das eigene Ich wagen. Wie wohnst du in deinem Inneren?

Die Laternen als leuchtende Nachtsonnenblumen, als allerorts wegweisende Sonnenblumen der Nacht.

Eine Kundin, während sie mit ihrem ledergepolsterten Mercedes durch die taghellen Straßen der Stadt fuhr, mit meinen Fingern befriedigt. Ihre Hände umspielten lässig das Lenkrad und im Stau des Großstadtverkehrs blickte sie mit einem unverschämt verschmitzten Lächeln zu den anderen Fahrern hinüber.

Donnerstag, 23. Dezember

Manche Kundinnen buchen mich zur Mittagspause für einen Quickie.

Die Eheringe werden zumeist vor dem Sex auf dem Nachttisch abgelegt.

Samstag, 25. Dezember

Am Rand der Wirklichkeit wohnt die Verzauberung.

An was soll ich glauben?

Welches Trugbild ist denn der Mensch? Welches noch nie da gewesene Etwas, welches Monstrum, welches Chaos, welcher Hort von Widersprüchen, welches Wunderding? Ein Richter über alle Dinge, ein schwacher Erdenwurm, ein Hüter der Wahrheit, eine Kloake der Ungewissheit und des Irrtums, Ruhm und Abschaum des Weltalls.
(Blaise Pascal)

Sonntag, 26. Dezember

In Abwandlung an Pascal der Gedanke: Das ganze Glück der Menschen besteht darin, dass sie ihre Zimmer verlassen können.

Mittwoch, 29. Dezember

Sprich, Leitstern, sprich!

Sonntag, 2. Januar
Sich sein Leben schön erfinden – es kommt nicht darauf an, wie die Welt ist, sondern wie ich sie mir erfinde!

Im Widerspruch beschwingt aufatmen.

Nicht nur meinen Körper, sondern auch meinen Geist und meine Seele, müsste ich Tag für Tag reinigen.

Montag, 3. Januar

Ich schreibe, ohne dass sie es bewusst merken, kleine Nachrichten mit meinem Zeigefinger in ihre Vaginen – Ich schreibe: „Deine Vagina ist bildhübsch"; schreibe: „Du wirst zucken, du wirst kommen!"

Mittwoch, 5. Januar

Jenes mich aufheiternde Brustorange eines süßen Rotkehlchens an einem trüben Wintertag.

Ich bin der Augenzeuge meines Lebens!

Donnerstag, 6. Januar

Meine innere Stimme soll mir eine Souffleuse werden, die mir in Momenten der Verzweiflung und Angst den richtigen Text einsagt.

Das Ineinandergreifen und Miteinanderwirken meiner vielen Ichs zu etwas Ganzem, Harmonischem formen und dann Jemand sein.

Sonntag, 9. Januar

Das Zeitverbot: Es verbietet wehleidige Vergangenheitsbilder in gleicher Weise wie überflüssig herbei phantasierte Zukunftsängste.

Das Raumverbot: Es untersagt die Sehnsucht nach fremden, fernen Orten und bestärkt den sich tagtäglich wiederholenden, unmittelbaren Raum – oder, wie es Epikur einmal treffend formuliert hat: *Man soll nicht das Vorhandene beschmutzen durch die Begierde nach dem Nichtvorhandenen.*

Das Angstverbot: Es lässt nur noch kleine, feine Dosierungen der Angst zu und verbietet die große Daseinsangst.

Montag, 10. Januar

Viele der Frauen leben im Bett mit mir ihre Wut, ihren Hass und ihre Minderwertigkeitskomplexe gegenüber dem männlichen Geschlecht aus. Sie bezahlen für die Illusion der Macht, denn es bleibt immer nur eine Illusion!

Dienstag, 11. Januar

Minus zehn Grad: Die Kälte beißt in mein Gesicht.

Die Straßen sind vereist. Spiegelglätte und Blitzeis und ein kleiner Hund, der mit zuviel Schwung in einer Kurve ausgerutscht ist.

Auf dem zugefrorenem See in meinem Märchenwald das kratzende Geräusch von Kufen und das krachende Stöckeschlagen der Eishockeyspieler.

Mittwoch, 12. Januar

Eine wirklich vom Genie des Herzens inspirierte Aufmerksamkeit ... enthält ein tieferes Verstehen unserer Existenz als alle Traktate der Philosophie.
(Marcel Proust)

Samstag, 15. Januar

Gott als ästhetisch schöner Gedanke, der die Leere in meiner Seele ausfüllt. Reicht das, um zu glauben? Warum eigentlich nicht?

Sonntag, 16. Januar

Mein Stehvermögen durch Kontemplation und Konzentration trainieren, ermöglichen.

All die unterschiedlichen Festigkeitsgrade meines Schwanzes.

Ich beneide die weiblichen Huren: Während sie sich lediglich zu öffnen brauchen, muss ich aktiv gestalten, muss etwas wollen, mich aufrichten und dabei auch noch standhaft bleiben.

Montag, 17. Januar

Das Wurzelwerk meines Herzens und meiner Seele so sehr vertiefen und verankern, dass kein Daseinssturm, so heftig er auch sein mag, dazu in der Lage ist, mich zu entwurzeln oder gar zu zerstören.

Deine innere Schönheit leuchtet – ja, sie leuchtet!

Im Traum lag sie in meinen Armen – wie schön doch Träume sein können!

Donnerstag, 20. Januar

Es gibt zwei Kategorien von Menschen: jene, die beherzt und beseelt sind und jene, die es eben nicht sind – und nur die erste Kategorie hat einen Anspruch darauf, als schön und wahrhaftig zu gelten.

Der Winter dauert viel zu lange. Ich vermisse den runden Tisch am Kiosk; vermisse jenes gemeinsame Stehen, Trinken, Reden und Beobachten – vermisse Oma, die Flaschensammlerin, Eddie, den Schreier und all die anderen Unvernünftigen!

Erinnerung an den Sommer und einer vom Kiosk – ich weiß nicht mehr wer – sagte einmal, nachdem sich ein anderer mit dem Sprichwort „Der frühe Vogel fängt den Wurm" verabschiedet hatte: „Ja, ja, aber der späte Wurm verarscht den frühen Vogel."

Freitag, 21. Januar

Dickflockiger Schneefall und all die bezaubernden Kristallformen der Schneeflocken.

Die Ketten und das Schweigen, die sie an sich selbst hätten fesseln sollen, sie ersticken, sie erwürgen, hatten sie im Gegenteil von sich selbst befreit.
(Pauline Réage, *Geschichte der O*)

Samstag, 22. Januar

Der kleine, große Tod beim Orgasmus.

Dienstag, 25. Januar

Ich begreife meine Liebesdienste als schöpferische Tätigkeit.

Die vorhangverhangenen Fenster in all den Hotels.

Vielleicht bin ich doch nur eine Hure, ein Sexualobjekt, eine käufliche Ware?

Samstag, 29. Januar

Jeder Tautropfen des Winterschnees im kahlen Geäst einer Linde wie eine kleine durchsichtig schimmernde Welt.

Gestern Nacht, beim Gang durch die Stadt, fühlte ich mich mit allem und jedem – mit der Erdkugel, der Natur, Gott, meinem Ich, den Menschen – glücklich verbunden!

Mittwoch, 2. Februar

An einem Vogelschlafgebüsch gestanden und minutenlang gelauscht.

Aus der Wirklichkeit schöpfen, aus der Wirklichkeit kleine bezaubernde Stücke herausschöpfen.

Samstag, 5. Februar

Weil die käufliche die wahrhaftige Liebe niemals ersetzen kann, breitet sich nach getaner Arbeit häufig ein bitterer Nachgeschmack aus, ist da eine Leere und Aggressivität in den Augen der Frauen, die mich zuweilen traurig stimmt.

Mein Wohlbefinden und meine Niedergeschlagenheit.

Dienstag, 8. Februar

Hast du heute schon etwas gesehen oder erblickt?

Donnerstag, 10. Februar

Judith, eine meiner Stammkundinnen, die ich sehr gern mochte, hat sich unglücklicherweise in mich verliebt. Ich musste sie abweisen, musste sie demütigen und werde nie mehr eine Nacht mit ihr verbringen. Ich kann, will und darf ihre Liebe nicht erwidern!

Die Liebe zu einer anderen Frau wäre der zugleich leichteste und trügerischste Weg, um sich mal wieder nicht mit sich selbst beschäftigen zu müssen!

Freitag, 11. Februar

Das Blattwerk eines Gebüsches in ein flockiges Schneeweiß gehüllt, ganz so, als ob es sich für einen besonderen Anlass schick gemacht hätte.

Du fragst, was ich hinzu gelernt habe? Ich fange an, mir selbst Freund zu sein.

(Seneca)

Was bedeutet das eigentlich, sich selbst ein Freund zu sein? – Möglicherweise einfach nur, dass man sich selbst seine Fehler vergibt.

Samstag, 12. Februar

Eine knallharte Geschäftsfrau, Deborah war ihr Name, erzählte mir gestern im Bett, dass ihr Ehemann viel zu lieb sei, um guten Sex mit ihm zu haben.

Gibt es den Mutter-Hure- als Vater-Don-Juan-Komplex auch bei den Frauen?

Montag, 14. Februar

Hellgrüner Mistelzweig als Parasit im verschneiten Baumwipfel einer Esche.

In der Liebe ist jeder Opfer und Henker zugleich.

Trage die Wunden deines Herzens mit Würde, denn ohne sie hättest du nie gelebt.

Die Liebe überwindet das Fremde, führt zum großen Anderen, indem sie den eigenen Willen, die eigenen Weltanschauungen bricht, indem sie die grundverschiedene Wahrheit eines anderen Wesens liebt, ja, zuweilen sogar anbetet.

Donnerstag, 17. Februar

Das Gekörpere mit meinen Kundinnen.

Die Gesten des Körpers sagen zumeist etwas Anderes als die Wörter der Sprache.

Ohne Sinnlichkeit kein Geist und ohne Geist keine Sinnlichkeit.

Freitag, 18. Februar

In der Blauen Stunde der Abenddämmerung fühle ich mich geborgen, dort, an jener geheimnisvollen Schwelle zwischen Tag und Nacht, kann ich fliegen, kann ich träumen.

Es gibt eine Stille, – kennst du sie? – in der man meint, man müsse die einzelnen Minuten hören, wie sie in den Ozean der Ewigkeit hinuntertropfen.
　　　　　　　　　　　　　　　　　　　(Adalbert Stifter)

Sonntag, 20 Februar

Meine Augensehnsucht nach innen gekehrt.

Auf der Suche nach meiner Daseinsmelodie.

Reifungsprozess, Heilung, Formgebung.

Trete ins Helle, in eine neue Freiheit, in den Zusammenhang.

Dienstag, 22. Februar

Am Rand eines kleinen Stadtparks stehen zwei uralte, knorrige und brüchige Robinien, die mir bei meinen nächtlichen Winterspaziergängen, insbesondere im Widerschein des Mondes, stets als spukhafte und drohende Baumgespenster erscheinen.

Eine Schneeflocke mit meinen Augen in der Luft verfolgt und sie dann mit meinem Mund aufgefangen.

Freitag, 25. Februar

Schläft ein Lied in allen Dingen
Die da träumen fort und fort
Und die Welt hebt an zu singen
Triffst du nur das Zauberwort.
                                                    (Joseph von Eichendorff)

Wie lautet dein Zauberwort?

Samstag, 26. Februar

Die alte Frau Stoddelmeyer wird sich mit ihrem unersättlichen Sexappetit irgendwann zu Tode ficken! Ich hoffe nur, dass dies nicht in einer Nacht geschehen wird, in der ich gerade bei ihr bin.

Sonntag, 27. Februar

So der Zufall will!

Bin fremdbestimmt, bin selbstbestimmt, bin ganz und gar ohne Bestimmung.

Donnerstag, 3. März

Herzlichen Glückwunsch zum Geburtstag, vielgeliebte Stella!

Samstag, 5. März

Man sollte seinem Schicksal mit Nachsicht, Höflichkeit und Würde begegnen.

Manchmal bin ich fragetot!

Ich liebe dich, Stella!
Schlaf gut und träume etwas Schönes!

Dein Malik!

Fünfundzwanzigster Brief

Atopos, Mitte März 2005

Da ist etwas geschehen – mit mir, meiner Seele, meiner Innenwelt – im vergangenen Winter, das sich nur schwer beschreiben lässt. Es ist, als ob in mir etwas gewachsen sei, als ob sich in mir eine Form gebildet hat, die mich nunmehr trägt und stärkt. Diese Form ist nichts Festes, hat keine Schwere, ist leicht und anschmiegsam, ist etwas, das sich fließend in die Gegebenheiten einfügt. Es scheint, als ob jene Form aus der Poesie der Wiederholung entstanden sei, einer Poesie, die sich erst in einer vertrauten Umgebung offenbart und sich dann in einem wundervollen Akt der Ausbreitung, besänftigend auf den inneren Kern des Selbst überträgt. Wie dem auch sei: Ich kann jetzt mit mir allein sein, ohne mich dabei allzu sehr zu belästigen oder umgekehrt aus mir heraustreten, ohne mich dabei gleich zu verlieren. Das ist viel, Stella, das ist unglaublich viel!

Erinnerst du dich an das Gedicht von Eichendorff, das ich in meinen Tagebuchaufzeichnungen zitiert hatte?

Schläft ein Lied in allen Dingen
Die da träumen fort und fort
Und die Welt hebt an zu singen
Triffst du nur das Zauberwort.

Das Gedicht heißt *Wünschelrute* und funktioniert, sobald man es auf das Leben anwendet, tatsächlich wie eine Wünschelrute. Wenn ich aufwache, sind da diese anmutigen Zeilen, die mich mit ihrem Wohlklang sanft umweben und mich darüber hinaus Tag für Tag dazu auffordern, jenes Lied, das da in der Stadt, der Natur und in den Menschen geheimnisvoll vor sich hin träumt, zu suchen und freizuphantasieren. Schläft ein Lied in jedem Baum, jeder Blume, jedem Geschmack, jedem Geruch, jeder Frau, jedem Menschen; schläft ein Lied in dir, in mir und das Zauberwort lautet, je nach Gemütsverfassung, stets anders und grundverschieden.

Ich laufe mit Eichendorffs Wünschelrute durch meinen Märchenwald und das moosgrüne Hervorleuchten an den Baumstämmen versetzt mich in eine andere, farbenfrohere Welt. Schweifen, spazieren, schauen, erschauen: Zwei weiße Birken als Eingangstor, als Schwelle zur Phantasiewelt meines Märchenwaldes. Wusstest du übrigens, dass sich die Bezeichnung Birke aus einem uralten indogermanischen Wort ableitet und ‚die Schimmernde' bedeutet – und tatsächlich schimmert die Birke und ihr Wuchs ist so schlank, so zart und so feingliedrig! Sie ist wie eine schöne Frau, die Birke; ja, sie ist die elegante Schönfrau unter all den Bäumen! Schweifen, spazieren, schauen, erschauen: Ein kläffender Hund vor einer Eiche und im Geäst ein süßes, flinkes rotbraunes Eichhörnchen und gleich dahinter all die Einzelaugen im silbergrauen Stamm der Buchen, immer wieder diese undurchdringlichen Einzelaugen, ganz so, als ob sie mich beobachten, ganz so, als ob sie mich durchschauen würden. Am Himmel der erhabene kreisrunde Beuteflug eines Mäusebussards und ganz woanders die großmächtigen Pappeln mit ihrem angezogenen Geäst wie Soldaten, die den Eingang zu einer Burg überwachen. Schweifen, spazieren, schauen, erschauen: Ich treibe im großen Wald von einer Ruhe zur nächsten und nehme diese Ruhe mit in die hektische Millionenstadt – ich fließe im Verkehr; meine Bewegungen und mein Denken sind sanft; mein Atem und mein Herzschlag schwingen rhythmisch im Takt der Metropole; ich bin besänftigt und nichts, aber auch wirklich gar nichts, könnte mich jetzt aus meiner Seelenruhe aufschrecken. Die Stadt wird mir zu einer zweiten Haut, zu einer zweiten Natur. Ungezwungen und leichtfüßig bewege ich mich in diesem pulsierenden Körper mit all seinen Verkehrsadern und Seitennerven, fühle mich gar als organischen Bestandteil in jenem millionenfachen Miteinanderwirken, dessen Energie mich immer wieder aufs Neue belebend durchflutet. Schweifen, spazieren, schauen, erschauen: eine Frau, die mir einen verführerischen Seitenblick zuwirft; ein Obdachloser, der die Passanten beschimpft; Beethovens Neunte als Klingelton eines Mobilfunktelefons; der abbröckelnde Putz einer Fassade als morbider Charme eines uralten Hauses und die noch unverbrauchten, noch nicht verlebten, leuchtenden Augen eines kleinen Mädchens. Schweifen, spazieren, schauen, erschauen ...

Schläft ein Lied in allen Dingen, die da träumen fort und fort und ich renne nicht mehr vor mir weg, kann Schweigen, habe keine Angst mehr vor der Stille und der Einsamkeit. Ich bin dankbar, fühle mich lebendig, frei, entrückt, mitunter sogar ausgelassen und fröhlich. Was meinst du – ist dieses Glück, das ich zur Zeit empfinde, nur eine flüchtige Momentaufnahme, nur ein kurzes Aufglimmen, das morgen schon wieder erloschen sein könnte oder ist dieses Glück – das die andere Seite der Medaille, das die Trauer, den Schmerz und die Sehnsucht nicht verneint, sondern ganz im Gegenteil mit in sich einschließt – etwas Gleichmäßiges und Dauerhaftes, das mich von nun an in meinem Leben begleiten wird? Oder liegt es vielleicht gar nur am Wetter – an jenen bezaubernden vereinzelten Morgendämmerungsschneeflocken, die sich gerade vor meinem Fenster in der

Luft kräuseln, an jenem leisen Nachklang der kalten Tage, an jenem heiterruhigen Abschiedswalzer des sich zurückziehenden Winters –, dass ich mich gegenwärtig so glücklich fühle?

Ist Glück für diesen Zustand überhaupt noch die treffende Bezeichnung? – Sollte dieser Zustand nicht vielmehr mit den Worten Zufriedenheit, Harmonie oder Ausgeglichenheit umschrieben werden? Nein, ich bleibe beim Wort Glück! Ich bin glücklich; ja, vielgeliebte Stella, ich bin tatsächlich glücklich!

Schlaf gut, fühle dich umarmt und träume etwas Schönes!

Dein Malik!

Sechsundzwanzigster Brief

Atopos, April 2005

Der Frühling ist zurückgekehrt und mit ihm – mit seinem Mehr an Farbe, Licht und Wärme – ist auch wieder das Leben im Freien, das Leben am Kiosk in der Platanenallee erwacht. Alle Stammgäste vom letzten Jahr haben ihren Winterschlaf beendet, ihre einsiedlerischen Quartiere verlassen und stehen jetzt wieder etwas bleich und blutarm am Tisch vor dem Kiosk. Oma flirtet mit mir und sammelt immer noch Flaschen. Eddie schreit genauso herzzerreißend wie im vorherigen Jahr, die Dempsey Zwillinge sind so betrunken und lustig wie eh und je und die Jungs aus Ghana träumen immer noch von Accra. Alte und neue Gesichter am *Obst & Gemüse*; alles so vertraut und doch so unbekannt: Fabien, ein Franzose, der als Pyrotechniker in Atopos arbeitet und erst vor wenigen Tagen den Kiosk für sich entdeckt hat, erläutert uns die hohe Kunst des Zündelns; etwas abseits die Südamerikaner, etwas abseitig Carlos, Sergio, Juanito, Gabriel, Pablo, Marcos und Luis, die mal wieder – lediglich von sehnsüchtigen Blicken nach hübschen Passantinnen unterbrochen – über die katastrophale sozialpolitische Lage in ihren Heimatländern hitzig debattieren; und links von mir Scott, ein schwuler Tänzer aus England, der mit seinen anzüglichen Gebärden und seiner weiblichen Stimme mal wieder die lateinamerikanischen Machos provoziert.

Bis spät in die Nacht hinein wird getrunken, geraucht, gelacht, gesungen, gestritten und sich wieder versöhnt. Seltsames Miteinander an diesem Kiosk und eine Narrenfreiheit, die mir eine Denk- und Herzbeweglichkeit verleiht, wie sie wohl nur an sehr wenigen Orten möglich ist. Und auch wenn die Ansichten und Verhaltensweisen all dieser Unvernünftigen, in deren Gesichtszügen sich das Leben mit all seinen Höhen und Tiefen melancholisch und lebendig eingezeichnet hat, oftmals verwirrend, trivial, chaotisch und ungerechtfertigt sind, wird an diesem Tisch immerhin noch eigenes gedacht und fremdes wahrhaftig erfühlt. Gewiss sind die Gespräche am *Obst & Gemüse* mitunter alles andere als höflich und kultiviert, aber dafür – und diese Eigenschaft sollte man wirklich nicht unterschätzen – sind sie fast immer ehrlich und direkt. Ich genieße jene Nächte am Kiosk jedenfalls immer noch sehr!

Was gibt es sonst noch, was gibt es sonst noch zu berichten? Zwei Bücher habe ich im letzten Monat gelesen. Das eine war ein Buch aus dem 14. Jahrhundert von Giovanni di Bocaccio mit dem Titel *Das Dekameron*. Du glaubst gar nicht, wie sehr ich beim Lesen der erotischen Novellen, Fabeln und Geschichten des Decamerone schmunzeln musste! Endlich einmal ein Autor, dem es gelingt, unsere Fleischeslust als etwas Humorvolles, Lustiges, Verschmitztes und Fröhliches zu schildern, endlich einmal ein Autor, bei dem die Sexualität nicht böse, niederträchtig, abgründig, verwerflich oder gar schmutzig ist, sondern ganz im Gegenteil eine unbekümmerte und augenzwinkernde Lust am Laster zum Ausdruck bringt. Bei Bocaccio ist die Erotik reine Sinnenfreude, hat der Sex etwas Leichtes und Ungezwungenes, das noch nicht durch die Machtspiele, Gewissensbisse und pathologischen Störungen, wie ich sie so oft bei meiner Arbeit erlebe, verschmutzt und degeneriert wurde. Die Lektüre dieses naiven und zugleich doch so reifen, sinnlichen und schönen Textes hat mir nochmals klar gemacht, dass ich meine Arbeit, trotz ihrer körperlichen Hemmschwellen und seelischen Komplikationen, mit einem Schuss Ironie und Humor betrachten sollte.

Das andere Buch, das ich gelesen habe, war kein Roman, sondern eine Art erzählendes Lexikon über das bizarre Sexualleben der Tiere. Weißt du, Stella, meine Mutter (Gott habe sie selig) hat immer behauptet, dass die Homosexuellen sich widernatürlich verhalten würden, da ihr Sex nicht der Fortpflanzung diene und ihr Schwulsein deswegen nicht zu akzeptieren sei. Schade, dass ich ihr dieses Lexikon, in dem die ‚widernatürlichen' Sexualpraktiken der Tiere dargestellt werden, nicht mehr zum Lesen geben kann. Es ist ganz erstaunlich, was die Tiere mit- und untereinander alles so treiben. Bei den Ameisen hat zum Beispiel nur die Königin Sex und ihr unerbittlicher Duftbefehl bewirkt, dass alle anderen Weibchen unfruchtbar bleiben und dafür auch noch mehr schuften müssen. Die männlichen Anglerfische sind Sexualparasiten, die, sobald sie auf die viel größeren Weibchen treffen, an diese andocken und sich dann um nichts mehr kümmern. Sie wachsen an ihrer Partnerin fest, verbinden ihren eigenen Blutkreislauf mit dem ihrer Geliebten, schmelzen schließlich völlig mit dieser zusammen und das Einzige, was sie von da an noch tun, ist ihren Samen abzugeben. Die männlichen Beutelmäuse dagegen gehen in der Paarungszeit so heftig zur Sache – der gemessene Rekord der Dauerkopulation eines Beutelmausbocks liegt bei zwölf Stunden ohne Unterbrechung – dass sie, von Magengeschwüren geplagt, kurze Zeit nach dem letzten Koitus, erschöpft zusammenbrechen und sterben. Die Bonobos wiederum, den Schimpansen ähnlich, haben im Durchschnitt alle neunzig Minuten Sex. Neben Masturbation, Fellatio, Analverkehr und Gruppenorgien reiben sich die Weibchen dieser lustbetonten Menschenaffen auch gerne ihre Vaginen aneinander. In gleicher Weise ist bei Würmern, Wildschafen, Möwen und Meerschweinchen die Homosexualität (10% sind schwul) ein weit verbreitetes Phänomen. Auch das Onanieren scheint den Tieren viel Spaß zu bereiten: Hündinnen wetzen ihre Vulven am Erdboden, Schimpansinnen stecken sich Holzstücke zwischen ihre Beine, Steinböcke befriedigen sich selbst mit dem Mund, Fleckenhyänen beglücken sich mit der eigenen Zunge und einige Elefantenbullen holen sich mit ihrem Rüssel einen runter. Doch damit noch nicht genug: In der Tierwelt sind auch Kannibalismus, Mord, Seitensprünge, Prostitution und Vergewaltigung durchaus gängige Verhaltensmuster. Gottesanbeterinnen fressen zum Beispiel den Männchen während der Paarung den Kopf ab und die Weibchen der Gnitzen-Mücken suchen sich ein kleineres Männchen und stoßen diesem – Facettenauge in Facettenauge – ihren Rüssel in die Stirn, durch den sie einen giftigen Speichel injizieren, der die Männchen noch während des Geschlechtsverkehrs zersetzt; doch bevor das Männchen als klebriger Nahrungsbrei aufgesogen wird, verankert es seine Geschlechtsorgane im Weibchen und fällt erst danach als leblose Hülle zu Boden. Weibliche Pinguine wurden zudem von Forschern bei der Prostitution ertappt. Diese Pinguine bauen Nester aus Steinchen, die auf der antarktischen Ross-Insel nur sehr schwer zu beschaffen sind. Manche Weibchen paaren sich deswegen mit Junggesellen, die ihnen dafür Steinchen geben, mit denen sie daraufhin wieder zu ihren festen Partnern zurückkehren, um ihr Nest auszubauen. Die Forscher beobachteten eine Pinguin-Prostituierte, die es durch solche dubiosen Sexgeschäfte auf die beträchtliche Anzahl von 62 Steinchen gebracht hat. Auch mit der Treue scheinen die Tiere so ihre Probleme zu haben: 21% des Amsel-Nachwuchses stammt von fremden Vätern ab und bei manchen Vogelarten wurden bis zu 70% der Küken per Ehebruch gezeugt. Und zu schlechter Letzt gibt es auch noch Filmaufnahmen, die dokumentieren, wie auf einer nassen Straße zehn Stockenten-Männchen eine weibliche Ente vergewaltigen und zu Tode kopulieren.

Was Mutter wohl zu all diesen Informationen, zu diesem tierischen Sodom und Gomorra, zu diesem krankhaften sowie durch und durch verdorbenen Sündenpfuhl der Tiersexualität gesagt hätte? Wie dem auch sei, vielleicht hätte ich dieses absurde Lexikon besser nicht gelesen, denn seit dieser Lektüre kann ich nicht mehr in meinen Märchenwald gehen, ohne in jeder Spinne eine Männermörderin, in jedem Vogel eine Ehebrecherin und in jeder Ente einen Vergewaltiger zu sehen.

Adieu, einziggeliebte Stella!

Dein Malik!

Siebenundzwanzigster Brief

Atopos, Mai 2005

Am 10. Mai war mein einjähriges Berufsjubiläum als Prostituierter. Wie schnell oder langsam doch solch ein Jahr vergeht (wer war es noch einmal, der sinngemäß etwa sagte: *Ein Tag kann sehr lange andauern, aber das Leben ist stets zu kurz* – ich glaube es war Goethe). Ich erinnere mich noch ganz genau an all die Selbstzweifel, Gewissensbisse und Versagensängste vor meinem ersten Mal, erinnere mich noch ganz genau an jenen ersten Abend mit der molligen Sue und meiner verfrühten Ejakulation (Sue ist übrigens zu einer meiner Stammkundinnen geworden und fand jene erste Nacht, die für mich damals ein totales Fiasko darstellte, eigentlich ganz nett und amüsant). Wie schnell oder langsam doch solch ein Jahr vergeht! Und jetzt – wie fühle ich mich mit meiner Arbeit, mit den Frauen und all dem käuflichen Sex?

Jene verfrühten Ejakulationen treten nahezu nicht mehr auf und sind, falls es doch noch einmal dazu kommt – was hin und wieder durchaus geschieht – eher etwas, über das ich nunmehr schmunzeln kann. Ich habe im Verlauf der Zeit gelernt, mit meiner und der Nacktheit der Frauen souveräner umzugehen und bin viel selbstbewusster hinsichtlich meiner eigenen Sinnlichkeit und Erotik geworden (und Viagra hilft auch).

Habe ich Schuldgefühle? – Nein. Weder dir gegenüber noch gegenüber meinem Gewissen empfinde ich irgendeine Schuld. Ich bin frei und ungebunden, bin dir zu nichts verpflichtet, brauche mich weder zu erklären noch zu rechtfertigen und bin dir sogar in gewisser Weise treu geblieben.

Denn es ist nicht mein Herz, das ich da verkaufe, sondern ein Teil meines Körpers, der augenblicklich nichts, aber auch wirklich gar nichts mit unserer Liebe zu tun hat. Oder siehst du das anders?

Es sind vielmehr die Frauen, die oftmals Schuldgefühle haben, da sie mit mir ihre Ehemänner betrügen, gegen die Moralvorstellungen der Gesellschaft, Religion oder ihres Elternhauses verstoßen oder gar, aus welchen Gründen auch immer, ihre Sexualität als etwas Schmutziges und Niederträchtiges empfinden. Man kann all die Zweifel und Fragen regelrecht von ihren Augen ablesen: Ist es rechtens, einen Menschen (mich) als reines Lustobjekt zu betrachten? Darf ich mir diesen pornographischen Blick, der einen Menschen allein auf seine Sexualität reduziert, erlauben oder gönnen? Was würde wohl mein Mann dazu sagen, wenn er mich jetzt so lüstern und wollüstig bei einer Hure sehen würde? Ist es nicht eine Schande oder gar Sünde, dass eine dicke, alte und verschrumpelte Frau wie ich, sich einen jungen, kräftigen und hübschen Mann für das Bett kauft? Was bin ich nur für ein Mensch, dass ich all meine Schweinereien bei einer Hure ausleben muss? Sobald ich diese Fragen in den Augen meiner Kundinnen lese, sobald ich ihre Ängste verspüre, versuche ich, durch die Ausstrahlung von Ruhe, Würde und einer gewissen Art von Selbstverständlichkeit, all ihre Bedenken und Gewissensbisse zu zerstreuen. Ich erlaube mir kein Urteil, bin einfach nur anwesend, bin still und gelassen und tue einfach nur meinen Job.

Bereitet mir meine Arbeit Freude? Wie bei so vielen anderen Berufen hängt das wohl auch hier von der Tagesform und den jeweiligen Umständen ab. Auf jeden Fall ist mein Beruf recht abwechslungsreich und es gibt auch einige Stammkundinnen, mit denen ich gerne zusammen bin. Da ist beispielsweise Rachel. Ich habe noch nie ein Wort mit ihr gewechselt, kenne ihre Stimme nicht, habe noch nie, obschon wir uns dutzendfach getroffen haben, den Tonfall ihrer Stimme vernommen. Wir treffen uns immer im gleichen Hotel, im gleichen Zimmer, zur stets gleichen Abendstunde. Das Ritual wurde durch eine Anweisung per E-Mail von ihr streng vorgeschrieben. Ich betrete das Zimmer. Die grünen Samtvorhänge sind zugezogen. Nur hier und da leuchtet vereinzelt ein schwaches, dämmriges Licht. Rachel liegt als nackte Silhouette bereits auf dem Bett. Ich gehe ins Bad, entkleide mich, komme zurück und stelle mich im Abstand von ungefähr zwei Metern hinter das Bettende. Rachel sieht mich schüchtern an und beginnt damit, sich selbst zu befriedigen. Ich tue das gleiche. Sie befeuchtet ihr Geschlecht mit Spucke. Auf dem Nachttisch liegt wie immer ihr Ehering. Es ist recht dunkel. Man sieht, man erahnt, man sieht nichts; man schließt die Augen, man öffnet die Augen, lebt zugleich in seiner Phantasie und in der Realität. Es ist sehr still, man hört, man hört nichts, es raschelt, es raschelt nichts und mitunter ist die Stille unerträglich. Eine Hand gleitet zwischen ihre zusammengepressten Schenkel hinunter. Sie stöhnt und seufzt ganz leise. Ich lasse mein aufrechtes Glied in meiner rechten Faust langsam auf- und abgleiten. Schattenhaft erkenne ich eine feingliedrige, zerbrechliche, flachbusige und melancholische Frau, die mir bisweilen verlegen in die Augen blickt. Vielleicht ist Rachel vierzig, vielleicht aber auch schon fünfzig. Wir befriedigen uns selbst, machen Liebe mit uns selbst, sind einsam, allein und verlassen und sind es doch auch wieder nicht. Sie spreizt ihre Beine. Ihr Geschlecht ist rasiert. Sie umkreist ihre Klitoris und steckt sich einen Dildo in ihre Vagina. Die Masturbation als körperliches Selbstgespräch und doch atmen wir zeitweise gemeinsam, entwickelt sich da ein fließendes Miteinander, in dessen Rhythmus wir uns fortbewegen. Das Spiel ihrer Hände ist sanft und gleichmäßig. Sie ist abwesend, ist präsent; sie starrt auf mein steifes Glied, sie starrt in die Leere; sie ist allein mit ihrem Atem, sie ist nicht allein mit ihrem Atem; sie ist blind, sie ist nicht blind; sie ist taub, ich bin taub, wir sind nicht taub. Sie variiert den Takt, wird schneller und ich schließe mich ihrem Takt an. Sie hechelt und ihre Finger werden schneller und immerzu schneller und dann ein Wink von ihr. Ich trete vor, stehe direkt am Bett und spritze schließlich meinen Samen auf ihren Körper, den sie wollüstig über ihre Haut verschmiert. Ihr Gesicht ist entspannt und verzerrt, ihr Gesicht ist traurig und glücklich. Ich gehe ins Bad. Wasche meinen Schwanz. Kleide mich an und verlasse, so wie immer, leise und grußlos das Hotelzimmer. Diese Abende mit Rachel sind spannend, geheimnisvoll, rätselhaft und deswegen auch erotisch. Man möchte fühlen, eindringen und darf es nicht; man möchte den Schleier des Schweigens und des Abstandes zerreißen und möchte es auch wieder nicht; man will berühren, erkennen und reden und möchte es wiederum auch wieder nicht. Schweigen, Stille und Rachel.

Dann ist da noch Nora – du kennst sie bereits, das war die Frau mit der Polizeiuniform, den Handschellen und dem Schießeisen in der Vagina. Nora ist ganz anders als Rachel, ist extrovertiert, selbstbewusst und auch ein klein wenig verrückt. Vor jedem unserer Treffen schickt sie mir eine E-Mail, in der detailliert aufgelistet wird, wo und wann wir uns treffen, wie ich mich zu kleiden, zu verhalten und auszudrücken habe. Nora verlangt von mir, sie stets als ein Anderer, als ein Fremder, zu verführen und zu ficken. Wir treffen uns an den unterschiedlichsten Orten in der Stadt.

Wir befinden uns in einer heruntergekommenen Eckkneipe in einem gefährlichen Stadtviertel. Nora sitzt an der Theke und ich bin ein Bauarbeiter. Meine Kleidung ist schmutzig, mein Auftreten grobschlächtig und meine Wörter sind derb, obszön und vulgär. Der Text ist vorgegeben, ich habe ihn auswendig gelernt. Ich sage Dinge wie: „Du kleine dreckige Schlampe; du verdorbenes Mistvieh; du gottverdammte Hure"; ich sage Dinge wie: „Du willst meinen Schwanz haben, das ist es, was du willst; du willst, dass ich meinen steifen, großen und dicken Schwanz in deine geile Fotze stecke." Ich reiße sie auf, bin kaltherzig, bin ein Schwein, bin ein Macho. Später ficken wir in einer billigen Absteige und ich ficke sie hart, emotionslos und beschimpfe sie dabei auch noch. Anderer Tag, anderer Ort. Wir sind in einem Club. Die Musik dröhnt überlaut in unseren Ohren. Ich trage einen Anzug und bin ein arroganter, gewissenloser und schleimiger Börsenmakler. Ich gebe ihr ein paar Drinks aus, die natürlich sie bezahlt. Die Menschen tanzen. Wir gehen auf die Toilette. Sie zieht sich eine Linie Koks die Nase hoch. Ich bumse sie von hinten auf der Clubtoilette. Ich klatsche mit meinem Becken immer wieder an ihren Hintern. Die Wartenden klopfen bereits ungeduldig an die Tür, während Nora laut und lustvoll schreit und schreit und schreit. Anderer Tag, anderer Ort. Wir treffen uns in einem der teuersten Restaurants von Atopos. Ich bin ein schüchterner Akademiker und sie ist die Femme Fatale. Sie genießt ihre Rolle, wickelt mich ganz langsam um ihren kleinen Finger und macht mich hörig. Ich bin naiv, bete sie an und verfalle ihren sexuellen Reizen. Ich bin unerfahren, ängstlich und gehemmt. Sie hat die Kontrolle. Wir gehen in ein elegantes Hotel. Sie führt den Liebesakt, zeigt mir, was Sinnlichkeit bedeutet und offenbart mir die Macht der Erotik. Anderer

Tag, anderer Ort. Wir fahren im letzten Vorortzug der Nacht. Die Abteile sind nur spärlich besetzt. Ich steige an einer anderen Station als sie ein. Ich setze mich ihr gegenüber. Ich trage eine Brille, bin ein Biedermann und schlage die Tageszeitung vor meinem Gesicht auf. Sie öffnet meine Hose und nimmt mein Glied zwischen ihre Lippen. Zwei Sitzbänke weiter sitzt ein altes Ehepaar. Sie trägt einen Rock ohne Schlüpfer. Sie setzt sich rittlings auf mich – würde jetzt der Schaffner kommen oder ein Fahrgast aufstehen, könnten sie uns beim Ficken erwischen. Wir bewegen uns nahezu geräuschlos. Niemand merkt etwas. Ihre Vagina ist ganz feucht. Sie bekommt einen Orgasmus. Wir steigen an irgendeiner Station aus und fahren in getrennten Taxis wieder zurück in die Stadt.

Ich war schon alles mögliche mit Nora, war Matrose, Politiker, Soldat, Leistungssportler, Obdachloser, Student, Literat und habe mit ihr an den unmöglichsten öffentlichen Plätzen Sex gehabt – in Museen, Aufzügen, Kinos, Seitengassen, Parks, schmutzigen Hauseingängen und weiß der Teufel noch wo alles. Möglicherweise erinnerst du dich noch daran, dass ich beim ersten Mal, als ich ihr als Polizist verkleidet den Pistolenlauf in die Vagina gesteckt habe, von ihrer Gewalttätigkeit zugleich angewidert und erotisiert war. Inzwischen genieße ich, ohne Reue und Ekel, diese ungewöhnlichen Zusammenkünfte mit ihr. Ja, ich genieße unsere Rollen- und Machtspiele, genieße es, immer wieder in die Haut eines Fremden zu schlüpfen und dabei neue Seiten an mir entdecken und erfahren zu dürfen. Darüber hinaus steigert das Bewusstsein der Gefahr, an einem der öffentlichen Plätze beim Sex erwischt zu werden, die Lust am Geschlechtsverkehr und zweifelsohne bewegt man sich mit ihr stets in den Grenzbereichen der Sexualität, hinter denen –

ja was eigentlich – der Ichverlust? der Ekel? oder gar der Wahnsinn lauert?

Nora ist wie ein Chamäleon, ist eine Verwandlungskünstlerin, die sich nicht festlegen kann oder will. Sie ist auf der Flucht und Sex ist ihre Droge: Sie ist süchtig nach Gewalt, Macht, Abwechslung und immer stärkeren, neuen Reizen. Und diese Sucht wird auch die Ursache dafür sein, dass sie mich eines Tages fallen lassen wird, denn in absehbarer Zeit werde ich ihr nichts Neues mehr bieten können und dann wird sie, die Getriebene und Unersättliche, sich einen anderen Prostituierten suchen, der ihr dann wieder den Reiz und den Kick des Unverbrauchten bieten wird. Ja, sie ist wie ein gehetztes wildes Tier; ist aufsässig, gereizt und voll Paranoia; ist voller Gier nach Lüsternheit und Wollust und liebt den Verrat, die Zügellosigkeit und das Laster. Eigentlich sind dies alles Charaktereigenschaften, die ich ablehne und die mir in gewisser Weise auch zuwider sind und dennoch mag ich Nora, finde sie sogar irgendwie sympathisch. Mal wieder Widersprüche, mal wieder nichts als Widersprüche, die im Widerspruch zu etwas Harmonischem heranreifen und zusammenfinden – oder etwa nicht?

Abgesehen von Rachel und Nora gibt es noch eine dritte Stammkundin, an der ich Gefallen gefunden habe. Madame Louise ist eine äußerst gebildete, intelligente, humorvolle und zynische ältere Dame, die von ihrem verstorbenen Ehemann einige Millionen geerbt hat und in den höchsten gesellschaftlichen Kreisen von Atopos verkehrt. Allein schon die Fahrt zur ihrer Villa, die etwa eine Stunde außerhalb von Atopos liegt, ist bereits ein Ereignis: Ich werde von William, ihrem Chauffeur, in einem Rolls Royce abgeholt. Die Sitzbänke in dieser wunderschönen Limousine sind unglaublich bequem und es gibt eine Bar und ich trinke Whisky und ich mache den Fernseher an oder lasse das Radio laufen und lehne mich entspannt zurück und genieße einen Luxus, den ich bis dahin nur aus dem Fernsehen oder Kinofilmen kannte. Und dann erst ihre Villa, die von einem ausgedehnten Garten mit farbenfrohen Blumenbeeten, plätschernden Springbrunnen, eleganten antiken Marmorstatuen und prächtigen uralten Eichenalleen umsäumt wird! Niemals zuvor habe ich bei einer Privatperson solch einen Reichtum erlebt: Die Gänge in der Villa sind weitläufig; die ungezählten Zimmer allesamt geräumig und hell, die überaus hohen Decken mit Stuck verziert und der Boden erstrahlt in einem glänzendem Marmor und dort ein reichlich bestücktes Gemäldezimmer und dort all die großartigen Möbel und dort ein Raum zum Musizieren und dort all die herrlichen Badezimmer und dort die Bibliothek mit Tausenden von alten und neuen Büchern. Ich bin immer wieder aufs Neue von dieser stilvollen und eleganten Schönheit der Räume, die weder prahlen noch etwas beweisen wollen, sondern einfach nur den guten Geschmack der Hausherrin widerspiegeln, beeindruckt und fasziniert. Überhaupt Madame Louise! Selten bin ich in meinem Leben einer solch geistreichen, originellen und charmanten Persönlichkeit begegnet. Wir führen stets lange und anregende Gespräche über Politik, Kunst, Literatur und Philosophie, die sie mit schlüpfrigen Anekdoten aus ihrem berühmten Bekanntenkreis garniert (den sie für vollkommen verdorben und verlogen hält). Madame Louise liebt es, sich über ihre Freunde, die, genauso wie alle anderen ihrer Meinung nach Tag für Tag eine lächerliche, borniere und stumpfsinnige Komödie aufführen, lustig zu machen. Ihr Menschenbild ist nicht gerade schmeichelhaft und die Geschichten, die sie mir über all die Intrigen, zwanghaften Persönlichkeitsstörungen, arroganten Anfeindungen, narzisstischen Verhaltensstrukturen und all den kleineren und größeren Schweinereien von konservativen Politikern, hochnäsigen Damen und anderen Moralaposteln der Gesellschaft mit Hohn und Spott erzählt, scheinen ihre misanthropischen Thesen stets zu untermauern. Madame Louise glaubt, ohne sich dabei jedoch allzu ernst zu nehmen, allein an die Macht der Triebe und ihre beiden Lieblingsmaximen, die sie mit Vorliebe in nahezu jedem Gespräch mit einfließen lässt und die ich daher bereits auswendig kann, lauten: *Es gibt wenig ehrbare Frauen, die ihres Verhaltens nicht überdrüssig wären* (La Rouchefoucauld) und *Der Liebe treu bleiben heißt an der Dauer seiner Freuden arbeiten; seiner Schönen aber treu bleiben, das heißt eines langsamen Todes sterben* (Ninon de Lenclos). Mir gegenüber wiederholt sie immer wieder augenzwinkernd, dass ja auch ich im Prinzip nur ein Sexarbeiter sei, der dafür bezahlt wird, ihre niederen Instinkte und Triebe zu befriedigen. Manchmal behauptet sie sogar etwas provokativ und zugespitzt, dass unsere Triebhaftigkeit und nicht unser Geist oder unsere Seele, die wahre Größe und Erhabenheit von uns Menschen ausmachen. Was meiner Ansicht nach wiederum völlig widersinnig ist, da der Sex in unseren Zusammenkünften eine eher nebensächliche und untergeordnete Rolle spielt. Es ist jedenfalls überaus erfrischend und belustigend, sich mit Madame Louise – deren ironischen, scharfsinnigen und spöttischen Charme ich bewundere – über was auch immer zu unterhalten und mitunter auch zu streiten.

Rachel, Nora, Madame Louise und noch ein paar andere Kundinnen sind, um hier keinen falschen Eindruck entstehen zu lassen, die Ausnahmen in einem Beruf, der ansonsten ziemlich hart und nervenaufreibend sein kann. Es gibt Tage, an denen ich mich schlecht, müde und ausgebrannt fühle;

es gibt Tage, an denen ich mich so erotisch fühle wie ein Eisklotz und dennoch zur Arbeit quäle. Und gewiss sind auch die Frauen, mit denen ich es zu tun bekomme, oftmals alles andere als interessant, hübsch oder gar geistreich. Ein ekelhafter Mundgeruch, eine stinkende Vagina, eine tiefrote Menstruationsblutung, ein Zuviel an Make-up oder Parfüm, ein abstoßender fettleibiger Körper, ein mieser Charakter oder ein dumme, unsympathische Kundin sind Dinge, die mir hin und wieder meinen Job wahrlich zur Hölle machen. In gleicher Weise sind all die 08/15-Fickereien zur Mittagspause in billigen oder teuren Hotels, all diese öden und kaltblütigen Zusammenkünfte, in denen man wie eine Maschine zu funktionieren hat, ungefähr so prickelnd wie ein todlangweiliger Vortrag eines Professors über die Hintergründe einer rumänischen Agrarkrise im ausgehenden 16. Jahrhundert. Ebenfalls wird man von den Frauen bisweilen mit Ängsten, Aggressionen, Liebeswünschen, Minderwertigkeitskomplexen oder katastrophalen Lebensgeschichten konfrontiert, die man auf einen schmalen Grat zwischen Hingabe und Vorbehalt, zwischen Mitgefühl und Professionalität, in seiner eigenen Seele ausbalancieren muss. Lässt man nichts an sich heran, wird man irgendwann stumpf, unempfindlich und lieblos; lässt man jedoch zuviel an sich heran, wird man irgendwann von all den Emotionen erdrückt und überfordert. Es fällt mir nicht leicht, jenes Gleichgewicht zwischen menschlicher Wärme und Distanz, jenen ausgeglichenen Zustand zwischen Nähe und Besonnenheit, der zur Ausübung meines Berufes unabdingbar ist, jeweils zu finden und aufrecht zu erhalten. Und dann gibt es da natürlich, trotz aller Vorsichtsmaßnahmen und Verdrängungsstrategien, stets auch noch die Angst, sich bei einer Frau mit HIV oder irgendeiner anderen unangenehmen Geschlechtskrankheit zu infizieren.

Und jetzt, wenn ich ein Fazit ziehen müsste, könnte ich dann sagen, dass mir meine Arbeit mehr Freude als Frust bereitet? Ich weiß es nicht. Gut, ich komme mit Frauen in Kontakt, die ich ansonsten nie getroffen hätte und lerne diese Frauen, deren Charaktere und soziale Milieus kaum unterschiedlicher sein könnten, durch die körperliche Intimität, die wir miteinander teilen, auch auf eine sehr schnelle und direkte Weise kennen. Gewiss bereichert diese Vielfalt der Frauen mein Leben und gewiss erlebe ich Dinge mit ihnen, die ohne meinen Beruf unmöglich wären. Ich sammle sexuelle Erfahrungen und das Beste an diesen Erfahrungen ist möglicherweise einfach nur, dass sie mich von meinen unerfüllten sexuellen Wünschen und Begierden befreit haben und dadurch das Sexuelle – so paradox sich dies auch anhören mag – nunmehr eine eher ergänzende, mich nicht mehr bedrängende und besänftigte Rolle in meinem Leben eingenommen hat. Ja, ich bin ruhiger, körperlicher, intuitiver und sinnlicher geworden – und manchmal, wenn es mir gelingt, die Lust und das Begehren einer Frau zu befriedigen und ich erkenne, dass eine Kundin durch mich ihre brachliegende erotische Spannkraft wieder gewonnen und in ihrer Sinnlichkeit bestärkt wurde, empfinde ich meine Arbeit gar als sinnvoll. War ein Abend erfolgreich und ich merke, wie sich bei einer Kundin die Verspannungen aufgelöst, ein Lächeln breitgemacht und ihr Körper wieder lebendig wirkt, fühle auch ich mich in meinem Tun anerkannt und bestätigt. Und ganz abgesehen von all diesen Gründen, verdiene ich mit meiner Arbeit auch noch viel, sogar sehr viel Geld. Andererseits sind da aber auch all die Schattenseiten, die bereits erwähnten unsympathischen Frauen, sind da all die Ängste, Aggressionen und kaltherzigen Zusammenkünfte, ist da der Sex als käufliche Ware und all die Verzweiflung und Trivialität des rein Sexuellen und diese krampfhafte Suche im Sex, die letztendlich zu nichts führt, die letztendlich weder die Sehnsucht nach menschlicher Nähe noch die Leere in den Herzen der Frauen ausfüllen oder gar befriedigen kann! Manchmal ist dieser Beruf auch einfach nur traurig und traurig und traurig!

Und mein Fazit? – Wie sooft im Leben gibt es wohl auch auf die Frage, ob ich zufrieden mit meiner Arbeit bin, keine eindeutige Antwort. Manchmal bin ich es und manchmal eben nicht.

Wie dem auch sei: Ich vermisse dich und schlaf gut und träume etwas Schönes!

Dein Malik!

Achtundzwanzigster Brief

Atopos, Ende Juni 2005

Die ersten drei Juniwochen war ich auf einer Urlaubsreise, die ich mir selbst zum Geburtstag – ja, deine telepathischen Geburtstagsglückwünsche haben mich erreicht! – geschenkt habe. Ach Stella, wäre das Leben doch nur ein einziger Urlaub. Alles war so ruhig, so schön und so unglaublich beseelt!

Die Reise ging, per Bahn oder Bus, kreuz und quer durch das gesamte Land: von Ost nach West und vom Westen in den Norden und von Nord nach Süd und vom Süden wiederum in den Osten. Fahren und fahren und all die bezaubernden Fern-, Aus- und Anblicke in den Zug- und Busfenstern: weite Auenlandschaften, einzelne Gehöfte, kleine Dörfer, uralte Kirchen, buntscheckige Wiesen und heitergrüne Mischwälder, die sich im erfrischenden Fahrtwind und im gleichmäßigen Rattern auf den Schienen, abwechslungsreich und sanftmütig den Augen darboten. Fahren und Fahren und dazu das Lesen in einem Buch (*Der Nachsommer* von Adalbert Stifter) und dann wieder das Lesen in der Natur: weidende Kühe, rauschende Baumwipfel, steinige Gebirgsschluchten und die anschmiegsamen Windungen der Flüsse, die von saftgrünen Tälern umkleidet wurden – alles so verträumt, so ausgedehnt und so entrückt!

Befreiendes Unterwegssein, immer wieder unterbrochen von kürzeren oder längeren Aufenthalten an bekannten oder weniger bekannten Orten. Das Gehen durch fremde Städte und das Entdecken unbekannter Gesichter. Und was für ein Gehen, vielgeliebte Stella: es war, als ob ich Flügel an meinen

Füßen tragen würde, samtweiche Flügel, die mir ein federleichtes und unbeschwertes Dahingleiten über all die Alleen, Waldwege und Fußpfade meiner Reise ermöglichten. Alles war so gewichtlos, unkompliziert und aufgeheitert!

Ein staunendes Dasein in den Gassen einer Stadt: zerfließendes Eis in Kinderhänden, die verlockenden Gerüche eines Obst-, Gemüse- und Blumenmarktes, die sehnsüchtig sinnlichen Blicke einiger fremder Frauenaugen, futuristische Glasfassaden neben gotischen oder spätbarocken steinernen Kirchen, die geruhsamen Zeitungsleser in den Straßencafés und immer wieder das vergnügte Staubbad der Spatzen in den zahlreichen Straßenmulden der Gehsteige oder baumbeschatteten Parkanlagen der Dörfer und Städte. Fahren, Laufen, Gehen, In-der-Welt-Sein: silbern funkelnder Fluss im Widerschein eines Vollmonds, Liebespaare auf einer Brücke, die Sterne am Rand der Wirklichkeit flimmernd und der zirpende Gesang der Grillen als allgegenwärtiger Begleiter.

Fließen, Harmonie, Rhythmus: Im schäumenden Meer geschwommen, dem Brausen der Wellen gelauscht, am Sandstrand Muscheln gesammelt und dann wieder woanders der glührote Mohn an den Seitenwegen, die sich im Wind wiegenden goldgrün schimmernden Ähren der Getreidefelder, das Kreisen der Bussarde über erdbraun gefurchte Äcker und in den vielgestaltigen Blautönen der Abenddämmerung der V-förmige Flug einiger Vogelschwärme zu ihren Schlafquartieren und in mir ein ganz leises, ein ganz zartes: „Bis morgen, ihr Vögel, bis morgen!"

Farbe, Form und Gestalt; bin auf dieser Reise ganz Farbe, ganz Form und ganz Gestalt geworden: die hohen, astfreien und fuchsroten Stämme der Kiefernwälder, die akrobatischen und wie auf Kommando allabendlich aufgeführten

Flugsilhouetten der Stare, der süße Geruch der gelben Lindenblüten, die von Licht und Schatten gesprenkelten Wege, der vielstimmige Gesang der Vögel im Morgengrauen und allerorts das gleißende, zerstäubende und zerstiebende Licht des Sommers. Hören, Sehen, Empfinden: Bin auf dieser Reise ganz Auge, ganz Ohr, ganz Herz geworden.

Herzerhebendes Sich-treiben-lassen und durch das Fernsein, durch das Heraustreten aus dem Alltag, war da ein Überblick und eine Gesamtschau, in der alles – die Farben, die Formen, die Natur, die Menschen und ich – durch zärtliche Übergänge friedlich miteinander verwoben wurde. Bei meiner Ankunft in Atopos fühlte ich mich jedenfalls regeneriert, belebt, gelassen und großherzig.

Ebenso hatte ich auf dieser Reise endlich einmal die Zeit und den nötigen Abstand, um – vielleicht zum ersten Mal seit unserer Trennung – in aller Ruhe, Klarheit und Besonnenheit über unsere Beziehung nachzudenken. Ich glaube jetzt wirklich etwas begriffen zu haben, glaube jetzt wirklich, etwas über dich und uns begriffen zu haben. Es ist schon seltsam, aber während all der Fahrten und des Fernseins schob sich immer wieder ein Märchen, das ich kurz vor der Abfahrt meinen Nachbarskindern Marcello und Maria vorgelesen hatte, in meine Gedanken. Das Märchen heißt Ritter Blaubart – kennst du es? Es war einmal ein Ritter, der hatte einen blauen Bart und besaß ein riesiges Schloss. Blaubart ist auf der Suche nach einer neuen Gemahlin und obwohl er reich und demzufolge eigentlich eine gute Partie wäre, gestaltet sich seine Brautschau recht schwierig, da niemand weiß, was mit all seinen vorherigen Ehefrauen geschehen ist, die ausnahmslos spurlos verschwunden sind. Die Menschen trauen ihm nicht, sind skeptisch, sind argwöhnisch und dennoch ist eines Tages ein hübsches Mädchen bereit, sich mit Blaubart zu vermählen. Sie heiraten und Blaubart zeigt ihr alle Gemächer seines Schlosses. Er vertraut ihr, gibt ihr die Schlüssel zu allen Gold- und Silberkammern, verbietet ihr jedoch, eine ganz bestimmte Kammer jemals zu öffnen. Er sagt:

Was nun dieses kleine Schlüsselchen betrifft, so führt es in das kleine Gemach am Ende der großen Galerie. Gehe du überallhin, wohin es dir beliebt, öffne alle Türen, wie du willst, aber ich verbiete dir aufs strengste, in jenes kleine Kabinett einzutreten.

Es kommt, wie es kommen muss: Blaubart begibt sich auf eine Reise und die Neugier seiner Gemahlin siegt über das Verbot. Sie öffnet die Kammer und macht einen grausigen Fund:

Zuerst sah sie nichts, gar nichts, weil die Fenster geschlossen waren. Nach einigen Minuten sah sie, dass der Boden mit geronnenem Blut bedeckt war und in dem Zimmer tote Frauen lagen. Es waren das die Frauen, die Blaubart früher geheiratet und die er alle, eine nach der anderen, umgebracht hatte.

Es wäre kein Märchen, wenn die Geschichte nicht doch noch gut ausgehen würde. Kurz bevor Blaubart seine Gemahlin wegen der geöffneten Kammer erdolchen will, wird diese von ihrer Schwester und ihren zwei Brüdern gerettet. Die Brüder töten Blaubart und alles löst sich im allgemeinen Wohlbefinden auf.

Wie bereits erwähnt, drängte sich das Märchen in meine Gedanken, wirkte nach, wollte mir etwas erzählen und teilte mir schließlich eines Nachts, am Rande einer Stadt, tatsächlich etwas mit. Dieses Etwas ist im Grunde genommen banal, beinhaltete für mich in jener Nacht jedoch eine Erkenntnis, die nichts mit einem plötzlichen Verstehen zu tun hatte, sondern vielmehr ein allmähliches Begreifen darstellte, dass das bereits vorhandene Wissen nochmals in einer anderen Form klärte und veranschaulichte.

Wofür steht das Märchen? Welche Gedanken verkörpert es? Ist Blaubart das Sinnbild für die Tyrannei der ehelichen Liebe und sein Schloss der Kerker und die Folterzelle eben jener Ehe? Warum mordet er? Ist es die Langeweile? Kann er nicht lieben? Ist er psychisch gestört? Wurde er gesellschaftlich deformiert? Leidet er am Überdruss der alltäglichen Zweisamkeit – braucht er die Abwechslung, um sich lebendig zu fühlen? Ist Ritter Blaubart ein Synonym für das Unvermögen des Menschen, eine einzige Person dauerhaft und lebenslang zu lieben? Ja, Blaubart als der moderne Serienkiller; Blaubart, der ebenso wie wir, niemals mit nur einer Frau glücklich werden kann. Zu Beginn der große Zauber, man liebt sich, möchte alles miteinander teilen, man durchleuchtet sich, erforscht sich, zerstückelt sich und dann, wenn es scheinbar nichts Neues mehr zu entdecken gibt, verlässt man sich, um daraufhin das gleiche Spiel nochmals von vorne zu beginnen. Man tötet den Partner, um sich zu finden; man tötet den Partner, um einen vermeintlich besseren Partner zu finden und dann tötet man noch einen Partner und noch einen Partner und noch einen Partner, tötet man solange, bis man vielleicht irgendwann einmal begriffen hat, dass es das vollkommene Glück auf Erden nicht gibt.

Und die Kammer? Hätte nur eine seiner Ehefrauen diese eine kleine Kammer niemals geöffnet, so wären möglicherweise sie und Blaubart bis an ihr Lebensende glücklich miteinander verheiratet geblieben. Die Kammer als ewiges Spannungsfeld zwischen Symbiose und Individualität, zwischen Verschmelzung und Abgrenzung, zwischen Nähe und Distanz. War es das, Stella? Wollten wir zuviel? Sind wir, obschon wir um die Gefahren einer romantischen Liebe wussten, trotzdem in den Fallstricken der Alltagsliebe gelandet? Die geöffnete Kammer und der Tod durch Verstehen, Enträtseln und Begreifen. Hat uns zuletzt jene kleine Kammer gefehlt, in die man sich zurückziehen, in der man seine Geheimnisse und seine Fremdheit – mögen diese auch noch so blutig und unbegreiflich sein – bewahren hätte können? Ich glaube ja! Die Liebe war da, das Vertrauen war groß, die Schlüssel wurden übergeben und es wurde aufgesperrt und aufgesperrt, bis uns eines Tages nur noch die Möglichkeit der Flucht blieb.

Aber muss das denn wirklich so sein? Lass uns für die Zukunft in unserem Schloss kleine Kammern bauen, in denen der Andere, ohne Vertrauensverlust, unabhängig und frei aufatmen kann. Ja, Stella: Ich möchte dein Geheimnis begehren, ohne dieses jemals zu lüften. Ach Stella, auf Ewig sollst du, die Eine, mir ein Rätsel bleiben! Ich will, dass du mir bei aller Vertrautheit und Nähe, in gewissen Dingen fremd bleibst. Ich will nicht wissen, was sich hinter dieser einen Kammer verbirgt – es genügt mir, in deinem Schloss umherzuwandeln, ohne diese Kammer jemals betreten zu müssen. Ich will dich nicht entziffern, will dich nicht erlösen, will dich nicht mit meinen Worten ermorden! Ich möchte an unsere Liebe glauben, möchte ohne Sinn, ohne Wörter und ohne Verstand, ganz einfach an unsere Liebe glauben!

Aber ist diese geheime Kammer nicht auch schon wieder eine Utopie, eine Illusion, die Geschichte eines anderen Märchens? Ist es nicht vielmehr so, dass man den Anblick der zerstückelten Leichen aushalten und möglicherweise sogar lieben lernen muss? Wäre es nicht viel vernünftiger, die Liebe auf der Basis jener geöffneten Kammer aufzubauen, anstatt sie im Reichtum und Glanz der übrigen Gemächer zu suchen? Das klingt mir schon wieder zu vernünftig! Nein, dann bleibe ich doch lieber dabei, dass ich dich nicht verschlingen und erlösen will, dass ich dir deine Fremdheit und deinen Eigenrhythmus lassen und dass ich an unsere Liebe glauben, dass ich ohne Sinn, ohne Worte und ohne Verstand ganz einfach an unsere Liebe glauben möchte!

Schlaf gut und träume etwas Schönes!

Dein Malik!

Neunundzwanzigster Brief

Atopos, Juli 2005

Lass mich dir, vielgeliebte Stella, in diesem Brief noch ein wenig von meinem Märchenwald erzählen, der, wie kaum ein anderer Ort in Atopos, sich tief in meinen Geist und meine Seele eingeprägt hat. Gerade jetzt, im Hochsommer, wenn die Hitze in der Stadt unerträglich ist und die Menschen unter der stickigen Schwüle laut aufstöhnen, empfängt mich der Wald mit einer erfrischenden Kühle, die mich wieder beherzt aufatmen lässt. Sobald ich die Schwelle von der Stadt in den Wald überschritten habe, ist es ganz so, als ob ich im Blattgrün der Bäume schwimmen würde, ist es ganz so, als ob ich in all den Nuancen und Grünschattierungen, in all dem Kastanien-, Fichten-, Linden- und Ahorngrün des Waldes wie in das kristallklare Wasser eines Sees eintauchen würde – und ich kann dir gar nicht beschreiben, wie reinigend und befreiend sich solch ein grünes Waldbaden auf meinen Körper und meine Seele auswirkt. Zerfließendes Grün und Licht und Schatten und noch mehr zerfließendes Grün – und das Gewicht meiner Alltagssorgen wird immerzu leichter und leichter und leichter.

Ein Nachmittag in meinem Märchenwald: Ein vielfarbiger Tagfalter schwebt seitwärts, ein Buntspecht klopft am Stamm einer Platane, eine Blaumeise zwitschert im Gebüsch, ein Eichhörnchen huscht in die Baumkrone einer Ulme und das lockere Laubwerk einer Eiche bahnt den Sonnenstrahlen eine funkelnde lichtdurchstäubte Gasse. Ich schlendere und tagträume und vernehme im schmächtigen Wipfelwerk der fiederblättrigen Eschen noch das leiseste Windgerücht. Schläft ein Lied in allen Dingen, die da träumen fort und fort und die Welt hebt an zu singen, triffst du nur das Zauberwort und sonores Baumgeflüster und sattgrünes Blattgeflüster und farbenfrohes Blumengeflüster und das Summen einer Hummel, die mit ihrem Rüssel den Nektar einer Sonnenblume aufsaugt und sich dabei wie ein Kleinkind, das mit dem Essen spielt, ihr Gewand mit gelben Pollen verschmiert.

Mein Wald, mein Märchenwald ist lebendig – sein Charisma, seine Aura wirkt. Die Eiche in der Nähe eines Sees wie ein uralter schrulliger Riese, der mich mit der Nachsicht eines ehrwürdigen Greises betrachtet. An einer Weggabelung eine Buche, auf deren grünen Gewand die Sonne nieder flutet, eine bildhübsche Buche, die mir durch ihre harmonische Gestalt ein Gefühl der Ruhe und Ausgeglichenheit vermittelt. Etwas weiter die Schönfrau, die Schimmernde, eine Birke und das Unschuldsweiß ihres feingliedrigen und ebenmäßigen Stammes. Und dort hinten auf der Lichtung eine einsame Linde mit Sitzbank: Die Form ihrer Blätter wie Herzen und ihr dichtes Laubwerk als Obdach für die Liebenden. Und etwas später, auf der Brücke eines Waldbaches, scheint es, als ob all die Erlen, Trauerweiden und anderen wasserliebenden Bäume und Sträucher des Ufers sich spiegelverkehrt im Pastellblau des Himmels verwurzelt hätten. Und wiederum ganz woanders im Park ein paar Robinien, die uns mit dem süßen Duft ihrer schneeweißen Schmetterlingsblüten bezaubern. Jeder Baum wie ein Individuum, wie eine Persönlichkeit und gemeinsam sind sie wie ein Volk, das sich bei allen Ungleichheiten und Gegensätzen, über die Jahrhunderte hinweg, zu einem seelentiefen und herzerhebenden Gesamtkunstwerk entwickelt hat.

Obschon mein Märchenwald nur ein Stadtpark ist, hält er mich in Kontakt zur Natur und ist für mich sogar zu einer Art Lehrmeister geworden. Bei aller Veränderung, bewahrt er stets seine Seele. Er gestaltet, ist bunt, stirbt, ist nackt und blüht; er wandelt sich im ewigen Kreislauf von Frühling, Sommer, Herbst und Winter und bleibt doch immer der Gleiche. Im Frühling der sanfte Flug des Zitronenfalters, der Augenaufschlag der Knospen, das Tschilpen und Trillern der wieder ansässigen Zugvögel, die Rückkehr der Farben und der von Vogelmelodien und den betörenden Düften der erblühenden Kirschbäume durchwobene Wald; im Sommer der luftige und samtweiche Flug der Pappelsamenflocken, die volle, üppige Reife der Früchte, das aufflackernde Wetterleuchten eines Sommergewitters mit all seinem prasselndem Regen, die blau schimmernden Wegwarten und der Graureiher, der unbeweglich und still, der wie aus Marmor gemeißelt, auf der stets gleichen Stelle, auf einem aus dem Seewasser ragendem dicken Gehölz sitzt und dann, urplötzlich und in Sekundenschnelle, seinen Kopf in das Wasser schießt und daraufhin mit einem kleinen Fisch im Schnabel wieder auftaucht; im Herbst der raschelnde goldene Waldbodenteppich mit seinen kantigen und hartschaligen Bucheckern und seinen dunkelbraun glänzenden Kastanien, die feuerroten Ahornblätter, die Wind- und Sturmgesänge, die den Baumwipfeln eine bezaubernde Musik entlocken und jenem Hauch von Vergänglichkeit in den sich allerorts entlaubenden Bäumen; und im Winter der dickflockige Schneefall, die zugeschneiten Vogelnester, die scharlachroten Beerenbüschel der Vogelbeerbäume, die fließenden Eisschollen im

Fluss, die geselligen und schwatzhaften Spatzen in ihrem von einer zarten Schneeschicht überzogenen Vogelschlafgebüsch und die Reduktion der äußeren Sinneseindrücke auf ein paar wenige Impressionen, die dafür um so einprägsamer und nachhaltiger wirken. Ich spaziere durch meinen Märchenwald und sehe, wie sich all diese Bilder Schicht auf Schicht überlagern, sehe, wie sich vor meinem inneren Auge die wechselvollen und mannigfaltigen Anblicke, Gerüche und Klänge der vier Jahreszeiten zu einer Ganzheit verweben, die mich dazu auffordert, die zerstreuten Lebensstränge und Erinnerungen meines Lebens, in gleicher Weise wie die mich umgebende Natur, als etwas Einheitliches zu denken und zu begreifen. Ja, im Wald ist eines durch das andere, der Wald ist Einheit durch Vielfalt, ist ein Kunstwerk, ein ästhetisches Meisterwerk, indem sich die Teile nicht entzweit, misstrauisch, verständnislos oder gar feindselig gegenüberstehen, ist ein Miteinanderwirken, indem man sich selbst bei aller Widersprüchlichkeit als etwas Ganzes und Unteilbares erahnen und erfühlen kann.

Darüber hinaus gehorcht mein Märchenwald dem Gesetz der Natur und fügt sich, ganz ohne Kritik und ohne Wut, in den Kreislauf des Notwendigen ein. Harmonisch ruht er in sich und in dieser Harmonie liegt eine mögliche Lebensform, vielleicht sogar eine Daseinsermahnung zum Glück? Er sagt: Wandle dich, wachse und gedeihe; er sagt: Sei still, bleibe ruhig, sei gelassen; er sagt: Keine Auflehnung und keine Angst vor dem Tod; er sagt: Suche dein Gesetz, suche dein Ineinandergreifen und dann sei! Das Licht, die Geräusche, die Luft und die Formen des Waldes lehren mich das große Schweigen, lehren mich zum Warum? Wozu? und Wofür? –

lehren mich, über den Sinn des Lebens würdevoll zu schweigen. Mitunter ist es, als ob mir die Bäume, Gewässer und Vögel eine vollkommene Melodie einflüstern, die mich zugleich beschwichtigt und erhebt. Einfach nur atmen, fließen, sich formen und da sein.

Die Wirklichkeit ist der wahre Zauber! Verwurzle dich wie diese Kastanie, sei groß und stark wie eine Eiche, sei geschmeidig und elegant wie jene Birke und richte dich auf an der selbstbewussten Haltung jener schönwüchsigen Buche. Die Wirklichkeit ist die wahre Phantasie! Gestalte dein Wesen ebenso bunt und vielfältig wie die Natur. Die Wirklichkeit ist die wahre Form! Sich eingliedern, ein Teil von etwas Größerem, etwas über sich hinaus weisendem werden und dann als Teil wiederum die Form gestalten. Die Wirklichkeit ist die wahre Schönheit! Weißt du, Stella, manchmal beim Hören von guter Musik, beim Anblick einer geliebten Frau oder eben in der vertieften Betrachtung einer Naturlandschaft wie die meines Märchenwaldes empfinde und erfahre ich mein Herz und meine Seele als etwas Reales, empfinde und begreife ich, dass da etwas Magisches und Unerklärliches existiert, das weit über mich und die Grenzen meines Verstandes hinaus weist. Und sobald sich solch eine Empfindung einstellt, weiß ich, dass Seele und Herz nicht nur eine vage These oder eine schöne Idee sind, erkenne ich, dass meine Seele und mein Herz eine wundervolle Wahrheit verkörpern, die man Tag für Tag hegen und pflegen sollte!

Ach, Stella: werde ich dir jemals meinen Märchenwald zeigen, werden wir jemals, Hand in Hand, in meinem Märchenwald lustwandeln und schauen und riechen und hören und empfinden dürfen? Hoffentlich denkst du jetzt nicht, dass ich mich in einen hoffnungslosen Naturromantiker verwandelt habe. Ich fordere kein ‚Zurück zur Natur', sondern habe ganz einfach für mich ein ‚Mit–und-in-der-Natur' entdeckt, das mir gut tut und mich zudem besänftigt.

Ich vermisse dich!

Schlaf gut und träume etwas Schönes!

Dein dich liebender Malik!

Dreißigster Brief

Atopos, August 2005

Zu Beginn des Monats wurde ich von Nora – du weißt schon, das ist die, bei der ich jedes Mal ein anderer Liebhaber zu sein habe – mit einem Anliegen konfrontiert, das mein seelisches Gleichgewicht ein wenig ins Wanken brachte. Nora hat mich doch tatsächlich darum gebeten, ihre Tochter Lydia, die 15 Jahre alt ist, zu entjungfern.

Sie sagte, dass sie mir vertraue und auch wisse, dass ich zärtlich zu Lydia sein würde; sie sagte, dass sie nicht wolle, dass das ‚erste Mal' ihrer Tochter ebenso grausam und schäbig abläuft wie bei ihr und sie deswegen mich darum bittet, Lydia liebevoll zu entjungfern. Fernerhin erzählte sie mir, dass dies alles mit Lydia abgesprochen, dass es Lydias Wunsch sei, ihre Jungfräulichkeit so und nicht anders zu verlieren und dass, nachdem sie ihrer Tochter die Charaktere der einzelnen Männer von der Begleitagentur beschrieben und sie sich gemeinsam die dazugehörigen Bilder auf der Internetseite angeschaut hätten, ihre Wahl auf mich gefallen sei. Sie meinte, dass sie sich im klaren darüber sei, dass diese Anfrage ungewöhnlich und wahrscheinlich auch auf den ersten Blick etwas perfide und gewöhnungsbedürftig auf mich wirken müsse – ich ihr und Lydia jedoch mit der Annahme dieses Vorschlags einen riesengroßen Gefallen tun würde und ich mir das alles doch erst einmal, bevor ich möglicherweise einen voreiligen Entschluss träfe, durch den Kopf gehen lassen sollte, was ich dann auch tat.

Im Verlauf der nächsten Woche habe ich versucht, alle Für und Wider dieses Angebots vor meinem Gewissen abzuwägen. Was sprach dafür? Sie bräuchte keine Angst davor zu haben, von einem unerfahrenen und womöglich auch noch pickeligen sowie grobschlächtigen jungen Mann in zwei Minuten kaltherzig abgefertigt zu werden. Es ist doch so, dass der erste Eindruck, den man von einer Sache gewinnt, sich prägend auf das Leben auswirkt. Warum sollte man also nicht jemanden engagieren, der etwas von seinem Metier versteht und sie somit sanft und verspielt in das Reich der Erotik einführen könnte? Für alles und jeden, ob in der Schule, im Beruf oder im Privatleben, gibt es Lehrer, Dozenten und Meister, die einen zum Wissen hinführen – nur in der Sexualität soll man sich, im stillen Kämmerlein, mal wieder alles ganz alleine aneignen. Muss das denn so sein? War es früher nicht sogar gute Sitte, dass der Vater den jugendlichen Sohn mit ins Bordell nahm, damit er dort bei einer Professionellen seine ersten Erfahrungen sammeln konnte. Und wird man durch solch eine Erfahrung nicht auch viel selbstbewusster und lockerer im Umgang mit seiner Erotik? Ist es nicht hilfreich, Kenntnisse auf dem Gebiet der Sexualität zu besitzen, die man später in einer partnerschaftlichen Beziehung einbringen und was vielleicht noch wichtiger ist, auch einfordern kann? Das ist doch alles etwas Gutes, etwas Positives. Und was sprach dann dagegen? Falls es herauskäme, dass ich Sex mit einer 15-Jährigen gehabt hätte, könnte ich wegen der Verführung einer Minderjährigen vor Gericht angeklagt werden. Und was weiß man schon mit fünfzehn? Vielleicht wird sie es im Nachhinein bereuen, ihre Jungfräulichkeit bei einem Prostituierten verloren zu haben. Es ist doch viel interessanter, abenteuerlicher, schöner und ergreifender, wenn man den ersten Sex mit jemand teilt, den man ins Herz geschlossen hat und darüber hinaus möglicherweise auch noch abgöttisch liebt!

Die ganze Woche über habe ich mir den Kopf zerbrochen, habe alle möglichen Argumente – es wäre zu langwierig, diese hier in ihrer Gesamtheit aufzulisten – sorgfältig in einem innerlichen Zwiegespräch abgewogen und bin letztendlich zu dem Entschluss gelangt, dass mir diese ganze Geschichte zu heikel ist. Als ich Nora meine Entscheidung mitteilte, war sie zunächst enttäuscht. Allerdings fasste sie sich daraufhin recht schnell und versuchte mich sogleich mit all ihrer durchaus charmanten und gewitzten Überzeugungskraft umzustimmen. Sie sagte, dass wenn ich es nicht machen würde, es eben ein anderer täte, was jedoch sehr bedauerlich wäre, da ich die ideale Person für ihre Tochter sei. Sie ging sogar soweit, darauf zu bestehen, dass ich der Beste in meinem Job sei und da sie nun einmal für ihre Tochter immer nur das Beste wolle, käme eigentlich nur ich für die Entjungferung von Lydia in Frage. Zudem behauptete sie, dass Lydia für ihr Alter bereits sehr reif sei und ich sie doch bei einem unverfänglichen Abendessen erst einmal kennen lernen sollte, um im Anschluss daran mein Urteil eventuell nochmals zu überdenken. Wir diskutierten recht lange; Nora war unglaublich herzlich und eloquent und am Ende hatte sie mich soweit, dass ich zu dem Abendessen mit Lydia einwilligte.

Beim Abendessen erschien mir Lydia als ein überaus temperamentvolles, hübsches, selbstsicheres und intelligentes junges Mädchen. Sie trug ein rotes Abendkleid mit tiefem Ausschnitt, ihre Lippen waren überrot hervorgehoben und mit einem spöttischen Augenaufschlag, den sie sich von ihrer Mutter abgeschaut haben musste – so sehr glich sich dieser Augenaufschlag von Mutter und Tochter – versuchte sie mich zu verführen. Sie war sich trotz ihres jugendlichen Alters ihrer sexuellen Reize bewusst und setzte diese auch kokettierend ein. Gewiss spielte sie die Rolle eine kleinen Lolita: Ihre Sätze waren zu affektiert und ihre Verführungskünste viel zu offensichtlich und viel zu dick aufgetragen, als das man hinter der selbstsicher auftretenden Lydia nicht auch noch ihre Unerfahrenheit und ihre Ängste erkannt hätte. Aber immerhin spielte sie und in ihrem Spiel lag so viel Ernsthaftigkeit, dass gar kein Zweifel daran bestehen konnte, dass sie es – den Akt, den Sex – unbedingt wollte. Ich fand sie sympathisch, mir gefiel ihr keckes und herausforderndes Auftreten und es schmeichelte mir, dass Mutter und Tochter so viel Wert darauf legten, mich für diese Aufgabe zu gewinnen.

Am darauf folgenden Tag traf ich mich abermals mit Nora. Ich stand der ganzen Sache schon nicht mehr so abgeneigt gegenüber und Nora legte sich so sehr ins Zeug, war so bemüht und beharrlich, dass ich schließlich zusagte. Es wurde vereinbart, dass das Treffen in zwei Tagen in Noras Wohnung – denn ein Hotel kam wegen der prekären Situation nicht in Frage – stattfinden und ich die ganze Nacht in einem eigens dafür hergerichteten Gästezimmer mit Lydia verbringen sollte, währenddessen Nora außer Haus weilen würde. Ich war mir im unklaren darüber, ob ich richtig gehandelt hatte, wusste nicht so recht, ob das, was wir da vorhatten, gut oder schlecht war – allein mein Gefühl sagte mir, dass es rechtens sei, mit Lydia zu schlafen und diesmal vertraute ich eben meinem Gefühl.

Als ich an der Wohnungstür klingelte, versuchte ich meine Aufregung, die sich daraus ergab, dass ich meine Sache an diesem Abend besonders gut machen wollte, durch gezielte Atemzüge sowie die Konzentration auf einzelne Dinge zu kontrollieren. Ich empfand eine große Verantwortung und versuchte zugleich den Leistungsdruck, den ich mir auferlegt hatte, durch gewisse Entspannungsübungen und einem Schuss selbstironischer Distanz abzuschwächen, um später nicht allzu sehr zu verkrampfen. Ich atmete also noch einmal tief durch und war, als ich Lydia begrüßte, tatsächlich relativ ruhig und gelassen.

Lydia trug ein bezauberndes schwarzes Abendkleid und wirkte diesmal nicht mehr ganz so selbstsicher und kokett wie noch beim Abendessen. Ihre Stimme klang brüchig, ihre Hände zitterten ein bisschen und in ihren Augen konnte man eine Mischung aus Neugierde und Angst herauslesen. Dennoch war sie wild entschlossen, es in dieser Nacht zu tun: Sie stürzte auf mich zu, drückte mir einen lebhaften Kuss auf den Mund, nahm beherzt meine Hand in die ihre und führte mich schwungvoll zu dem Gästezimmer, das sie, wie sie mir später erzählte, seit zwei Tagen nicht mehr betreten durfte, da ihre Mutter sie mit irgend etwas überraschen wollte. Nachdem wir die Tür geöffnet hatten, staunten wir beide nicht schlecht. Nora hatte das recht geräumige Zimmer in einen Rausch der Sinne verwandelt. Das Bett war mit einem feinen weißen Vorhang umhangen; flackernde Kerzen tauchten das Zimmer in ein romantisches Licht; gegenüber vom Bett stand ein Tisch mit zwei Stühlen, auf dem alle möglichen Gerichte und Nachspeisen angerichtet waren und sogar eine Champagnerflasche in einem eisgekühlten goldenen Kübel auf uns wartete; aus allen Ecken leuchteten einem scharlachrote Rosen entgegen und sogar an die Musik hatte Nora gedacht, die uns mit ihren zärtlichen Klangnuancen stimmungsvoll besänftigte. Niemals hätte ich Nora zugetraut – jener Nora, die sich von mir ein Schießeisen in die Vagina stecken, sich von mir in billigen Absteigen und auf dreckigen Clubtoiletten ficken ließ, jener Nora also, die für mich die Obszönität in Person darstellte – niemals hätte ich dieser Nora zugetraut, ein Zimmer mit soviel Feingefühl, Herzenswärme und Mutterliebe einzurichten, wie sie es eben hier für Lydia getan hatte. Ich kann mir jedenfalls für die erste Liebesnacht kaum einen angenehmeren und geschmackvolleren Ort als dieses Zimmer vorstellen!

Wir speisten ausgiebig und tranken Champagner. Damit sich alles geruhsam entwickeln und entfalten konnte, war es wichtig, nichts zu überstürzen und sich Zeit zu lassen. Wir lauschten der Musik, überließen uns nichts sagenden Gesprächen, kamen uns näher und begannen schließlich damit, uns langsam, ganz langsam zu entkleiden. Ich küsste sie auf den Nacken, auf den Hals, auf ihre Schulter, ich streichelte behutsam ihre geschmeidige Rückenlinie entlang und ließ meine Hände zärtlich über ihre Brüste und ihre Schenkel gleiten. Lydias Haut war weich und roch frisch und blumig; ihre Brüste waren straff und fest, waren noch nicht ganz ausgebildet und ihr Schamhaar war noch ein zarter nussbrauner Flaum, der kaum die Lippen ihrer Vagina bedeckte. Alles an ihrem Körper stand in junger Mädchenblüte, alles war noch so rein, klar, gesund und unverbraucht. Ich liebkoste ihre Klitoris, öffnete ihren rosafarbenen Spalt und spielte mit meinen Fingern in ihrer Vagina. Ich war ganz vorsichtig, ganz zärtlich – sie sollte einfach nur genießen und Freude an ihrer Sexualität empfinden. Um ihr nicht allzu

weh zu tun, drang ich ganz sachte in ihren kleinen, engen
Spalt ein; nahm ihn wieder raus, wagte mich beim nächsten
Mal ein wenig tiefer hinein; besonnen und aufmerksam drang
mein Glied immer tiefer in ihren Spalt und irgendwann
glaubte ich zu verspüren, wie ihr Jungfernhäutchen, diese
Schwelle zu einem anderen Leben, unter dem Druck meines Geschlechtes nachgab und zerriß. Ich war da, war dort,
war drinnen. Lydias Schmerzen schienen sich in Grenzen
zu halten; sie gab sich hin, stöhnte, seufzte und ließ sich
gehen. Ich gab den Takt vor, führte und lenkte unsere Bewegungen, ohne ihren Körper dabei jedoch zu beherrschen.
Sie krallte sich an meinem Rücken fest, umfasste mit ihren
Händen meinen Hintern, winkelte ihre Beine an und stets
war ich darauf bedacht, ihre Bedürfnisse intuitiv zu erspüren. Ohne sie in ihrer noch unerfahrenen Sexualität zu
überfordern, versuchte ich, sie in ihrer Fleischeslust und in
ihrem Verlangen zu bestärken. Der Rhythmus unserer Stöße
wurde immerzu schneller, ungezügelter und heftiger; sie
stöhnte, sie schrie, ihre innere Muskulatur zog sich zusammen und dann durchzuckte es ihren Körper, bevor sie sich
erlöst – ja, erlöst – auf das Bettlaken, auf dem die Blutspur der
gerade stattgefundenen Schwellenüberschreitung rot hervorleuchtete, zurückfallen ließ.

Wir verbrachten die gesamte Nacht miteinander. Wir aßen,
tranken, badeten, plauderten und hatten dazwischen immer
wieder Sex. Im Verlauf der vorrückenden Stunden verlor
Lydia allmählich ihre anfängliche Nervosität und Schüchternheit. Sie setzte sich rittlings auf mich, ließ sich von hinten
und im Stehen nehmen und übernahm gelegentlich sogar
selbst die Initiative und das Kommando. Sie fand Vertrauen
in ihr sexuelles Verlangen, entdeckte das erotische Begehren

ihres Körpers und lebte ihre Lust mitunter sogar ganz unbeschwert und schamlos mit mir aus. Es wurde eine fröhliche, sinnliche und ausgelassene Nacht und als Lydia befriedigt und erschöpft im Morgengrauen entschlummerte, wusste ich, dass ich richtig gehandelt hatte, wusste ich, dass die Entscheidung, mit Lydia zu schlafen, eine gute Entscheidung gewesen war.

Adieu Stella. Fühle dich umarmt, fühle dich geliebt!

Und schlaf gut und träume etwas Schönes!

Dein Malik!

Einunddreißigster Brief

Atopos, Anfang September – Ende Oktober 2005

Inzwischen hat der Herbst in Atopos Einzug genommen. Die Tage werden kürzer, die Winde brausen auf, die Bäume entlauben sich, die Zugvögel haben sich Richtung Süden abgesetzt und die Nächte sind bereits unangenehm kühl, weswegen sich mein Nachtleben allmählich vom Kiosk in die Bar verlagert hat. Ebenso wie am Kiosk, trifft man auch im „*Helsinki*" immer wieder auf dieselben Personen: Rafael, der Mexikaner, lernt immer noch fleißig für sein Studium; der polnische Maler Jacek und der Schauspieler Gary ziehen sich immer noch gegenseitig auf; der melancholische Michael versinkt immer noch in seinen Schmerzen; der Verrückte führt immer noch verworrene Selbstgespräche und der heruntergekommene Typ mit seinen zwei eleganten Cockerspaniel betritt immer noch um Punkt 2.30 Uhr die Bar, um seinen allnächtlichen Whisky zu trinken. Ich fühle mich wohl und geborgen im *Helsinki*, habe mich mit einigen Kellnerinnen, insbesondere mit Teresa und Julia, sogar ein wenig angefreundet und genieße es ganz einfach, umbraust von Musik und Lebendigkeit, in aller Seelenruhe, als Wachträumer und Dabeistehender, als Fremder und wiederum auch nicht Fremder, ein paar Bier an der Theke zu trinken.

Nichts Besonderes, vielgeliebte Stella: Ich führe ein Leben, das du bereits kennst. In der Arbeit nimmt alles seinen gewohnten Gang. Der Sexappetit der alten Frau Stoddelmeyer ist immer noch unersättlich; Nora treibt mit mir immer noch ihre Rollen- und Machtspiele (über die Geschichte mit Lydia haben wir uns nur einmal ganz kurz unterhalten – Tochter und Mutter waren mehr als zufrieden mit jener Nacht); mit Rachel wird immer noch masturbiert und Madame Louise ist so zynisch und charmant wie eh und je.

Nichts Neues, nichts Außergewöhnliches, vielgeliebte Stella. Ich bin am Kiosk, bin in der Bar, bin bei den Frauen, lese viel (im Augenblick den *Anton Reiser* von Karl Philipp Moritz und Augustinus' *Bekenntnisse*), lasse mich durch die Stadt treiben, lustwandle durch meinen Märchenwald und passe hin und wieder auf meine Nachbarskinder Marcello und Maria auf.

Der Alltag, die stetige Wiederholung des Immergleichen, hat sich in mein Leben eingenistet, ohne dass ich mich deswegen langweilen oder gar grämen würde. Das Umgekehrte ist der Fall, da die feste Struktur und Gestalt, die mein Dasein mittlerweile umfasst, es mir ermöglicht hat, mich um die Gesundheit meines Herzens und meiner Seele zu kümmern. Ich freue mich darüber, dass es mir gelungen ist, die Entwirklichung, die sich durch unsere Trennung vor zwei Jahren ergeben hat, wieder in einen Alltag, in eine tragfähige Wirklichkeit umzuformen, in der ich mich gefestigt und geborgen fühle.

Das Einzige, was mir jetzt noch zu einem vollkommenen Glück fehlt (aber was ist schon ein vollkommenes Glück?) bist du, vielgeliebte Stella! Am 15. Oktober, am zweiten Jahrestag unseres vorläufigen(?) Abschieds, habe ich mich wie bereits schon hundertfach zuvor gefragt, ob ich mich nicht einfach über unser Abkommen hinweg setzen, ob ich es nicht einfach brechen und zu dir reisen sollte. Weswegen noch ein Jahr warten, dachte ich, warum nicht einfach bei dir sein und jetzt mit dir gemeinsam glücklich werden? Ich war mal wieder drauf und dran abzureisen, dachte, dass ich es nicht noch ein Jahr ohne dich aushalten werde, dachte, dass ich inzwischen bereit für dich und unsere Liebe sei und dann kamen mal wieder die Zweifel. Wie du siehst, bin ich nicht gefahren. Ich werde warten, werde weiterhin auf dich warten und das Ende unserer Trennung herbeisehnen! Noch ein Jahr bis zum Petit Pont, noch ein Jahr bis zu der Kleinen Brücke!

Also wieder zurück zum Alltag, also wieder zurück zum Kiosk, zur Bar, zur Stadt; also wieder zurück zum Märchenwald, zu den Büchern und den Briefen, die mich über dein Fernsein hinweg trösten sollen; also wieder zurück zu dem Versuch, den Alltag als eine Art von Liebesbeziehung zu betrachten, in der man begehrt, lächelt, streitet, aber eben auch formt und gestaltet. Aufmerksam sein, immer wieder die Ermahnung zur Aufmerksamkeit und zur Geduld und dann fließen und treiben und geschehen lassen und nachgeben und mitgehen!

Ach Stella: Ich vermisse, küsse, umarme und liebe dich!

Schlaf gut und träume etwas Schönes!

Dein Malik!

Zweiunddreißigster Brief

Atopos, Samstag, den 12. November 2005

Ich weiß nicht so recht, wie ich dir das Folgende erklären soll – wahrscheinlich gibt es auch überhaupt keine Erklärung dafür; so etwas geschieht ganz einfach. Hätte ich es nicht vorhersehen können, hätte ich nicht ahnen können, dass, sobald man glaubt, alles unter Kontrolle zu haben, fast immer ein Ereignis eintrifft, das die vermeintliche Ordnung wieder durcheinander wirbelt? Wie dem auch sei: Ich habe mich verliebt!

Es ist genau vor einer Woche passiert. Ich ging wie jeden Samstag ins *Helsinki* und da stand sie plötzlich hinter der Theke. Eine neue Kellnerin. Ich habe ein Bier bestellt, wir haben uns in die Augen geblickt und unsere Augen hafteten vielleicht für zwei bis drei Sekunden länger als gewöhnlich aneinander und erkannten in diesen wenigen Sekunden etwas, das weit über alle Vernunft und über alle Verstandeskraft hinausgeht.

Was soll ich dir schreiben? Auf den ersten Augenkontakt folgten weitere versteckte und liebevolle Augenberührungen. Ich wurde unruhig, meine Hände begannen zu schwitzen und ich begriff nicht, warum etwas in Gang gesetzt wurde, dem ich mich nicht mehr willentlich entziehen konnte. Im Angesicht der schönen Unbekannten schlug mein Herz schneller und ehe ich mich versah, war ich bereits verloren.

Vor ein paar Tagen bin ich bei Augustinus auf ein Zitat von Paulus gestoßen, der in seinem *Ersten Brief an die Korinther* schreibt:

Und wenn ich weissagen könnte und wüsste alle Geheimnisse und alle Erkenntnis und hätte allen Glauben, so dass ich Berge versetzte, und hätte der Liebe nicht, so wäre ich nichts.

Ist es das? Gewiss könntest du jetzt einwenden, dass ich dich doch liebe. Ja, aber du bist nicht da, bist nicht präsent, bist nicht körperlich anwesend...

Du weißt, dass ich alles dafür getan habe, um mich nicht zu verlieben. Mein Beruf, meine Einsamkeit, die Spaziergänge durch den Märchenwald, das viele Lesen, die Jungs am Kiosk und nicht zuletzt meine regelmäßigen Briefe an dich, all dies, vielgeliebte Stella, sollte mich vor der Versuchung einer neuen Liebe bewahren. Und dennoch ist jetzt, trotz aller Vorsichtsmaßnahmen und Treueschwüre, dass eingetreten, was ich unbedingt vermeiden wollte. Ja: Ich habe mich verliebt!

Obgleich ich weder ihren Namen kenne noch mit ihr gesprochen oder sie gar berührt hätte, empfinde ich eine Gefahr, die mich beunruhigt und ängstigt. Aber noch ist nichts vorgefallen und ich werde alles dafür tun, damit dies auch in Zukunft so bleibt. Ich will nicht verliebt sein. Oder, treffender formuliert: Ich will nur in dich verliebt bleiben! Jetzt heißt es kühlen Kopf bewahren und keine Dummheiten begehen! Ich werde mich von ihr fernhalten, werde einen großen Bogen um das *Helsinki* machen und sie in ein paar Tagen oder Wochen schon wieder vergessen haben! Ja, das ist genau das, was ich jetzt tun werde: einfach fern bleiben und vergessen!

Sei unbesorgt, Stella: Alles wird wieder gut!
Ich umarme, küsse und liebe dich!

Dein Malik!

Dreiunddreißigster Brief

Atopos, Sonntag, den 20. November 2005

Die letzte Woche war ein einziges Grau in Grau. Ein dumpfer Nebel lag tagelang wie ein Schleier schwermütig über der Stadt und vielleicht lag es ja an diesem nasskalten und trüben Novemberwetter, dass ich mich nach ein wenig menschlicher Wärme sehnte und deswegen, aller guten Vorsätze zum Trotz, gestern Nacht ins *Helsinki* gegangen bin.

Ich wusste ja noch nicht einmal, ob sie wieder arbeiten würde und darüber hinaus ist das *Helsinki* für mich zu einer Art von zweitem zu Hause, ist das *Helsinki* und die dazugehörige Platanenallee für mich zu einem nahezu ersatzfamiliären Ort geworden, an dem ich mich anerkannt und geborgen fühle. Ich dachte mir jedenfalls, dass die neue Kellnerin es nicht Wert sei, um auf „mein *Helsinki*" zu verzichten und ich meine Gefühle schon wieder irgendwie, falls sie überhaupt anwesend ist, in den Griff bekommen würde.

Sie hat gearbeitet und ein Blick in ihre dunkelbraun schimmernden Augen genügte, um mich wieder völlig hilflos und verliebt zu machen. Stundenlang saß ich an der Theke, rauchte Zigarette um Zigarette, trank ein Bier nach dem anderen und fragte mich verwundert, wie es sein konnte, dass eine fremde Frau, mit der ich noch nie ein Wort gewechselt hatte, ein solches Chaos in meiner Gefühlswelt auslösen konnte. Ich wollte einfach nicht wahrhaben, dass ein Mann mit meiner Erfahrung wegen einer Frau, die er kaum kannte, mal wieder zum Spielball seiner Emotionen wurde. Aber alles rationale Denken half mir nicht weiter: ich war verwirrt, war machtlos und irgendwie auch glücklich.

Immerhin verließ ich, ohne mit ihr gesprochen zu haben, kurz vor Anbruch des Tages die Bar. Ich war betrunken, war heiter, war fröhlich, fühlte mich so leicht und schwerelos und sagte mir gleichzeitig, dass dies alles nicht sein darf, dass ich das alles nicht will und dass mich das alles, falls ich nicht aufpasse, schon bald ins Unglück stürzen wird.

Jetzt ist es Sonntagnachmittag. Ich habe einen Kater, mein Schädel brummt, ich fühle mich hundsmiserabel, fühle mich schuldig und das grau verregnete Nebelmeer vor meinem Fenster macht mich noch melancholischer als ich dies ohnehin schon bin. Verdammte Scheiße, Stella: Worauf lasse ich mich da nur wieder ein? Muss das denn so sein, dass man sich sein Leben immer wieder selbst schwer macht – lernt man denn niemals aus bereits begangenen Fehlern?

Hoffentlich geht es dir momentan besser als mir! Ich liebe dich immer noch Stella, liebe dich immer noch so sehr, wie ein Mann eine Frau nur lieben kann und werde dich niemals verlassen!

Schlaf gut und träume etwas Schönes!

Dein Malik!

Vierunddreißigster Brief

Atopos, Sonntag, den 4. Dezember 2005

Der Wunsch, sie zu sehen und die Sehnsucht, mich ihr nahe zu fühlen, war stärker als meine Angst, mich hoffnungslos in sie zu verlieben. Anstatt mich also von meiner schönen Unbekannten zu entfernen, schiebe und stehle ich mich immerzu tiefer in ihr Bewusstsein und ihr Leben hinein.

Sie arbeitet am Mittwoch und am Sonnabend im *Helsinki* und gestern hörte ich, wie ein Bekannter von ihr, sie mit Martha ansprach. Martha heißt sie also! Welch ein bezaubernder Name! Martha heißt sie also, Martha!

Die physische Anziehungskraft zwischen ihr und mir ist nahezu unerträglich. Ein geübtes Ohr könnte unser beiderseitiges erotisches Verlangen lautstark knistern hören. Wir sind wie zwei Körper, wie zwei Seelen, wie zwei Herzen, die aus welch unbekannten Mächten auch immer, sich geradezu magisch voneinander angezogen fühlen. Es ist, als ob wir von unergründlichen hin- und herströmenden Verbindungsenergien durchdrungen werden, die, unabhängig von unserem Willen, pausenlos damit beschäftigt sind, uns zu etwas Gemeinsamen zusammenzufügen. Was soll man da machen, Stella? Was soll man da nur machen?

Da ich mich nicht aufdrängen und ihr fremd bleiben möchte, hülle ich mich in ein undurchdringliches Schweigen und mache mich gerade dadurch interessant. Ich beobachte sie aus den Augenwinkeln (sind das schon die Augenwinkel der Liebe?) und tue so, als ob ich sie nicht beachten würde. Auch sie straft mich mitunter mit Nichtbeachtung und einem spöttischen Blick. Noch ist alles ein Spiel und obwohl ich weiß, dass man mit der Liebe nicht spielt, schmeiße ich wie ein Glücksspieler in einem Kasino wollüstig die Würfel auf den Spieltisch und warte darauf, welche Zahlenkombination gewinnen und welche verlieren wird – aber vielleicht endet unsere Partie ja auch in einem harmlosen Patt.

Sie ist attraktiv, Stella, sie ist unglaublich attraktiv! Der Tonfall ihrer Stimme ist weich, sinnlich und verführerisch und sie hat eine bemerkenswert gute Figur und ihr brünettes Haar umspielt geschmeidig ihre hohe Stirn und ihren anmutigen Nacken und mitunter blitzt da eine würdevolle und stille Traurigkeit in ihren dunkelbraunen Augen auf, die der ebenmäßigen Schönheit ihrer Gesichtszüge Tiefe und Charakter verleiht. Ja, ihre Augen sind rätselhaft und vielstimmig, sind voller Geheimnisse, die man suchen, ergründen und dechiffrieren, sind wie eine Schatztruhe, die man vom milchig trüben Meeresgrund ihrer Seele emporheben möchte. Sie ist attraktiv, Stella, sie ist unglaublich attraktiv! Was soll man(n) da nur machen?

„Schläft ein Lied in allen Dingen, die da träumen fort und fort und die Welt hebt an zu singen, triffst du nur das Zauberwort". Sie hat, ganz ohne Worte, mein Zauberwort getroffen; sie hat mit ihrem Augenaufschlag, der mir eine neue wunderbare Welt voller unbegrenzter Möglichkeiten offenbart, hat mit diesem herz- und körpererweckenden Augenaufschlag der Liebe mein Zauberwort getroffen. Jetzt erst weiß ich, wie sehr ich jenes unbeschreibliche Augenleuchten der Verliebtheit, das einem die Unbekümmertheit und Tatkraft der Jugend zurückzugeben scheint, in den vergangenen paar Jahren vermisst habe.

Draußen ist es kalt geworden, Stella, draußen ist es sehr kalt geworden. Das Eis knirscht bei jedem Schritt und nur dort, wo die Nachtlichter der Straßenlaternen oder die Neonbeleuchtung der Werbetafeln erstrahlen, hängen, während der Rest des Baumes bereits kahl und entlaubt ist, noch ein paar vereinzelte Blätter im Geäst. Verwirrte Großstadtbäume, Stella, durch künstliches Licht in ihrer Natur verwirrte Großstadtbäume und ich, durch das (künstliche?) Licht der Liebe, möglicherweise ebenso verwirrt wie diese Bäume?

Wie dem auch sei: Noch ist nichts geschehen, noch ist nichts verloren! Ich liebe dich, Stella, und versuche mit allen mir zur Verfügung stehenden Mitteln, dir auch weiterhin treu zu bleiben!

Schlaf gut und träume etwas Schönes!

Dein Malik!

Fünfunddreißigster Brief

Atopos, Sonntag, den 18. Dezember 2005

Wer ist sie, wer ist meine unbekannte Schöne?

Wie bereits erwähnt ist sie attraktiv, ungemein attraktiv. Die Frage ist nur, ob ihr interessantes äußeres Erscheinungsbild ihre Seele verkörpert oder ob ihre Seele, im Gegensatz zu ihrem anmutigen und rätselhaften Aussehen, langweilig, verdorben oder gar hässlich ist. Ist der Glanz ihres Äußeren nur eine Täuschung oder offenbart sich in den vielfältig tiefsinnigen Blicken ihrer Augen die Schönheit ihres Geistes? Gibt es also eine Übereinstimmung zwischen ihrem äußeren und inneren Erscheinungsbild oder ist da eine Lücke, ein Missverhältnis, das es gilt, zu erkennen und aufzudecken?

Wiederum eine andere Frage ist, ob ich, ungeachtet ihres Geistes und ihrer Seele, nicht einfach nur ihren Körper genießen sollte; ob diese Körper, unsere Körper, die sich offensichtlich wahnsinnig begehren, nicht einfach zueinander kommen sollten, um dieses aufwühlende Begehren ein für alle Mal zu stillen?

Wer ist sie, wer ist meine unbekannte Schöne? Es scheint so zu sein, als ob sich in ihrer Person die vielgestaltigen Formen der Schönheit überschneiden, verflechten, vermischen und gar bündeln würden. In ihrer aufrechten und selbstbewussten Körperhaltung, in der stolzen und zugleich zerbrechlichen Mimik ihrer Gesichtszüge, im sanften und liebevollen Schwung ihrer Augenbrauen und in den fragenden, aufmerksamen und tastenden Blicken ihrer Augen, scheint sich ein Leben zu enthüllen, das voller Widersprüche,

Gefahren, Glücksmomenten, Enttäuschungen und Hoffnungen steckt. Ihre Augen so melancholisch und traurig und dann doch wieder so heiter und humorvoll, ihre dunkelbraun schillernden Augen so verträumt, nachdenklich und desillusioniert und im nächsten Moment doch schon wieder so voller Sanftmut, Lebenslust und herausfordernder Kühnheit. Es gibt nichts Schöneres an einer Frau als einen Augenausdruck, indem sich all die Kontraste, Brüche, Risse, Gegensätze und Unstimmigkeiten des Lebens widerspiegeln!

Wer ist sie, wer ist meine schöne Unbekannte, die unglücklicherweise schon gar nicht mehr so unbekannt ist? Wovon träumt sie? Hat sie einen Freund? Was macht sie in ihrer Freizeit? Wonach sehnt sie sich? Was hat sie bisher erlebt, welche Erfahrungen hat sie gesammelt? Was denkt, was fühlt sie? Ach Stella, könnte ich sie doch nur vergessen!

Schlaf gut und träume etwas Schönes!

Dein Malik!

Sechsunddreißigster Brief

Atopos, Montag, den 2. Januar 2006

Es war ein einsamer Heiligabend und es war ein einsames Neujahrsfest. Besinnung, Ruhe, Stillstand, Gedanken und Fragen, viele Fragen. Wird 2006, vielgeliebte Stella, unser Jahr werden? Werde ich dich im Oktober wieder sehen und werden wir das nächste Weihnachtsfest gemeinsam miteinander verbringen? Werden wir uns abermals lieben? Werde ich die Kraft haben, meine fremde Schöne zu vergessen?

Ach Stella, was geschieht gerade mit mir? Bleiche Wintersonne, tanzender Schnee und gefährliche sowie bedrohliche Herzwanderungen. Das ist das Ende meiner heiterruhigen Tage! Was flüstert mir die Stimme der Verliebtheit da nur schon wieder ins Herz? Immerhin schreibe ich noch Verliebtheit, immerhin bin ich noch nicht so verblendet, immerhin kann ich noch das Anfangsstadium des verzauberten Verliebtseins von dem permanenten Alltagszustand „der Liebe" unterscheiden ... und dennoch, und dennoch und dennoch ...!

Flackernde Kerzen, geschmückte Weihnachtsbäume, funkelnde Lichterketten und ich vermisse dich; anmutige Weihnachtslieder, verwegene Schneeballschlachten und all die süßen Schneemänner mit ihren rötlichen Mohrrüben als Nasen und ich vermisse dich; perlender Sekt, dröhnende Leuchtraketen, sich innig küssende Paare und 5 und 4 und 3 und 2 und 1 und ein Frohes Neues Jahr und ich vermisse dich!

Verdammt noch mal Stella, du entgleitest mir! Wer entgleitet hier wem? Dein Bild so nah und doch so fern, dein Bild so unglaublich nah und doch so unglaublich fern!

Ich brauche dich, Stella, brauche deine Nähe, deine Liebe, deine Wärme, deinen Körper; ich brauche dich, Stella, brauche deine Leidenschaft, dein Lächeln, deinen Schutz und deine Geborgenheit! Warum bist du nicht hier? Verdammt noch mal, warum bist du nicht hier?

Ach Stella, falls du mich jetzt hörst, schick mir Liebe und Kraft, schick mir sehr viel Liebe und sehr viel Kraft!

Schlaf gut und träume etwas Schönes!

Dein Malik!

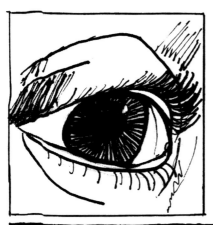

Siebenunddreißigster Brief

Atopos, Ende Januar 2006

Ich kann es nicht lassen; ich kann einfach nicht von ihr lassen. Ich gehe ins *Helsinki*, um sie zu sehen. Ich setze mich auf einen Barhocker an der Theke. Manchmal lächelt sie bei meinem Eintritt und freut sich, dass ich gekommen bin. Ich grüße die bekannten Gesichter, grüße Jacek, den Maler und Gary, den Schauspieler, bestelle mir ein Bier, rauche eine Zigarette und beobachte sie. Das Stimmengewirr der überfüllten Bar umrauscht mich wie ein wogendes Meer. Einzelne, Frauen, Männer, Freunde und Paare sind in anregenden Gesprächen vertieft – so viele Menschen, so viele Möglichkeiten und doch blicke ich nur auf sie. Laute Musik, der Qualm der Zigaretten, das Klirren der Gläser, der Dampf der Kaffeemaschine und immer wieder ein verstohlener Blick auf sie, auf Martha.

Sie arbeiten zu zweit hinter der Theke. Sie und Sandra sind ununterbrochen damit beschäftigt, Biergläser zu füllen, Cocktails zu mischen, Aschenbecher zu entleeren, Gläser zu säubern und das Geld abzukassieren. Marthas Bewegungen sind leicht und verspielt, ihre Handgriffe geschmeidig und anmutig. Sie wirkt souverän, selbstbewusst und ein bisschen distanziert und trotz unserer Schein- und Täuschungsmanöver, die wir aufführen, um uns nicht zu entblößen sowie ungeachtet ihrer sie in Anspruch nehmenden Arbeit, findet sich stets ein kleines Zeitfenster, indem sich unsere Augen treffen. Nahezu alles, was sich zwischen ihr und mir abspielt, vollzieht sich in diesem stummen, sinnlichen, rätselhaften und verführerischen Spiel der Augen. Wortlos verspüren wir wechselseitig unser Begehren, erwecken wir wechselseitig unser Verlangen. Hier ein flüchtiger Blick und dort ein schüchternes Lächeln. Die Augen ziehen sich magisch an, versinken ineinander, werden zu Fleisch und verschlingen in der Phantasie unsere Körper. Es ist, als ob jene Augenberührungen zu einer Zeit und zu einem Raum gehören würden, die außerhalb von aller Gegenwart und Wirklichkeit liegen – ja, aus dem Fluss der Zeit enthobene Augenblicke, in denen sich das Erlebte und noch zu Erlebende zweier Menschen liebevoll sammelt und bündelt; aus den unendlichen Weiten des Raumes heraus gelöste Manifestationen, in denen sich die Sehnsucht und die Wünsche zweier Menschen beseelt ineinander verweben. Hauchzarte Augenberührungen, durch die mir alles plötzlich so reich, interessant, glücklich und samtweich erscheint. Ich sehe, höre, denke und empfinde nichts als Marthas übergroße Augen, die mich vom Gewicht der Welt befreien; ich sehe, höre, denke und empfinde nichts als ihre tiefbraunen übergroßen Augen, die mich in eine verzauberte Parallelwelt entrücken.

Wir verführen uns mit einem Lächeln, mit einer Geste, mit einem Zittern, mit einem Augenaufschlag. Wir spüren unsere Nervosität. Ein Glas fällt ihr aus der Hand; ich zünde meine Zigarette falsch herum an; sie fährt sich immer häufiger mit der Hand durch ihr brünettes Haar; ich senke meine Augen schamhaft vor ihrem Blick nieder; sie verschwindet immer öfter in eine nicht einzusehende Abstellkammer der Bar – keine Sorge meine schöne Unbekannte, trotz vorgerückter Stunde siehst du immer noch bildhübsch und bezaubernd aus! Wir verraten uns, nehmen uns wahr, erregen uns und haben Angst voreinander. Wir schätzen uns ab, prüfen und mustern, entfernen und nähern uns und können die Anspannung unseres gegenseitigen Begehrens kaum noch ertragen.

Der Reiz dieser Abende im *Helsinki* besteht unter anderem darin, dass sie intim und öffentlich sind, dass sie durch die Bestellungen der Gäste stets unterbrochen werden und demgemäß immer etwas Bruchstückhaftes, noch zu Vervollständigendes in sich tragen. Irgendwann spät in der Nacht bezahle ich meine Rechnung. In ihren Augen ein Staunen, eine Frage, eine unausgesprochene Aufforderung und dennoch scheint sie zu verstehen, ist geduldig und bedrängt mich nicht.

Draußen ist es eiskalt. Auf dem Heimweg ein Frösteln in den Gliedern und zu Hause wartet nur ein stummes Bett auf meinen sich nach menschlicher Wärme verzehrenden Körper und ich frage mich, wie lange das noch gut gehen kann, frage mich, wann ich sie endlich zu einer Verabredung fern vom *Helsinki* einladen werde. Ich bin traurig, bin melancholisch, bin voller Sehnsucht und die Nachbilder, ihre Nachbilder, Marthas Augennachbilder, begleiten mich bis tief in meine Träume hinein.

Dein Malik!

Achtunddreißigster Brief

Atopos, Sonntag, den 12. Februar 2006

Wir kommen uns immerzu näher und die Hemmschwellen werden gedankenlos(?) überschritten.

Kürzlich hat sie im *Helsinki* eine CD aufgelegt, deren Musik einfach nur hinreißend und betörend klang und ich habe sie nach dem Titel und dem Interpreten gefragt. Daraufhin hat sie mir beides auf einen Zettel aufgeschrieben. Die Band heißt *Big Sleep* und der Titel der CD lautet *With God And Her Sisters*. Der kleine Notizzettel aus dem *Helsinki* – ihre Handschrift ist ebenso gleichmäßig, schwungvoll und elegant wie die Form ihres Körpers – ist für mich zu einer Art von geheiligtem Gegenstand geworden, den ich Tag für Tag liebevoll betrachte. Ich habe mir die CD aus dem Netz auf meinen Computer herunter geladen und lausche Abend für Abend dieser zauberhaften Musik, die mich nunmehr, fern von ihr, mit ihren Augen und ihrem Herzen verbindet. Das zweite Lied auf der CD trägt den Titel *She Changes Everything* und tatsächlich verändert sie unglücklicherweise alles.

Ich bin zerstreut, kann mich nicht mehr konzentrieren, habe meine innere Ruhe und meinen inneren Frieden verloren. Ich muss unablässig an sie denken, kann sie nicht vergessen. Diese Liebe beherrscht meinen Geist und meine Seele. Ich kann nicht mehr ruhig schlafen, kann nicht mehr klar denken. Alles verblasst neben ihr. Die Gefühle, die ich für sie empfinde, sind so stark, dass alles andere im Vergleich dazu ermüdend und langweilig wirkt. Ich habe keinen Spaß und keine Freude mehr am Lesen, an den Spaziergängen durch meinen Märchenwald, an der Stadt, an den Menschen und an meiner Arbeit. Die Wörter in den Büchern erscheinen mir ausgehöhlt und sinnentleert, die Bäume und die Schönheit der Natur sprechen nicht mehr zu mir und die Frauen, die ich entkleide, öden mich einfach nur noch an. Meine Arbeit leidet unter dieser dummen Liebe. Während ich in die Frauen eindringe, denke ich nur an sie. Es ist erstaunlich, dass meine Stammkundinnen – obwohl sie natürlich gemerkt haben, dass ich nicht mehr der Gleiche bin – dass Sue, Frau Stoddelmeyer, Nora, Rachel und Madame Louise, obgleich sie von mir nicht mehr mit derselben Hingabe und Aufmerksamkeit wie zuvor befriedigt werden, mir dennoch treu geblieben sind.

She Changes Everything – diese Augenaffäre wirft einen langen Schatten der Unruhe und Verwirrung über mein Leben. Da ist kein Herzfilter und keine Augenabwehr: Ich bin unfähig, dem Ansturm der Gefühle etwas entgegenzusetzen. Ich verliere meine Selbstbeherrschung, verliere mein inneres Gleichgewicht, bin geistesabwesend, fahrig und unzufrieden. Fast wirkt diese Verliebtheit schon wie eine Krankheit auf mich und ihre Symptome heißen: Stress, Zittern, Schweißausbrüche, Schlaflosigkeit, Missmut, Ärger, Groll, Übellaunigkeit und Verzweiflung. Das Lampenfieber der Liebe hat mich völlig im Griff. Da ist ein Aufgewühltsein und eine Unrast in meinem Herzen, und von beiden kann ich mich, trotz aller Weisheitssprüche und Besänftigungsstrategien, einfach nicht mehr befreien.

Was soll ich nur tun? Soll ich auf sie verzichten? Soll ich sie verführen? Soll ich sie lieben, und wenn ja: wie soll ich sie lieben? Soll ich mir ihr schlafen, soll ich Sex mit ihr haben, um sie vielleicht dadurch zu entzaubern? Was will ich eigentlich von meiner unbekannten Schönen? Könnte ich nicht eine erotische Beziehung in Erwägung ziehen, in der man sich, ohne Alltag und ohne Besitzansprüche, ohne Vergangenheit und ohne Zukunft, lediglich sporadisch trifft, um sich in der Gegenwart rein körperlich auszuleben? Aber Achtung! Aus der Erfahrung weiß ich doch, wie schnell eine vermeintlich nur körperliche Liebe auf das Herz und die Seele eines Menschen überspringen können. Und was dann? Der Körper verlangt sein Recht und später ist es wiederum das Herz, das sich seine Rechte entweder durch die Liebe oder durch qualvolle Sehnsuchtsbilder einklagt. Zudem begehre ich sie auch schon viel zu sehr, als das sie noch zu einer oberflächlichen Affäre werden könnte – nein, sie ist bestimmt keine Affäre, sie und ich wollen alles oder nichts; sie und ich fordern den ganzen Menschen, fordern das ganze Leben, fordern den Körper in gleicher Weise wie das Herz und die Seele des Anderen!

Ach Stella, in einem sehr alten Liebesroman aus der griechischen Antike (den ich augenblicklich nicht zufällig zum wiederholten Male lese), in *Daphnis und Chloe* von Longus, steht geschrieben:

Denn des Eros Macht ist noch keiner entgangen, noch wird ihr je einer ausweichen können, solange es Schönheit gibt und solange Augen sehen können.

und etwas später heißt es:

Keine Arznei gibt es gegen die Liebe, keinen Trank, keine Speise und kein Zauberlied. Nichts hilft als sich küssen, sich umarmen und nackt beieinander liegen.

Falls dies stimmt, Stella, falls diese über 1700 Jahre alten Worte nicht lügen, falls wirklich nichts hilft als sich küssen, sich umarmen und nackt beieinander liegen, dann, ja dann bin ich endgültig verloren!

Schlaf gut und träume dennoch etwas Schönes!

Dein Malik!

Neununddreißigster Brief

Atopos, Sonntag, den 26. Februar 2006

Kühlblaue Tage, die Farbe des Winters ist Kühlblau. Oben das geräuschlose und verwunschene Glockenspiel der im Geäst baumelnden Platanenkugeln in der kristallklaren Blauen Stunde einer Winterabenddämmerung und unten eine zentimeterdicke Eisschicht, in der das Leben zum Stillstand gekommen ist, in der kleine und große Fußabdrücke, trippelnde Hundepfotenspuren, abgebrannte Zigarettenstummel, verwelkte Blätter und ein schwarzes Haarband, im Gegensatz zu meinem warmen und zerfließenden Herzen, im tiefblauen Eis erstarrt und erfroren sind. Eisige Winterkälte und kühlblaue Tage, die es einfach nicht schaffen, mein von der Liebe durchglühtes Herz abzukühlen.

Es scheint, als ob irgendeine mir unbekannte Macht geradezu besessen von dem Gedanken ist, mich und Martha zusammenzuführen. Bereits seit Wochen treffen wir uns an den unmöglichsten Orten in der Stadt. Seltsame Begegnungen beim Bäcker, im Foyer eines Kinos, in einer anderen Bar, in einem arabischen Restaurant oder in einer Nebenstraße eines weit entfernten Stadtteils. Sind diese Begegnungen nunmehr eine Notwendigkeit, ein Zufall oder unterliegen sie gar dem Gesetz einer höheren Fügung? Ich neige dazu, an Letzteres zu Glauben, die Betonung liegt jedoch auf dem Glauben. So ist die Liebe, plötzlich glaubt man wieder an Gespenster, an Magie, an die Vorsehung und an Gott.

Es ist offensichtlich (ist es das wirklich?), dass wir vom Schicksal füreinander bestimmt wurden und dennoch sträubt sich mein Wille gegen all die Zeichen einer schicksalhaften Liebe. Wie viele Schicksalslieben gibt es in einem Leben, frage ich dich, Stella? Eine, zwei, fünf, zwölf oder gar Dutzende? Ein Romantiker würde gewiss sagen, dass es nur eine wahrhafte Liebe geben kann. Was jedoch nicht stimmt, was jedenfalls auf mich nicht zutrifft, da ich mich schon mindestens fünfmal unsterblich verliebt habe. Und Martha ist auch nur eine neue Liebe, die zwar andersartige Variationen aufweist, aber in ihrer Struktur doch nur wieder eine Wiederholung der Liebe verkörpert. Ich habe genug davon, dass jenseits der Liebe stets die Liebe wartet, habe keine Lust mehr auf jene immerzu wiederkehrende Wiederholung der großen Liebe, bei der – nachdem man sie ich weiß nicht wie oft durchlebt hat – einem lediglich der fade und bittere Nachgeschmack des „Ich liebe dich" im Hals stecken bleibt. Nein, ich möchte nicht mehr schweifen, möchte nicht mehr von einer Liebe zur nächsten schweifen; will nicht mehr treiben, nicht mehr wandern, nicht mehr reisen, denn, wie Seneca es in einem seiner *Briefe an Lucilius* treffend formuliert hat:

Die Pflanze, die laufend umgesetzt wird, gedeiht nicht.

Es stellt sich allein die Frage, ob ich eine Wahl habe. Indem ich sie nicht küsse, tue ich mir und meinem Herzen Gewalt an und indem ich mich ihr entziehe, darf nicht zusammenwachsen, was eigentlich zusammengehört. Ist das richtig, ist es richtig, sich gegen sein Schicksal aufzulehnen und dennoch ... oder liegt gerade in diesem ‚dennoch' unser Schicksal? Wie verworren und undurchsichtig alles mal wieder durch die Liebe geworden ist!

Möglicherweise sollte ich aber auch einfach nur einmal meinen Verstand einschalten. Ist es nicht eher so, dass ich ihr in einem Augenblick meines Lebens begegnet bin, indem ich mich nach der Liebe sehnte und jede beliebige Person diese Sehnsucht hätte ausfüllen können? Wen liebe ich eigentlich? Liebe ich dich oder Martha oder liebe ich einfach nur, relativ unabhängig von der jeweiligen Frau, die Liebe?

Wahrscheinlich habe ich Martha auch schon vorher, bevor wir uns kannten, beim Bäcker, im Kino oder sonstwo getroffen und habe sie damals noch nicht einmal bemerkt. Also doch alles nur Ursache und Wirkung, also doch alles nur der eigene Wille und Selbstbestimmung? Was soll also dieses ganze Gerede vom Schicksal und einer höheren Fügung?

Ach Stella, die Liebe – ganz egal, ob als notwendige Bestimmung, freie Entscheidung oder phantastische Einbildung – ist und bleibt für mich ein wundersames Mysterium!

Schlaf gut und träume etwas Schönes!

Immer noch dein Malik!

Vierzigster Brief

Atopos, Freitag, den 3. März 2006

Alles Gute zum Geburtstag, vielgeliebte Stella, alles Gute zum Geburtstag!

Wer singt dir heute dein Geburtstagsständchen, Stella; wer singt heute das ‚Happy Birthday to you' für dich? Hat jemand einen Geburtstagskuchen besorgt und wenn ja, was hast du dir gewünscht, als du die Augen geschlossen und die flackernden Kerzen auf dem Kuchen ausgeblasen hast? Welche Sehnsucht verbirgt sich in deinem Herzen? Hast du dir gewünscht, dass wir uns im Oktober in Paris wieder sehen oder hast du dir möglicherweise etwas ganz anderes, etwas, das nichts mit unserer Beziehung zu tun hat, hinter deinen geschlossenen Augenlidern vorgestellt und ausgemalt? Sind die Tage gezählt, als das Wünschen noch geholfen hat oder haben wir noch eine Chance? Ich singe dir dein Geburtstagsständchen, jetzt, in diesem Augenblick, singe ich dir dein Geburtstagsständchen – kannst du es hören?

Alles Gute zum Geburtstag, vielgeliebte Stella, alles Gute zum Geburtstag!

Verwirrende Gefühle durchfluten meine Seele. Ich frage mich, ob du mich noch liebst, frage mich, ob du dein Herz jemand anderem geschenkt hast und während ich mich dies frage, ertappe ich mich dabei, wie sich Marthas Bild ganz langsam in meine Gedanken einschleicht, ertappe ich mich dabei, wie sich Marthas Bild in meine Phantasie hineinzwängt. Im Vordergrund sehe ich den sinnlich-melancholischen Ausdruck deiner enttäuschten Augen und im Hintergrund, im Kontrast dazu, erstrahlt Marthas fröhlich heiteres Augenleuchten. Parallele Bilderwelten, die sich in meinem Herzen umlauern, anschreien und bekämpfen, parallele Bilderwelten, die sich dagegen sträuben, sich von mir zu einem harmonischen Gesamtbild zusammenfügen zu lassen.

Und schon schäme ich mich und bekomme ein schlechtes Gewissen. Nein, ich werde euch nicht miteinander vergleichen; werde jetzt nicht das Für und Wider eurer Charaktereigenschaften oder körperlichen Vorzüge gegeneinander aufwiegen – solch ein Pro und Kontra führt doch zu nichts, ist kindisch und dumm! Mit solch einer billigen und kaltherzigen Aufstellung würde ich weder ihr noch dir gerecht werden, mit solch einer stumpfsinnigen und seelenlosen Gegenrechnung würde ich euch doch nur beleidigen und erniedrigen! Darüber hinaus seid ihr euch viel zu ähnlich, wobei sich diese Ähnlichkeit allein darauf bezieht, dass ich euch beide liebe. Verdammt, warum kann ich Martha nicht einmal an deinem Geburtstag für ein paar Stunden vergessen. Ich fühle mich schuldig, fühle mich schlecht, fühle mich beschissen! Es tut mir leid, Stella, bitte verzeih mir!

Alles Gute zu deinem Geburtstag, vielgeliebte Stella, alles Gute zu deinem Geburtstag!

Jetzt bin ich wieder ganz bei dir! Ich zünde eine Kerze für dich an und berühre, umarme und küsse dich und wünsche dir und uns alles Glück der Welt!

Ich liebe dich!

Dein Malik!

Einundvierzigster Brief

Atopos, Mitte März 2006

Unsere Blicke, unsere Liebe, unser Begehren werden von Tag zu Tag intensiver, nachdrücklicher und dringlicher. Es ist, als ob mich eine Kraft und Freude ergriffen hätte, der ich nichts weiter als meine eigene Zuneigung und Entdeckungslust hinzuzufügen habe. Die Stimme des Herzens, die Stimme meines Herzens, widerspricht unaufhörlich der Stimme der Vernunft, widerspricht unaufhörlich der Stimme meiner Vernunft! Der Frühling naht und wie die Blattknospen an den Bäumen, wie die klebrigen und glänzenden dunkelbraunen Knospen der Kastanien, wartet auch unsere Liebe nur darauf, endlich ausbrechen zu dürfen und ihre verhüllte Schönheit erblühen zu lassen. Es ist grausam, aber sogar die Erscheinungen der Natur kann ich mir mittlerweile nur noch in Analogie zu ihr denken.

Auf beiden Seiten ist die Verlegenheit mitunter recht groß. Manchmal müssen wir wegen der Unmöglichkeit, unser Verlangen und unsere Liebe zu verschleiern, müssen wir im Angesicht unserer allzu offensichtlichen Begierden, schamhaft unsere Augen voreinander senken oder abwenden. Aber immerhin wagen wir es inzwischen hin und wieder ein wenig miteinander zu plaudern. Da wir beide bei diesen Gesprächen jedoch ungemein aufgeregt, schüchtern und nervös sind, beschränken sich diese Konversationen zumeist auf unbedeutende Nebensächlichkeiten. Alles, was ich in diesen Gesprächen sage, kommt mir im Nachhinein stets als dumm, idiotisch und geistlos vor. Jedes Mal nehme ich mir vor, beim nächsten Gespräch etwas Intelligentes zu sagen, beim nächsten Gespräch humorvoll, geistreich, charmant und selbstbewusst aufzutreten. Sobald ich dann jedoch meinen Mund aufmache, verliere ich meine Haltung, bin zerstreut, kann keinen klaren Gedanken mehr fassen und rede mal wieder nur noch stumpfsinniges Zeug. Warum bin ich in ihrer Gegenwart so fahrig und nervös, warum zittere ich? Ist es die Furcht davor, meine Gefühle zu verraten, ist es die Angst davor, die völlige Kontrolle über meinen Willen zu verlieren, ist es die Angst vor dem Verlust der Freiheit, vor der Selbstaufgabe, der Vernichtung des eigenen Ichs, die Angst vor dem großen kleinen Tod in der Liebe oder ist es nicht vielmehr so, dass die Liebe all die verschollene Lebensenergie aufrührt sowie die unterdrückten Leidenschaften in Bewegung setzt und demzufolge meinen Körper von innen heraus zum Erzittern bringt? Ja, es ist mein Herz und meine Seele, die mich verraten, es sind mein Herz und meine Seele, die sich in der zunehmenden Röte meiner Gesichtsfarbe und der Brüchigkeit meiner Stimme verkörpern. Mein einziger Trost liegt darin, dass es Martha nicht besser als mir ergeht, dass auch sie bei unseren Gesprächen stets unruhig und erregt wirkt.

Unsere Liebe beschränkt sich also überwiegend immer noch auf dieses wunderbare und mysteriöse Spiel unserer Augen. Gelegentlich erhasche ich einen schmachtenden Blick von ihr und ab und zu antwortet sie auf meine verliebten Augen mit Verachtung, Spott und Hochmut. Manchmal zieht sie sich zurück, ist kalt, verwehrt mir ihre Augen, obwohl sie mich begehrt, oder, treffender formuliert, gerade weil sie mich begehrt. Ihre Kühle und Härte steigert mein Verlangen nach ihr, steigert mein Verlangen, diese Kühle und Härte zu erobern und zu besiegen. Wir spielen auf der Klaviatur der Verführung; sie zeigt mir ihren Preis, denn die Eroberung darf nicht zu leicht fallen, da sie erst durch den Widerstand ihren angemessenen Wert erhält. Spott und Hohn, auf den kurze Zeit später wieder jener strahlende, lebhafte und sehnsuchtsvolle Augenausdruck der Liebe folgt. Herausfordernde Augenberührungen, die sich die ganze Nacht über suchen und verlieren; zwei Augenpaare, die im Zwielicht der Koketterie, die zwischen Hingabe und Vorbehalt hin und her pendeln, zwei entrückte Augenpaare, die sich aneinander messen, sich durchforschen, hassen, begehren, fürchten und lieben. Ja, wir spielen auf der Klaviatur der Liebe und all jene Verteidigungslinien, die wir um uns herum errichtet haben, dienen allein dem Zweck herauszufinden, ob wir es ernst meinen, ob wir also gewillt sind, Zeit und Kraft darin zu investieren, diese Verteidigungslinien zu überwinden.

Jede Liebe hat ihre Musik, hat ihre Lieder und seitdem ich sie nach jener CD gefragt habe, spielt sie irgendwann im Verlauf der Nacht *With God And Her Sisters* von *Big Sleep*. All die Lieder von dieser CD, egal ob *Candle Burns, She Changes Everything, Into Her, All The Angels, The House Is Clean, Ashes Ashes, Under God's Blue Sun, Kiss In The Wind, The World Was Made In Seven Days, Under The Walnut Tree, In November I Was Painting* oder *On A Ship* sind zu Wahrzeichen und persönlichen Hymnen unserer Liebe geworden. Wir entschweben auf den Klangfarben jener Melodien, in deren Rhythmus wir uns in der Phantasie bereits tausendfach geliebt, in deren Taktfolgen und Refrains wir bereits unsere Liebesnächte tausendfach verwirklicht haben. Diese Musik, die sich mit unseren Herzen und Träumen unwiderruflich vermischt hat, ist Erinnerung und Versprechen zugleich, ist wie ein verknüpfendes Band, das alle vergangenen und zukünftigen Nächte miteinander durchwebt. Jener schwungvolle Takt des Schlagzeugs oder jene raue Stimme des Sängers oder jene Sanftheit einer Saxophonpassage sind etwas, das wir miteinander geteilt haben und nur uns gehört, sind etwas, das sich unverrückbar in das Gedächtnis unserer Herzen eingeprägt hat. Diese Musik scheint nur uns zu gehören, scheint nur für uns gespielt zu werden, bewegt unsere Seelen und lässt unser beider Herzen höher schlagen. Der Klangkörper dieser Stücke verbindet uns. Wir sehen, erkennen, träumen und phantasieren eine gemeinsame Zukunft in die immerzu wiederkehrenden Melodien, Texte, Taktfolgen und Refrains der Lieder hinein; ja, diese Lieder haben sich unverrückbar in das Gedächtnis unserer Herzen eingeprägt und sobald der erste Ton von *With God And Her Sisters* erklingt, entfliegen wir auf den Klangfarben der Musik in das verwunschene Reich unserer Liebe.

Stundenlang sitze ich an der Bar und spüre, lese, entziffere und genieße all unser Augengeflüster und all unsere Augengeheimnisse. Ich studiere ihr Gesicht, erforsche jeden Ausdruck in ihren Augen, präge mir jedes Detail ihres Körpers tief in mein Gedächtnis ein, um es später, fern von ihr, wieder aufleben zu lassen. Natürlich gefällt ihr all die Aufmerksamkeit, Anerkennung und Zuneigung, selbstverständlich schmeichelt es ihr, von einem attraktiven Mann umworben zu werden und gewiss befriedigt es ihre Eitelkeit, in meinen Augen ihre Schönheit widergespiegelt zu sehen. Vielleicht ist es auch gerade diese Eitelkeit, die sie davor bewahrt, jenen ersten Schritt zu wagen, den ich mir wegen dir verboten habe? Ich weiß, was mich zurückhält, aber was hält *sie* zurück? Tugend, Furcht, Koketterie, eine unangebrachte Eigenliebe, Angst, Zweifel, fehlendes Selbstbewusstsein oder spürt sie deine Anwesenheit oder denkt sie, dass eine Frau von ihrem Format die Initiative nicht ergreifen darf oder ist es eine Mischung aus alledem? Was auch immer es ist, für uns ist es jedenfalls besser so, denn ein Wort oder ein Kuss von ihr hätte vermutlich genügt, um all meinen Widerstand zu brechen.

Kaum dass ich von ihr gegangen bin, bereue ich es, dass weder sie noch ich jene letzte Schwellenüberschreitung gewagt haben. Die Gefühle und Bilder wirken in mir erhebend und schmerzhaft nach, wirken wie eine Droge, die mich leicht und fröhlich macht. Ich trage ihre Nachbilder, die zeitweise wie unter einem Vergrößerungsglas vor meinem inneren Auge erscheinen, sanftmütig in meinem Herzen, trage diese Nachbilder, die mich über den Zeitraum unserer Trennung hinweg trösten sollen, wie ein hauchzartes und zerbrechliches Gebilde liebevoll und behutsam durch die Stadt und mein Leben. Und sobald diese anmutigen und engelschönen Nachbilder damit beginnen, ein wenig zu verblassen, sobald die Wirkung der Droge Martha ein wenig nachlässt, ist es schon wieder Mittwoch oder Samstag, kann ich sie schon wieder im *Helsinki* besuchen und mir einen neuen Schluck oder Schuss von der Droge Liebe zu Gemüte führen.

Alles deutet darauf hin, dass ich hoffnungslos verloren bin, alles deutet darauf hin, dass es nicht mehr die Frage ist ob, sondern nur noch wann wir uns küssen werden. Nichtsdestotrotz werde ich weiterhin um dich kämpfen und nichtsdestotrotz kann ich dir aufrichtig schreiben, dass ich dich, Stella, um keinen Deut weniger als zuvor liebe, dass ich dich, Stella, immer noch wahrhaftig liebe.

Schlaf gut und träume etwas Schönes!

Dein Malik!

Zweiundvierzigster Brief

Atopos, Ende März 2006

Vor ein paar Tagen hat mir Madame Louise (das ist die alte bourgeoise Dame mit dem Rolls Royce, dem Chauffeur und der prächtigen Villa) eine Standpauke über die Banalität der Liebe gehalten. Nachdem sie erkannt hatte, dass ich verliebt bin, wollten ihre Schmähreden auf die Liebe überhaupt kein Ende mehr nehmen. Mit spöttischem Tonfall sagte sie:

„Jetzt hat es Sie also auch noch erwischt. Ihr Blick und Ihr Benehmen haben Sie verraten – Sie vernachlässigen Ihre Arbeit, sind mit den Gedanken woanders, sind fahrig, unkonzentriert, kurzum: Sie haben ihre Professionalität verloren! Keine Widerrede, mein junger Freund, einen verliebten Mann erkenne ich auf tausend Meter Entfernung! Ich hätte Sie für wirklich klüger und geistreicher gehalten. Fallen Sie denn wirklich immer noch auf diese einfältigen sowie überaus geschmacklosen Empfindungen der Liebe herein? Was für ein Dummkopf, was für ein Tor Sie doch sind!"

Wir saßen bei Tisch, ihre Hausangestellten servierten die Speisen und der Wein floss reichlich, während Madame Louise mich pausenlos mit einem Augenzwinkern davon zu überzeugen versuchte, dass die Liebe nur etwas für geistig unterentwickelte Menschen sei, denen es an Intelligenz und Verstand fehlt. Im nicht minder spöttischen Tonfall als zuvor fuhr sie damit fort, mich als einen hoffnungslosen Romantiker zu beschimpfen.

„Werden Sie doch endlich vernünftig, junger Mann! Die Liebe ist eine Krankheit, die Sie nur ins Unglück stürzt. Ninon de Lenclos, jene gescheite, kluge und brillante Kurtisane aus dem siebzehnten Jahrhundert, die von nahezu allen Männern am französischen Hof angebetet und vergöttert wurde, hat einmal geschrieben: *Die Leidenschaften müssten bloß in die rechten Bahnen gelenkt werden; sie sind für uns, was für die Arzneiheilkunde die Gifte sind: in den Händen eines geschickten Chemikers werden sie wohltuende Medikamente.* Und in einem anderen Brief hat sich diese humorvolle, gelehrte und scharfsinnige Persönlichkeit – an deren Berufsethos Sie sich ein Beispiel nehmen sollten – zum gleichen Sachverhalt wie folgt geäußert: *Lieben heißt ein Gelübde der Natur erfüllen, heißt, um es geradeheraus zu sagen, einer Notwendigkeit gehorchen. Doch, wenn möglich, zügeln sie dieses Gefühl, damit es ja nicht zur Leidenschaft werde. Ich möchte fast von der Liebe sagen, was man vom Gelde behauptet hat, nämlich, dass es ein guter Diener, aber ein schlechter Herr sei!* Verstehen Sie das, junger Mann? Sie sollten ihren Rausch mäßigen, ihre Verliebtheit kontrollieren und ihre Leidenschaft beherrschen. Die Liebe ist es nicht Wert, um an ihr zu verzweifeln oder gar an sie zu glauben! Oh nein, die Liebe ist eine Illusion, ein Trugbild, eine Fata Morgana, ist eine widernatürliche und geschmacklose Erfindung der Kirche und der Schwachen. Sehen Sie sich doch nur einmal an, wohin uns dieses romantische Liebesideal, dieser monotheistische Irrglaube hingeführt hat; sehen Sie sich doch nur einmal all diese abgehalfterten, uninteressanten und langweiligen Ehepaare an, die all ihren Zauber, Witz, Charme und Esprit wegen einer angeblich unsterblichen Liebe zu Grabe tragen mussten. Diese aberwitzige Ausschließlichkeit der Liebe führt doch nur zu Zwietracht, Hass, Eifersucht, Gewalt, Wut, Betrug und Hässlichkeit, ja, Hässlichkeit. Ich möchte noch einmal Ninon zitieren und ich weiß sehr wohl, dass Sie dieses Zitat schon des Öfteren aus meinem Munde vernommen haben; nichtsdestoweniger sehe ich mich durch Ihr kindisches Verhalten dazu gezwungen, diese überaus weise Lebensmaxime auf ein Neues wiederzugeben: *Der Liebe treu bleiben, heißt an der Dauer seiner Freuden arbeiten; seiner Schönen aber treu bleiben, das heißt eines langsamen Todes sterben.*"

Madame Louise war nicht zu bändigen, war geradezu besessen von dem Thema und noch zu vorgerückter Stunde, nachdem das Dinner beendet war und wir bereits etliche Gläser Wein und Champagner getrunken hatten, konnte sie es sich nicht verkneifen, einige giftige Spitzfindigkeiten auf mich abzufeuern.

„Die Liebe ist Krieg, ist pure Eitelkeit, oder, wie es Ninon in ihrer unübertrefflichen Art und Weise einmal formuliert hat: *Eitelkeit ist im Spiele, wir brauchen eben einen Anbeter, der in uns die Idee von unserer Herrlichkeit befestigt.* Spielen Sie mit der Liebe, aber werden Sie um Himmels Willen niemals zum Spielball der Liebe! Seien Sie kreativ, seien Sie phantasievoll, seien Sie männlich, quälen Sie ihre Geliebte ein wenig, sorgen sie dafür, dass sie ein bisschen Angst davor bekommt, Sie zu verlieren; denn nie wird Sie eine Frau noch zuvorkommend behandeln, wenn sie glaubt, Sie seien zu verliebt, um sie im Stich zu lassen. Der Liebe darf man nicht trauen, junger Mann, das wissen Sie doch genau so gut wie ich! Die Liebe nährt sich von der Neugierde, vom Trieb und von der Fleischeslust und sobald diese befriedigt sind, folgt nichts als Müdigkeit, Langeweile und Überdruss. Die Moslems sind in dieser Hinsicht viel schlauer als wir, wissen um die Vergänglichkeit der Gefühle und verheiraten ihre Kinder demzufolge einzig nach Vernunftgründen. Allein solch eine Ehe, solch eine Zweckgemeinschaft, die auf den felsenfesten Fundamenten der Rationalität steht und nicht, wie dies bedauerlicherweise in unseren modernen Gesellschaften der Fall ist, auf den wackligen Stützpfeilern der Liebe aufgebaut ist, bekommt meinen Segen und hat zudem Aussicht auf einen dauerhaften Erfolg. Der Liebe dürfen Sie nicht trauen, mein junger Freund. Nochmals ein Zitat von der großen Ninon de Lenclos: *Ich wiederhole, Sie werden dem Überdruss nur vorbeugen, wenn Sie dem Herzen noch etwas zu wünschen übrig lassen.* An anderer Stelle schreibt sie, die Lehrmeisterin der Liebe, deren Weisheiten Sie sich zu ihrem eigenem Glück unbedingt beugen sollten: *Die Menschen sind auf den Gedanken verfallen, den Schein einer rein geistigen Neigung an Stelle des erniedrigenden Bewusstseins zu setzen, dass sie nur einen Trieb befriedigen.* Doch da wir beide, da Sie und ich, uns inzwischen nicht mehr von der Liebe blenden lassen – fügte sie zum Abschluss ihres Monologs mit schelmischen und zynischem Unterton hinzu – werden wir jetzt das tun, wofür Sie bezahlt werden; werden wir jetzt, junger Mann, einfach ficken, werden wir jetzt einfach nur hemmungslos ficken!"

Obgleich weder Madame Louise uneingeschränkt an ihre zugespitzten und provokativen Thesen über die Liebe glaubt, noch ich ihre Ansichten zu diesem Thema teile, hat mir diese Nacht irgendwie gut getan. Ich weiß auch nicht so recht, aber Madame Louise hat mich durch ihren Hohn und Spott im Bezug auf die Liebe ein wenig gelöster und lockerer im Umgang mit meinen eigenen Gefühlen werden lassen. Ihr Zynismus hat mir dabei geholfen, alles nicht mehr so engstirnig, verkrampft und verbissen zu betrachten und es mir darüber hinaus ermöglicht, ein wenig Humor in meine allzu stürmische Verzweiflung zu streuen. Und auch wenn die Wirkung ihrer Worte nicht nachhaltig und in ein paar

Tagen möglicherweise schon wieder verblasst oder verflogen sein sollte, so hat sie es doch immerhin geschafft, dass ich mal wieder über mich selbst lachen konnte und das ist in meiner augenblicklichen Lage ungemein viel.

Wie dem auch sei, vielgeliebte Stella.

Schlaf gut, fühle dich umarmt, fühle dich geküsst und träume etwas Schönes!

Dein Malik!

Dreiundvierzigster Brief

Atopos, Mittwoch, den 5. April 2006

Es ist immer wieder dasselbe: Sobald ich sie sehe, sobald ich mich in ihrer Nähe befinde, sind all meine guten Vorsätze, ist all meine Gelassenheit, wie auf einen Schlag vergessen und entschlummert. Ich verliere mich in ihrem lebenslustigen Lächeln, verliere mich in ihrem heiteren Augenleuchten, leiste kaum Widerstand und bin maßlos enttäuscht von mir. Es will und will mir einfach nicht gelingen, meine Gefühle zu beherrschen. Abgesehen davon macht es mir der Frühling, der sich mittlerweile in Atopos ausgebreitet hat, nicht gerade einfacher, einen kühlen Kopf zu bewahren.

Es grünt mal wieder allerorts, die Blausterne schimmern am Waldboden und die zurückgekehrten Zugvögel verzaubern mit ihrem vielstimmigen Gesang die Herzen der Menschen. An einer Straßenecke der Flug des leuchtenden Zitronenfalters; doch diesmal bin ich zu schwer, trage ich zuviel Gewicht auf meinen Schultern, um mit ihm leichtfüßig hinweg zu schweben. Die Rückkehr der Farben, die Rückkehr des Lichts; funkelnde Lichtspiele und seelenerwärmende Lichtinseln und verwunschene Lichtschächte, durch die hindurch man sich in eine entrückte Welt hinweg träumen kann. Das melancholische Konzert einer Amsel in der blauen Stunde der Abenddämmerung, in jener Schwellenzeit, in der die Nacht den Tag sanft in den Schlaf wiegt, wie geschaffen für mein zerrüttetes Herz und der ungeschickte Flug eines Marienkäfers erinnert mich an eine weit entfernte, sanftmütige Kindheit. Die Weißlinge flattern, durch die Farbe ihrer Flügel getarnt, nahezu unsichtbar im blütenweißen Meer der Kirsch- und Obstbäume, die mit ihren duftigweißen Blüten anmutig die Frühlingsluft durchweben. Der Frühling sagt *Lächle, lebe und beginne etwas Neues*; der Frühling sagt *Sei munter, verliebe dich und lass dich leben!*

Es sind eben diese schwungvollen und lichtdurchtränkten Frühlingsgefühle, die Martha und mich momentan aufwühlen und, wenn auch nicht als alleinige Ursache, so doch immerhin als verstärkendes Element, eine Veränderung in unserem Verhältnis zueinander einfordern. Sie ist unruhig geworden, will nicht mehr warten. Sie begreift nicht, warum ich noch zögere. Ich bin ihr ein Rätsel und lasse sie im Ungewissen. Sie wehrt sich und wer will es ihr verdenken. Ich habe ihr durch mein Verhalten Hoffnungen gemacht, habe sie mit meinen liebevollen, sehnsüchtigen und durchdringenden Blicken gelockt, betört und verführt, habe ihr Verlangen geweckt, ohne ihr jedoch irgend etwas zu gewähren. Sie will nicht mehr spielen, will nicht mehr flirten, will Klarheit und zwar jetzt. Ich halte ihr Herz gefangen, fühle ihre Wehmut und entziehe mich dennoch ihrem Drängen. Immer noch ist mein Herz zu schwach, um sie zu verlassen und immer noch ist jenes gleiche Herz zu stark, um sich ihr bedingungslos hinzugeben. Ach Stella, all diese gescheiterten Versuche, sie endlich zu küssen und all diese gescheiterten Versuche, mich endlich von ihr zu entfernen. Es ist zum Verrücktwerden – stets bestimme ich den nächsten Tag als den Tag der Entscheidung, der dann jedoch als nächster Tag wiederum unentschlossen in den nächsten wankelmütigen Tag einmündet. Welch ein untragbarer Zustand, welch ein untragbarer Zustand und was für ein Idiot ich doch mal wieder bin!

Schlaf gut und träume etwas Schönes!
Dein Malik!

Vierundvierzigster Brief

Atopos, Mitte April 2006

Sie ist ein Produkt meiner Sehnsucht und meiner Phantasie; ich versuche mir einzureden, dass sie nichts weiter als das Produkt meiner Sehnsucht und Phantasie ist.

Wer ist Martha? Sind dieses tiefempfindende Herz, diese nachdenkliche Schönheit und diese vielschichtige Seele, die ich in ihren geheimnisvollen Augen erkenne, nur eine Erfindung meiner Einbildungskraft? Ist sie alles und nichts, ist sie jede und keine und möchte ich wirklich herausfinden, wer oder was sie ist – oder will ich mir nicht viel lieber die Illusion von einer perfekten Frau bewahren?

Sie formt sich nach meinen Wünschen, gestaltet sich nach meiner Phantasie: Ich erträume sie mir als gefährlich, stolz, widersprüchlich, gutmütig und sinnlich; ich erträume sie mir als treuherzigen Freund, aufmerksamen Gesprächspartner, einzigartige Persönlichkeit, fürsorgliche Mutter und als erotische Femme Fatale. Wer ist Martha? – Sie ist zugleich Wirklichkeit und Fiktion, Wahrheit und Dichtung, Realität und Traum! Es ist die Phantasie des Liebenden, meine Phantasie, die sie charmant, geistreich, gewitzt und zauberhaft erscheinen lässt. Ja, vielleicht verzaubere ich lediglich eine naive und gewöhnliche Frau; vielleicht ist Martha einfach nur eine Projektionsfläche für all meine unerfüllten Wünsche. Oder ist diese wunderwirkende Faszination, die sie auf mich ausübt, nicht doch eine Liebeswirklichkeit?

Möglicherweise leide ich aber auch nur unter einem krankhaften Narzissmus, denn indem ich Martha, indem ich das Objekt meiner Liebe verzaubere, verzaubere ich mich in Wirklichkeit doch nur selbst. Ich behaupte, dass sie intelligent, kreativ und bildhübsch ist und meine mich selbst; ich behaupte, dass sie anmutig, begehrenswert, erotisch und geistreich ist und meine doch nur mich selbst. Oder etwa nicht?

Sie ist eine Illusion, eine Phantasiegestalt. Doch immerhin lässt sie mich träumen. Ihre Nähe entzündet meine Phantasie, ruft meine Begierde wach. Meine Blicke ruhen auf ihrem Körper, ihrer Haut, ihren Augen. Ich möchte sie einfach nur betrachten, möchte sie einfach nur wie ein erhabenes Gemälde betrachten. Wer ist Martha? – Möchte ich ihr Geheimnis, ihr Rätsel wirklich lösen?

Werde ich von dem Wunschdenken meiner Phantasie in gleicher Weise wie von der ungewöhnlichen Anziehungskraft ihres äußeren Erscheinungsbildes geblendet? Sollte ich ihr Wesen und ihren Charakter, sollte ich die Vorzüge und Nachteile ihrer Persönlichkeit, nicht etwas besonnener und vernünftiger beurteilen? Aber da ist jenes Übermaß an Gefühlen, das mich pausenlos daran hindert, sie mit klarem Verstand einzuschätzen! Gewiss verherrliche und verkläre ich sie und ebenso gewiss habe ich nicht den blassesten Schimmer, wie es mir gelingen soll, mich wieder von dieser Liebe zu entzaubern. Es ist ein Rausch, es ist der Rausch der Liebe, den man unglücklicherweise nicht über Nacht in einer Gefängniszelle ausschlafen kann. Ach, wäre es doch nur so einfach! – und trotzdem muss ich nüchterner werden, und trotzdem muss mein Herz unbedingt nüchterner werden!

Ist sie also doch nur eine Sehnsuchtsliebe, vielleicht sogar eine ganz und gar künstlich erzeugte Liebe? Speisen sich die Illusionen der Liebe aus der Sehnsucht? Ist nicht die Sehnsucht die wahre Quelle aller Illusionen? Ja, sie verkörpert mein Bedürfnis nach Sehnsucht, verkörpert mein unstillbares Verlangen nach einem paradiesischen Glück. Da ist es wieder, jenes Thema aus dem *Hohelied* von König Salomo, das ich dir bereits in einem meiner ersten Briefe beschrieben habe.

Des Nachts auf meinem Lager suchte ich ihn, den meine Seele liebt. Ich suchte ihn und fand ihn nicht. Aufstehen will ich, die Stadt durchstreifen, die Gassen und Plätze, ihn suchen, den meine Seele liebt. Ich suchte ihn und fand ihn nicht.
...
Ich beschwöre euch, Jerusalems Töchter: Was stört ihr die Liebe auf, warum weckt ihr sie, ehe es ihr selbst gefällt?
...
Fort, fort, mein Geliebter, der Gazelle gleich, dem jungen Hirschen auf den Balsambergen.

Ja, die Schönheit liegt in der Verzögerung, im ständigen Aufrechterhalten der Hoffnung, liegt darin, dass man die fleischliche Begierde und das Verlangen nach Zweisamkeit in der Schwebe hält; die Sehnsucht sich also niemals erfüllt. Im Widerstand liegt der Zauber, da der Besitz vermutlich alle Träume zerstören würde. Habe ich Angst vor der Erfüllung, da allein die Sehnsucht bezaubernd ist? Bin ich ein Ewigfliehender?

Vielleicht möchte ich mich nur sehnen und niemals erhalten, was ich wünsche? Wenn dem so sein sollte, muss ich mir die Frage gefallen lassen, ob ich sie lediglich dazu benutze, die Gefühle der Liebe – fern von dir – nochmals erleben zu dürfen; muss ich mich fragen, ob ich sie lediglich dazu instrumentalisiere, die Zeitspanne, die mich noch von dir trennt, durch eine eingebildete Liebe(?) zu verkürzen und zu überbrücken; muss ich mich fragen, ob ich sie dazu instrumentalisiere, die herzerhebenden Verheißungen der Liebe zu verspüren, um dadurch der Langeweile und Mittelmäßigkeit meines Lebens zu entkommen; muss ich mich fragen, ob ich sie für Zwecke missbrauche, die nichts mit ihr zu tun haben; muss ich mich schließlich fragen, ob ich die Sehnsucht mehr als sie liebe. Ist diese Liebe aufrichtig, ist sie wahrhaftig, ist sie echt oder ist sie nur eine artifizielle Schöpfung meines Geistes, sozusagen eine Idealgestalt, die mich in der Realität nur enttäuschen würde?

Kann ich nur in der Sehnsucht wirklich lieben? Ist es ein Zufall, dass ich augenblicklich zwei Frauen liebe und begehre, die ich weder küsse noch berühre? Bin ich vom Schicksal dazu verdammt worden, nur eine abwesende, ersehnte und traumhafte Erscheinung lieben zu können? Bin ich denn wirklich so sehr in die Sehnsucht verliebt? Möglicherweise bin ich das, denn das Paradoxe an der Sehnsucht ist doch, dass sie mitunter bereits die Erfüllung darstellt. Ist jener nie verwirklichte Traum der Liebe eventuell sogar ein Schatz, den ich mir in den hintersten Winkeln meines Herzens fürsorglich aufbewahre, um stets einen Ort zu haben, nachdem ich mich sehnen darf? Fühle ich mich nur in der Sehnsucht frei und ungebunden, kann ich nur in der Sehnsucht, die keinen Alltag, keine Wiederholung und keine Entzauberung kennt, wahrhaftig lieben? Wollte ich von Anfang an nichts weiter als eine Sehnsuchtsliebe. War es nicht von Anfang an so, dass es mir die Bar, die Theke und ihre Arbeit ermöglicht haben, mich beim Herannahen der Verwirklichung der Liebe stets zu entziehen. Kann ich die Liebe also nur in einem gewissen Sicherheitsabstand, der mich von ihrer Erfüllung trennt, mit ganzem Herzen genießen?

Ich verliere mich mal wieder in Selbstgesprächen, Vermutungen und lebensphilosophischen Spekulationen, die zu nichts führen. Ich befrage meinen Verstand und mein Verstand sagt das und dieses und jenes und dann befrage ich mein Herz und mein Herz sagt: vielleicht, vermutlich, unter Umständen, wahrscheinlich, eventuell, je nachdem und dann befrage ich meinen Verstand und mein Herz zugleich und mein Verstand und mein Herz sagen: ich weiß nicht und ich weiß nicht und ich weiß nicht!

Schlaf gut, vielgeliebte Stella, und träume etwas Schönes!

Dein Malik!

Fünfundvierzigster Brief

Atopos, Ende April 2006

Mein Gleichgewicht ist völlig aus den Fugen geraten. Ich bin unruhig, schlafe schlecht, kann mich nicht mehr verankern, habe keinen Halt mehr und das Wort Zufriedenheit scheint für immer und ewig aus dem Wörterbuch meiner Seele exekutiert worden zu sein. Die Ungewissheit unserer Beziehung quält, ermüdet und zermürbt uns und ich kann, ebenso wie Martha, diese unentwegte Anspannung kaum noch ertragen.

Wir sind uns nah und fern, begreifen und missverstehen, sind beleidigt und belustigt, sind uns an manchen Tagen vertraut an anderen wiederum völlig fremd. Die vergangenen Wochen und Monate haben uns durch das immerwährende anbranden und wieder zurückweichen unserer Liebe in einen gereizten Zustand versetzt, der jederzeit zu explodieren droht. Sogar unsere Augenberührungen, die vormals noch so weitherzig und sanftmütig waren, sind mitunter nur noch verärgert, gleichgültig, missmutig, distanziert und spöttisch. Darüber hinaus zweifelt sie an der Aufrichtigkeit meiner Gefühle. Sie fragt sich, ob ich nur ein Verführer und Betrüger bin, fragt sich, ob ich nur mit ihrem Herzen gespielt habe, um dadurch meine Eitelkeit zu befriedigen. Eventuell glaubt sie sogar, dass ich ihr alles nur vorgetäuscht habe und überhaupt keine Liebe für sie empfinde.

Wir machen keine Fortschritte, verlieren die Kraft zum schönen Spiel, sind nicht mehr leicht, nicht mehr unbefangen. Mitunter traurige Augenspiele im *Helsinki* und auch die Musik von *Big Sleep* wird nicht mehr aufgelegt, wird nicht mehr gespielt. Sie wendet sich ab und versucht mich zu ignorieren.

Sie hat sich inzwischen sogar dazu herabgelassen, mit anderen Gästen zu flirten, um mich eifersüchtig zu machen. Gut, wahrscheinlich tut sie das alles nur, weil sie mit ihrem Latein am Ende ist, weil sie nicht mehr weiß, wie sie mich ansonsten noch aus der Reserve hervorlocken soll. Immerhin zeigt sie mir durch dieses Verhalten, dass sie mich noch ein wenig mag, denn wäre ich ihr vollkommen gleichgültig, dann bräuchte sie sich nicht die Mühe zu geben, mich zu missachten und mir unterkühlte Blicke zuzuwerfen. Sie will, dass ich für sie kämpfe, will, dass ich mich zu ihr bekenne, will, dass ich ihr meine Zuneigung gestehe. Aber warum verlangt sie von mir etwas, dass sie selbst nicht wagt? Ist sie immer noch zu eitel und zu stolz, ist sie immer noch in ihrer passiven Frauenrolle befangen oder fehlt es ihr einfach nur an Selbstvertrauen, Kühnheit und Mut?

Es ist, als ob sich in unsere Liebe ein Missklang eingeschlichen hat, der uns ganz allmählich von innen heraus verzehrt und aushöhlt. Gelegentlich ist da schon jener illusionslose, enttäuschte und leidende Ausdruck in ihren tiefbraunen Augen, den ich aus dem Verfallsprozess anderer, früherer Liebschaften nur allzu gut kenne. Sie braucht ein Zeichen, eine Geste, um wieder hoffen zu dürfen. Wenn sie nur wüsste, wie oft ich bereits versucht war, jene drei Zauberwörter der Liebe auszusprechen. Tausendmal habe ich mir gesagt, dass ich alle Zweifel und Gewissensbisse zum Teufel schicken sollte; tausendmal habe ich mir gesagt, dass das Leben zu kurz ist, um sich solch eine seelentiefe Liebe entgehen zu lassen. Und tausendmal schon wollte ich mich nicht mehr wehren, die Süße des Abgrunds schmecken und sie einfach nur küssen. Ja, ohne Widerstand nur noch gleiten, fließen und mich verlieren; einfach nur mit ihr Sein und weder an das Gestern noch an das Morgen denken. Tausendmal schon wollte ich nachgeben, wollte ich sie umarmen, sie streicheln, in sie eindringen und mit ihr glücklich werden. Aber ich habe eben nichts dergleichen getan, habe stets in allerletzter Sekunde meine Augen gesenkt und meine Lippen verschlossen!

Etwas muss geschehen. Nur was?

Von allen Dingen in meinem Leben, bereitet mir meine Arbeit zurzeit am allerwenigsten Spaß. Ich bin befangen, bin nicht mehr frei, kann mich kaum noch auf die Bedürfnisse meiner Kundinnen konzentrieren. Es fehlt mir die Muße, die Stille, die Leere – Martha blockiert mein Denken, meinen Körper, meine Sexualität. Vielleicht arbeite ich auch einfach schon viel zu lange beim Begleitservice. Man könnte fast sagen, dass ich nach zwei Jahren als männliche Hure an einer Art von genitalem Überdruss leide. Ich habe all diese gespielten Orgasmen satt; habe keine Lust mehr auf all diese Schamlippen, diese wippenden Brüste und diese fremden Frauenkörper. Ich kann diese Taxis, Restaurants, Champagnerflaschen und Hotelbetten nicht mehr sehen und kann die Seufzer und das Gestöhne von all diesen oralen, klitoralen, analen oder vaginalen Sexspielen einfach nicht mehr ertragen! Ich habe genug von diesen bezahlten Rendezvous mit übergewichtigen Frauen, die eine Tonne Make-up in ihrem Gesicht verschmieren, um dadurch ihren verschrumpelten Gesichtern den Anschein von Jugendlichkeit zu verleihen. Ich kann diesen engen Spalt, diese feuchten Vaginen, diese gespreizten Beine und diese banale Nacktheit nicht mehr aushalten. Ich will mich nicht mehr verkaufen, will kein Lustobjekt mehr sein, will nicht mehr in uralte Vaginen ejakulieren. Ich möchte nicht mehr auf Knopfdruck galant, sinnlich und verführerisch sein und möchte zudem auch keine Angst mehr davor haben, mich mit HIV oder irgendeiner anderen Geschlechtskrankheit zu infizieren. Diese triebhaften, obszönen und wollüstigen Sex- und Machtspiele ohne Zärtlichkeit und ohne Mitgefühl ermüden mich – ich bin es leid, mich Nacht für Nacht diesen lieblosen und kaltherzigen Geschlechtsakten hingeben zu müssen. Kurzum: Ich will nicht mehr!

Etwas muss geschehen! Ich fühle mich wie ein Gefangener, der die Freiheit nur noch vom Hörensagen kennt. Ich bin nicht mehr glücklich, Stella, bin schon lange nicht mehr glücklich.

Schlaf gut und träume etwas Schönes!

Dein Malik!

Sechsundvierzigster Brief

Atopos, Anfang Mai 2006

Haltlos und entkräftet schleppe ich mich durch die heiteren Tage des Frühlings. Die Mauersegler und Schwalben piepsen lebhaft durch die Straßenschluchten, das noch junge Grün der Bäume schimmert hoffnungsfroh und an den Seitenwegen durchwebt der blühende Flieder mit seinem berauschendem Duft die Gehsteige der Stadt. Melancholisch schlendere ich durch meinen Märchenwald. Die Eichen funkeln lichtdurchstäubt, die lanzettförmigen Blätter der Weidenbäume wehen geschmeidig im sanften Frühlingswind, ein bunter Schmetterling labt sich am zuckerhaltigen Saft einer Birke und purpurfarben spiegeln sich die Blüten der Rhododendren in den Gewässern, auf deren glitzernder Oberfläche sich ein paar unbewegliche Schönwetterwolken malerisch eingezeichnet haben. Nachdenklich flaniere ich durch die lauwarmen und vom Mondschein silbern beglänzten Nächte und als ich gestern eine Sternschnuppe leuchtend am Himmelsgewölbe verglühen sah, wusste ich noch nicht einmal, was ich mir wünschen sollte. Ach Stella, immer noch empfinde ich eine zweigleisige Liebe, auf deren stählernen Schienensträngen die Züge in entgegen gesetzte Richtungen fahren.

Warum ist es nicht möglich, zwei Frauen gleichzeitig zu lieben? Muss ich wählen? Muss es denn immer so sein, dass die eine die andere Liebe ausschließt? Hier Martha: so wunderschön, so geistreich, so tiefsinnig und so begehrenswert; und dort du: ebenso wunderschön, geistreich, tiefsinnig und begehrenswert; hier sie und dort du. Aber bedauerlicherweise gibt es in der Liebe kein Und, sondern nur ein Entweder-Oder.

Warum kann man nicht in zwei Frauen zugleich verliebt sein? Gewiss kann man das, aber ebenso gewiss kann man nur mit einer von beiden zusammenleben! Die Liebe verlangt Treue, will nicht geteilt und nicht beliebig sein. Andererseits ist der Wunsch nach der sexuellen und emotionalen Treue des Partners ebenso tief in den Herzen der Menschen verwurzelt wie die Lust auf einen Seitensprung oder das Verlangen nach einer anderen Frau, nach einer neuen Liebe. Wie soll, wie kann ich all die Widersprüche der Liebe miteinander versöhnen? Die Liebe will alles. Sie will Freiheit und Abhängigkeit, will glühende Leidenschaften und verständnisvolle Fürsorge, will das Abenteuer und das Risiko in gleicher Weise wie den Alltag und die Sicherheit. Die Liebe will alles. Sie will allmächtig und exklusiv sein, denn nur dort, in der Liebe, werde ich in meiner Ganzheit anerkannt, gelebt, geliebt und verkörpert. Wenigstens in der Liebe will ich der Eine, will ich der Besondere sein! Ich muss mich also zu einer von euch beiden entschließen! Aber wie soll ich bei all der Verwirrung und Konfusion, die in meinem Herzen wütet, noch wissen, für wen ich mich entschließen soll? Möglicherweise bedarf es hier aber auch mehr als nur eines Entschlusses, möglicherweise muss ich wie jener Sultan aus Marcel Prousts *Eine Liebe von Swann* handeln, vom dem es da heißt:

Swann fühlte sich im Herzen jenem Mohammed den Zweiten verwandt, dessen Porträt von Bellini ihm so erfreulich war; dieser Sultan hatte, als er innewurde, dass er eine seiner Frauen bis zum Wahnsinn liebte, sie kurzerhand erdolcht, um – wie sein venezianischer Biograph ganz naiv berichtet – die Freiheit seines Geistes wiederzuerlangen.

Muss also auch ich, um wieder frei zu sein, eine von euch beiden ermorden? Ist der Mord einer Liebe in diesem Fall eine Notwendigkeit? Gibt es denn keinen Ausweg aus diesem teuflischen Prozess der Zerstörung, gibt es denn keinen Ausweg aus diesem ewigen Kreislauf, dieser ewigen Wiederkehr des Tötens und Liebens? Muss ich wirklich töten, um die Freiheit meines Herzens und meines Geistes wiederzuerlangen? Und schon fällt mir noch eine Gedichtstrophe von Oscar Wilde zu dieser unglückseligen Verbindung von Liebe und Mord ein:

Und jeder mordet, was er liebt,
Sei jeder das belehrt,
Mit schmeichelndem Wort, mit bitterem Blick,
Nach jedes Art und Wert;
Der Feige mordet mit einem Kuss,
Der Tapfere mit einem Schwert.

Womit soll ich töten, Stella: mit einem Kuss oder mit einem Schwert? Ist es nicht absurd, dass man dort, wo man nur lieben möchte, am Ende zu einem Mörder wird?

Schlafe dennoch gut und träume dennoch etwas Schönes!

Dein Malik!

Siebenundvierzigster Brief

Atopos, Dienstag, den 16. Mai 2006

Am Sonntag war ich bei einer Kundin, die dein Parfüm trug. Wir hatten uns in einem Restaurant verabredet und als ich dieses fruchtig-blumige Aroma deines Parfüms wahrnahm, wurde mir ein wenig schwindelig. Ich fragte die Kundin, die sich Christina nannte und überaus hübsch war, welches Parfüm sie heute Abend trage und als die Kundin sagte, dass es *Tiffany* sei – ich also die Gewissheit hatte, dass es tatsächlich dein Parfüm war – wurde mir ganz schwer ums Herz. Die Kundin fragte mich etwas eingeschüchtert, ob ich irgendein Problem mit diesem Parfüm hätte, was ich verneinte. Ich entschuldigte mich bei Christina für meine Aufdringlichkeit und übergab mich für den Rest der Nacht an einen Duft, der in meiner Seele unendlich viele bezaubernde Bilder heraufbeschwor und wacherzählte.

Was für eine Nacht, Stella! Zum ersten Mal seit unserer Trennung habe ich wieder dein Parfüm gerochen und es war, als ob ich dich in jeder einzelnen Geruchsnote sehen, fühlen und berühren konnte.

Wir gingen in ein Hotelzimmer. Christina hatte, was mich an diesem Abend jedoch alles andere als störte, viel zu viel Parfüm aufgetragen. Das Licht war ausgeschaltet und meine Augen geschlossen. Ich konnte mich also ganz und gar auf den Geruch konzentrieren. Ich schnupperte an Christinas Körper und wenngleich ihr Eigengeruch die Reinheit meiner Erinnerungen auch etwas verwischte, so gelang es mir durch die Duftnoten deines Parfüms, durch dieses herrliche Gemisch aus Jasmin, Rose, Orangenblüte, Sandelholz und

Vanille – die Ingredienzien habe ich im Internet recherchiert – mir die Illusion zu bewahren, dass du die Frau seiest, mit der ich da gerade schlief.

Ich roch und drang in dich ein. Ich spürte deinen Atem, hörte dein Herz schlagen und blickte verliebt in deine sehnsüchtigen Augen. Du warst anwesend, vielgeliebte Stella, du warst in diesem Hotelzimmer und hast mit mir in dieser Nacht Liebe gemacht. Unentwegt durchflutete und umtastete mich jenes vertraute und liebevolle Aroma deines Parfüms, das dich wie von Zauberhand Minute um Minute herzergreifend gestaltete und belebte. Mit jedem Heranwehen einer Duftnote verlor ich mich mehr und mehr in der Phantasie deiner Anwesenheit und wurde im Bett schließlich so leidenschaftlich, dass sich Christina, nachdem ich meinen Höhepunkt erzitternd erreicht hatte, ein wenig vor mir fürchtete. Ich dagegen hatte jede Sekunde genossen.

Wir zogen uns an und ich strahlte und ich war berauscht und ich gab der verwirrten Christina das Geld für die Nacht zurück und fühlte mich dir so nahe, vielgeliebte Stella, fühlte mich dir so unglaublich nahe!

Um mich auch weiterhin in dir verlieren zu dürfen, habe ich mich weder am nächsten Morgen noch am darauf folgenden Tag gewaschen. Ich habe den Nachgeruch deines Parfüms, der sanft und anschmiegsam an meinem Körper haftete, bis in die hintersten Winkel meines Herzens zurückverfolgt und jede verbliebene Duftnuance Stunde um Stunde zärtlich in mich hinein geatmet. Ach Stella, diese Wiederauferstehung deines Bildes durch dein Parfüm, diese duftumwobene Wiedererweckung deines Herzens in meinem Herzen, hat mir nochmals auf ganz wundersame Art und Weise offenbart, wie sehr ich an dir hänge und wie sehr ich dich liebe. Zudem glaube ich nicht mehr an Zufälle! Diese geheime Duftbotschaft war ein Wink des Schicksals und ich sehe jenes goldene und elegante Kristallflakon in unserem Badezimmer und denke, dass dies alles kein Zufall war und ich dich liebe.

Schlaf gut und träume etwas Schönes!

Dein Malik!

Achtundvierzigster Brief

Atopos, Samstag, den 27. Mai 2006

Ich werde für einige Zeit verreisen, denn hier, in Atopos, in Marthas Nähe, halte ich es einfach nicht mehr aus! Ich muss weg, brauche einen räumlichen Abstand, muss mich loslösen, um mich fern von dieser unentschlossenen Liebe hoffentlich wieder zu finden. Schon wieder eine Frau, vor der ich fliehe! Das Leben ist seltsam, Stella, das Leben ist mitunter wirklich seltsam! Nun gut: das Geschehene lässt sich nun einmal nicht mehr rückgängig machen und ich bin überzeugt davon, dass es mir nur fern von hier gelingen kann, meinen Seelenfrieden wiederzuerlangen. Ich weiß nicht, für wie lange ich verreisen werde, weiß nicht, ob es Wochen oder gar Monate werden? Ich habe mir vorgenommen, mir Zeit zu lassen, mich nicht unter Druck zu setzen und mich einfach nur zu erholen. Ich brauche Ruhe und Stille, brauche jetzt einfach sehr viel Ruhe und Stille.

Adieu, vielgeliebte Stella!

Ich umarme, küsse und liebe dich!

Dein Malik!

Neunundvierzigster Brief

Atopos, Anfang September 2006

Es war eine lange Reise und ein ungemein gefühlsintensiver Sommer. Wo beginnen, wo soll ich einsteigen, was war wichtig und was unbedeutend, worüber sollte ich lieber schweigen und was soll ich dir jetzt erzählen?

Vorbei an allen kulturellen Sehenswürdigkeiten und all den großartigen Metropolen, bin ich mit Zügen und Überlandbussen, von Kleinstadt zu Kleinstadt gefahren. Ich habe in billigen Motels geschlafen, habe viel nachgedacht, viel geraucht und viel zu viel getrunken. Sogar meinen Geburtstag habe ich saufend von morgens bis nachts an der Theke einer schmierigen Kneipe verbracht. Ich erinnere mich nur noch dunkel an stumpfsinnige Gespräche und an eine Wut und an Beschimpfungen und schließlich an meinen unwürdigen Rausschmiss aus dieser Kneipe. Was für ein bezaubernder Geburtstag.

Am Anfang, im Juni, war alles grausam und grausam und grausam! Rückblickend kann ich kaum noch begreifen, dass ich mich in jenen Tagen so sehr habe hängen lassen: Ich lag einfach nur bewegungslos in meinem Bett, habe mich weder angezogen noch rasiert, die Fenstervorhänge blieben geschlossen, das Essen und die Getränke wurden mir an die Tür geliefert und die Vor- und Nachmittage habe ich damit verbracht, mir die Spiele der Fußballweltmeisterschaft im Fernsehen anzuschauen. Und wann immer ich die Bilder aus München, Dortmund, Hamburg oder Berlin in diesem kleinen Kasten flimmern sah, habe ich dein Gesicht, habe ich deine wundervollen Augen in den Zuschauerrängen der

Stadien gesucht. Ja, ich habe kaum auf die Spiele geachtet und mir immer nur gewünscht, dass die Kamera ins weite Rund des Stadions schwenkt, damit ich dich vielleicht für ein paar wenige Sekunden sehen kann. Vier Wochen lang habe ich dich im Fernsehen gesucht und nicht gefunden!

Endlose schwülheiße Sommernächte, die ich in irgendwelchen Bars ertrunken habe. Ich saß an der Theke, habe einen Drink nach dem anderen bestellt, das *Helsinki* und Martha vermisst und dann wieder dich und Berlin vermisst. Ich habe versucht, mich zu hinterfragen, habe ernsthaft versucht, all meine Denkkraft zu bündeln, um zu einer Entscheidung zu kommen. Aber da war nichts, da war nur Leere, Müdigkeit, Erschöpfung und Überdruss. Ich war verzweifelt und wütend, war so lange verzweifelt und wütend, bis irgendwann in der Nacht die betäubende Wirkung des Alkohols einsetzte, die mein Denken wenigstens für ein paar Stunden von all meiner trübsinnigen Unentschlossenheit befreite.

So war das also während der Weltmeisterschaft vom 9. Juni bis zum 9. Juli – draußen das hell schimmernde, angriffslustige Licht des Sommers, mit dem ich nichts zu tun haben wollte, draußen der luftige und federleichte Flug der flaumbesetzten Pappelsamenflocken, der mir nochmals vor Augen hielt, wie träge und bleischwer ich inzwischen geworden war und drinnen, im Hotelzimmer, ein dunkel umwölktes Herz und das tiefschwarze Kreisen der Fliegen, das ich stundenlang beobachtete und ein Fernseher, auf dem ich wochenlang vergeblich dein Gesicht suchte. Meine Stimmung verschlechterte sich von Tag zu Tag. Ich wurde mürrischer, empfand einen inneren Widerwillen gegen einfach alles und jeden und fing sogar damit an, dich, mich, Martha und das Leben zu hassen. Ich verlor meine Haltung, meine Würde und war einfach nur noch traurig, niedergeschlagen und verzweifelt. Im Nachhinein komme ich mir so dumm, naiv und kindisch vor. Warum bin ich nicht einfach aufgestanden und tätig geworden? Warum nur wieder all diese Selbstzerstörung, dieser Hass, diese Angst und diese Wut?

Erst das Finale in Berlin – jenes kampfbetonte Weltmeisterschaftsfinale am 9. Juli zwischen Frankreich und Italien, in dem Zinedine Zidane in einem jähzornigen Augenblick des Kontrollverlustes Marco Materazzi mit einem Kopfstoß zu Boden wuchtete und als tragischer Held das Spielfeld verlassen musste – brachte den Wendepunkt zum Besseren. Sobald der Schlusspfiff erklungen und Fabio Cannavaro den Pokal für die Italiener in seinen Händen überglücklich zum hell erleuchteten Berliner Nachthimmel empor reckte, da nahm ich mir vor, mich aus diesem Sumpf von Selbstmitleid, Alkohol und Lebensüberdruss herauszulösen. Ich hatte einfach genug von diesem Dreck, diesem Schmutz und dieser Antriebslosigkeit, hatte die Schnauze gestrichen voll von meiner jämmerlichen Wehleidigkeit und wollte wieder leben, frei atmen und glücklich sein.

Im Juli und August sollte es dann wieder ganz allmählich bergauf gehen mit mir. Ich rasierte mich wieder jeden Morgen, achtete auf meine Kleidung, ging wieder aufrecht, trank Kaffee, las Zeitungen, kaufte mir Bücher (*Das kurze Leben* von Juan Carlos Onetti und Stendhals *Rot und Schwarz*), rauchte weniger und unternahm, trotz der sengenden und einschläfernden Hitze des Hochsommers, ausgedehnte Spaziergänge in die jeweiligen Naturlandschaften meiner Kleinstädte. Ich fügte mich wieder in das Leben ein und ab und zu gelang es mir sogar, mich in der Betrachtung der Außenwelt, mal wieder ganz und gar zu vergessen. Ich schaute wieder hin: Ein warmer Sommerregen, sprühend in der hochgelben Mittagssonne und in naher Ferne ein vielfarbiger Regenbogen, der die Erde malerisch mit dem Himmel verband und an einem anderen Tag ein prasselnder Sommerregen, dessen Regentropfen in den Wasserlachen konzentrische Kreismuster bildeten und später, nach dem Regenschauer, in der Nacht, die vereinzelt im Blattwerk einer Kastanie hängenden Regentropfen – im Licht einer Straßenlaterne – mir in ihrer Gesamtheit wie ein elegant funkelndes Perlenkleid erscheinend. Ich wurde wieder ruhiger und aufmerksamer und sah wieder hin.

Ein kleiner Park mit Linden: Die Julisonne durch die dichten Baumkronen in Licht und Schatten gebrochen und in der Luft der rotierende Flug eines zungenförmigen Hochblattes mit winzigen Kügelchen, die ein stummes Glockenspiel erklingen ließen und ganz woanders ein sanft geschwungenes Tal, in dem das Nachmittagslicht stimmungsvoll schimmerte und zerstob und man das glühendheiße Erzittern der Luftschichten wie Musik erhören konnte und an einem anderen Tag wiederum dicke, schneeweiße Wolken, die sich inmitten des Hochsommers am Himmel zu gigantischen Gletschergebirgen auftürmten und in der Nacht, in einem weit abgelegenem Bergdorf, zwei verglühende Sternschnuppen (ganz so, als ob mir der Himmel sagen wollte, dass man sich in Anbetracht des Universum nur ja nicht zu wichtig nehmen sollte), zwei anmutig verglühende Sternschnuppen, an deren lichtdurchwobenen Schweif ich meine verborgenen Wünsche heftete. Ich wurde gelassener und gelegentlich schaffte ich es sogar, mich im Nicht-Denken, mich in jener rätselhaftesten und zugleich glücklichsten Form des Denkens, wiederzuentdecken.

Ungeachtet all meiner Fortschritte, verlief der Genesungsprozess meines Herzens in den folgenden Wochen jedoch alles andere als geradlinig. Stets gab es Rückfälle in den

Schmerz und die Trauer, in denen die Bilder der Liebe mein Denken zermürbten; es war, als ob eure Bilder mich in meiner Seele anschreien würden, mich verführten, lockten, verachteten, mich abstießen, hassten, umflüsterten und begehrten – ein Widerstreit der Bilder, die sich unerbittlich bekämpften und meiner ohnehin schon überforderten Gefühlswelt kaum eine Verschnaufpause gönnten. Hundertfach verlief ich mich in den Labyrinthen meines Herzens, ohne dabei jedoch wie einst Theseus einen Faden zur Hand zu haben, der mir die Rückkehr ans Licht ermöglicht hätte. Ich fing wieder an zu trinken, wusste weder ein noch aus, fühlte mich schlapp und gebrochen. Das einzig Gute war, dass mich diese Zustände der Verzweiflung nicht mehr so gehäuft wie zuvor befielen. Ich war jetzt gefestigter und darüber hinaus zeichnete es sich Schritt für Schritt in meinem Herzen ab, dass ich zu dir, vielgeliebte Stella, zurückkehren wollte.

Gewiss gab es Zweifel – immer wieder fragte ich mich: Und was, wenn Martha doch die Richtige ist und was, wenn sich Stella inzwischen in jemand anderen verliebt hat? Aber da war dieses zunehmende Entgegenleuchten deiner Augen, da war dieses sich ausdehnende und sich verdichtende Hervorleuchten der feinen Nuancen und Schattierungen unserer Liebe, das alles andere nach und nach sanftmütig überstrahlte. Dein Bild, dein Herz und deine Seele breiteten sich in mir aus, wurden größer und größer und erfüllten und umwehten mich eines Tages schließlich so vollkommen, dass ich, irgendwann Anfang August, keinen Ariadnefaden mehr brauchte, da sich das Labyrinth aufgelöst hatte. Die Liebe ist dort, wo Sprache und Vernunft enden; die Liebe ist Glauben, ist der Glauben an eine unerforschliche Wahrheit, die ich, aus welch tausendfachen Gründen auch immer, in dir wieder gefunden habe. Ja, vielgeliebte Stella, du bist die Frau, du bist die Eine, mir der ich ganz gewiss den Rest meines Lebens verbringen möchte!

Nachdem die Entscheidung gefallen war, fühlte ich mich befreit und glücklich. Ich hätte jeden Menschen vor lauter Freude umarmen und küssen können, hüpfte pfeifend durch die Wälder und Dörfer und fühlte mich so leicht und fröhlich wie schon lange nicht mehr. Dies war jedoch ein typischer Fall manisch-depressiven Verhaltens, denn sobald jener erste Rausch – der uns ähnlich wie bei der Einnahme von Drogen und Betäubungsmitteln, nachdem sie ihre erfrischende, schmerzlindernde und lebhafte Wirkung verloren haben, nur noch um so tiefer in die Banalität des Alltags zurückwirft – verklungen war, verfiel ich abermals in das große Tal der Tränen. Mitunter war ich sogar wütend auf dich (vielleicht hasste ich dich sogar auch ein wenig), da die Liebe zu dir, mir die Liebe zu Martha versperrte. Was sind wir Menschen – sofern es sich um unser Verlangen und unsere Begierden handelt – doch nur für Egoisten! Der unwiderrufliche Entschluss, mich für immer von Martha zu trennen, mich endgültig von ihrer phantastischen Liebeswirklichkeit zu verabschieden, rief in mir ein gewaltiges Nachbeben hervor, das mein Herz nochmals zutiefst erschütterte. Ich musste akzeptieren, dass es kein zukünftiges Glück mit Martha geben wird und habe dich verflucht, da diese Liebe nunmehr, ohne dass sie jemals die Sinnesfreuden ihrer Körper genossen hätte, auf ewig unerfüllt bleiben würde. Ja, ich musste mich an den schwer zu ertragenden Gedanken gewöhnen, dass ein Leben mit ihr, das ich mir in meinen Träumen noch so zauberhaft ausgemalt hatte, keine Möglichkeit mehr für mich darstellte; musste meine glühende Sehnsucht nach ihr, die nach meiner Entscheidung auf ein Neues sprunghaft in meinem Herzen angestiegen war, pausenlos unterdrücken und bekämpfen und außerdem zum wiederholten Male schmerzhaft erlernen, dass Beschränkung bisweilen Freiheit bedeutet. Ich war enttäuscht, verbittert und betrübt, trauerte meinen verlorenen Illusionen hinterher und fühlte mich unglaublich leer, ernüchtert und entzaubert. Tagelang ging ich spazieren, um all das Erlebte und Empfundene mit Martha in meinem Herzen ausklingen zu lassen. Das hat wehgetan, Stella, das hat richtig wehgetan!

Etwa Mitte August war es dann ausgestanden, oder, treffender formuliert, war zu diesem Zeitpunkt die Wunde Martha soweit verheilt, dass ich mich wieder auf andere Dinge konzentrieren und freuen konnte. Es war mir gelungen, mich selbst nach diesem Kreuzverhör frei zu sprechen. Ich fühlte mich nicht mehr schuldig, der Widerstreit in meinem Herzen war geschlichtet, meine Seele war wieder mit sich im Reinen und mein Verstand war so unbewölkt und klar wie der strahlend blaue Augusthimmel, unter dem ich nunmehr mein Leben wieder genießen konnte. Alles war eingerenkt und zurechtgerückt, alles war, obgleich mir die Herzwunde Martha ab und zu einen heftigen Stich verpasste, plötzlich wieder so heiter, durchsichtig und beseelt.

Mittlerweile bin ich schon wieder seit ein paar Tagen zu Hause und nichts hat sich an meiner Entscheidung für dich verändert! Ach Stella, ich wünsche mir so sehr, dass auch du mich noch liebst, wünsche mir so sehr, dass wir eine gemeinsame Zukunft haben! Wirst du am 15. Oktober nach Paris kommen? Du musst einfach kommen! Versprich mir, dass du am Fünfzehnten in Paris sein wirst! Ach Stella ...

Ich umarme, vermisse, küsse und liebe dich!

Dein Malik!

Fünfzigster Brief

Atopos, Mitte September 2006

Ich habe bei der Begleitagentur gekündigt, war beim Urologen und nachdem die Testergebnisse ergaben, dass ich kerngesund, mich also mit keiner Geschlechtskrankheit infiziert habe, kannst du dir bestimmt vorstellen, wie erleichtert und glücklich ich darüber war. Kein HIV, kein Tripper, kein Aids, einfach nur gesund. Ach Stella, Gott sei dank bin ich gesund, Gott sei Dank bin ich vollkommen gesund!

Vergangene Woche habe ich dann all meine Stammkundinnen – an verschiedenen Tagen und ohne Sex – nochmals zu einem Abschiedsessen eingeladen. Bis auf Rachel (das war die Frau, mit der ich immer gemeinsam masturbiert habe) sind alle meiner Einladung gefolgt. Mit Sue habe ich darüber geschmunzelt, wie nervös ich bei meinem ersten Mal gewesen bin; die alte Frau Stoddelmeyer, für die der Sex wie eh und je eine nicht zu versiegende Quelle der Lust und Freude zu sein scheint, hat meinen Weggang zutiefst bedauert und gemeint, dass mit mir ein großes Talent verloren ginge; Nora, die rätselhafte und undurchsichtige Nora, schien wirklich betrübt und melancholisch darüber zu sein, dass sie mich nicht mehr sehen würde (ich glaube, dass ich ihr auch als Mensch ein wenig ans Herz gewachsen bin); und Madame Louise zitierte wie immer Ninon de Lenclos, bezeichnete mich spöttisch und ironisch (da ich immer noch an die Liebe glaube) als einen Volltrottel und wünschte mir dennoch liebevoll und aufrichtig alles Gute für meine Zukunft.

Ich weiß nicht, ob ich dir jemals von meiner Arbeit bei der Begleitagentur erzählen werde, weiß nicht, wie du darauf reagieren würdest, weiß nicht, ob diese Geschichten in Blaubarts geheime Kammer gehören, in jene Kammer also, die du niemals betreten solltest. Ich für meinen Teil habe bei diesen Abendessen jedenfalls festgestellt, dass ich nichts bereue. Die Bilder der Frauen sind in mir, sind verwaschen und klar, sind weder tiefgründig noch oberflächlich. All diese Nächte sind wie aufblitzende Schnappschüsse, die ich in einer Art von Parallelwelt erlebt habe, sind helle und dunkle Erinnerungen, die ich weder kommentiere noch hinterfrage. Ich weiß nicht, was ich dort, bei den Frauen, gesucht, weiß nicht, ob ich etwas gefunden, weiß nur, dass ich es getan habe und obschon mein Verstand sich immer noch über mich wundert, scheint meine Seele etwas zu begreifen, das mich weder quält noch ängstigt, scheint meine Seele etwas zu erfassen, das mich, aus welchen Gründen auch immer, im Nachhinein sogar beschwichtigt.

Gewiss ist immerhin, dass ich durch diese Arbeit soviel Geld verdient habe, dass ich für die nächsten zwei bis drei Jahre finanziell völlig abgesichert sein werde und wer weiß, vielleicht können auch wir von den Erfahrungen, die ich in diesem Beruf gesammelt habe, im Hinblick auf unser erotisches Zusammenleben ein wenig profitieren. Ich kann es jedenfalls kaum noch erwarten, mit dir Liebe zu machen, kann es kaum noch erwarten, dich in meine Arme zu schließen und kann es überdies kaum noch erwarten, dir treu zu bleiben! Verstehst du, Stella, ich bin kein Don Juan, für den Sex die Quintessenz des Daseins verkörpert – nein, ich will endlich wieder lieben, will dich endlich wieder lieben!

Schlaf gut und träume etwas Schönes!

Dein Malik!

Einundfünfzigster Brief

Atopos, Ende September 2006

Seit ein paar Wochen verabschiede ich mich, während der Herbst sich mancherorts mit seiner Entblätterung und Entfärbung bereits in den Spätsommer hinein geschlichen hat, ganz still und leise von dieser lebendigen Stadt und ihren wunderbaren Menschen. Ich werde die Straßen, Häuser und meine Wohnung, vor deren Eingangstür bereits die scharlachroten Beerenbüschel der Eberesche als Vogelfutter für die bevorstehenden kalten Monate herangereift sind, werde die Platanenallee, in der im Widerschein der golden schimmernden Straßenlaternen sich das Schattengeäst der Bäume samt ihres wehenden Blattwerkes und ihrer baumelnden Kugeln anmutig in den Asphalt, auf dem das nächtliche Leben pulsiert, eingezeichnet hat, werde das *Obst & Gemüse*, die ungezwungenen Plaudereien am Stehtisch vor dem Kiosk, werde Oma, Eddie, die Jungs aus Ghana, werde Andrej, Fabien, Scott, die Südamerikaner und die lustigen Dempsey Zwillingsbrüder, werde diese ungeschliffenen und derben, diese kantigen und unvernünftigen und doch zugleich auch so liebenswürdigen und warmherzigen Charaktere, mit denen ich soviel Spaß hatte, ebenso wie die Leute vom *Helsinki* ganz bestimmt vermissen; ja, ich werde Rafael, Jacek und Gary, werde Daniele, den Gauner und all die anderen, werde den heruntergekommenen Typen mit seinen zwei eleganten Cockerspaniel, der immer noch Nacht für Nacht um Punkt 2.30 Uhr die Bar betritt, um einen Whisky zu trinken, werde die Kellnerinnen, insbesondere Teresa und Julia, von denen ich dir schon bald mündlich vielleicht etwas mehr erzählen kann, werde diese verträumten, nachdenklichen, geselligen, heiteren und alkoholdurchtränkten Barnächte, die mitunter bis zum Sonnenaufgang andauerten, ebenso wie den Perser Mahmud, bei dem ich meine Milch um die Ecke eingekauft und meine Nachbarn Magda und Antonio sowie ihre beiden süßen Kinder Marcello und Maria, deren Schlaf ich gelegentlich gehütet habe, werde all diese Menschen, die mir in den letzten drei Jahren so vertraut geworden sind, in gleicher Weise wie meinen Märchenwald, der mir durch sein bezauberndes Ineinandergreifen der Naturelemente einen Maßstab für die Schönheit und Harmonie des Lebens gegeben und mir darüber hinaus aufgezeigt hat, wie man trotz aller Widersprüchlichkeit, sich zu einer bejahenden Einheit formen und gestalten kann, werde also kurzum dieses Leben in Atopos, in das ich mich inzwischen, nach anfänglichen Startschwierigkeiten, liebevoll hinein verwoben habe, ganz bestimmt vermissen! Ach Stella, du weißt, wie schwer es mir fällt, einen Ort, an den ich mich gewöhnt habe, zu verlassen. Jeder Abschied schmerzt, da er einem die Vergänglichkeit des Lebens, die sich im Alltag so geräuschlos und unbemerkt vollzieht, schonungslos vor Augen führt. Aber so ist das Leben nun einmal, es muss fließen, in Bewegung bleiben, muss voranschreiten und sich weiterentwickeln! Alles andere wäre der Stillstand, wäre der Tod, wäre eben alles andere als das Leben!

Und was ist mit Martha? Ich habe sie seit meiner Rückkehr nicht mehr gesehen, bin ihr bewusst aus dem Weg gegangen und hoffe, dass ich ihr nicht allzu weh getan habe, hoffe inständig, dass ich ihr Herz nicht gefangen halte und sie mich schon bald vergessen haben wird. Ich müsste lügen, wenn ich behaupten würde, dass ich nichts mehr für sie empfinde. Ich spüre ihre Kraft, ihre Nähe, ihr Begehren und ihre Sehnsucht und natürlich sind da auch all die traurigschönen Erinnerungen an sie, die hier, in Atopos, an nahezu jeder Ecke auf mich lauern. Ich sehe unsere stummen Augenspiele, sehe ihr verliebtes Augenleuchten, ihre sanfte Schönheit, sehe all diese Monate voller zarter Hoffnungen und wehmütiger Träumereien und ertappe mich dabei, wie ich gelegentlich denke, etwas Wunderschönes aufgegeben und verpasst zu haben. Aber es sollte eben nicht sein und vielleicht ist es ja auch gut so. Möglicherweise werden wir uns sogar in einigen Jahren, nachdem sich das Verlangen verflüchtigt, die Gefühle abgekühlt und die Liebe verklungen sein wird, sanftmütig und zärtlich an diese Augenaffäre zurückerinnern? Vielleicht wird es dann sogar so sein, dass wir dieser Sehnsuchtsliebe, die sich nie erschöpfend verwirklichen durfte, dass wir den vergilbten Bildern dieser Sehnsuchtsliebe einen bevorzugten Platz in den Gemächern unserer Herzen zugewiesen haben werden, um uns bisweilen mit einem wehmütigen Lächeln, das uns wärmt und glücklich stimmt, an jene zauberhaft stummen Augenspiele zurückerinnern zu dürfen? Vielleicht werden wir uns aber auch einfach nur vergessen und zu einer kaum wahrnehmbaren Episode in unserem Gedächtnis verkümmern. Wie dem auch sei: Ich wünsche ihr, dass sie schon bald eine neue Liebe finden wird, wünsche ihr aufrichtig und aus ganzem Herzen alles Glück der Welt!

Ist Martha das Opfer und der Preis, den ich für unsere Liebe bezahlen muss? Habe ich Martha verloren, um dich dafür zu gewinnen? Habe ich dich denn gewonnen oder werde ich womöglich am Ende, als gerechte(?) Strafe für all meine Verfehlungen und Dummheiten, die ich in den letzten paar Jahren begangen habe, mit leeren Händen dastehen?

Spätsommerliche, nahezu herbstliche Tage des Abschieds und des Aufbruchs, sonnenumflüsterte, nahezu entwärmte herbstliche Tage der Melancholie und der Vorfreude, durchmischt mit der Angst, dass du mich nicht mehr liebst.

Ach Stella, komm nach Paris, bitte sei am Fünfzehnten in Paris!

Ich umarme, küsse und liebe dich!

Dein Malik!

Zweiundfünfzigster Brief

Atopos, 10. bis 14. Oktober 2006

Jetzt wird es ernst! Meine Wohnung ist für Mitte Oktober gekündigt, für den Verbleib meiner Möbel habe ich gesorgt (die Jungs aus Ghana werden sie abholen und auf einem Flohmarkt verkaufen), jene Bücher, die mir wichtig waren, wurden von mir postlagernd nach Berlin geschickt (die anderen habe ich einem sympathischen Antiquariatsbesitzer geschenkt) und das Flugticket von Atopos nach Paris (natürlich nur One Way) ist schon längst gebucht. Ich für meinen Teil habe also alles dafür getan, um dir in ein paar Tagen frei und unbelastet entgegen treten zu können. Ich habe mich bedingungslos für dich entschieden und kann jetzt nur noch darauf hoffen, dass du mich noch liebst, kann mir jetzt nur noch wünschen, dass du am Sonntag in Paris sein wirst! Ach Stella ...

Nur noch ein paar Tage, nur noch ein paar Tage bis Paris!

Ich bin so aufgeregt, vielgeliebte Stella, bin so unglaublich aufgeregt! In meinen Träumen sind wir auf dem Petit Pont ohne uns zu erkennen blindlings aneinander vorbei gelaufen; in meinen Träumen bin ich von der Brücke gesprungen, habe dich gehalten, verfehlt und geküsst; in meinen Träumen hattest du einen Unfall und ich konnte – ganz so, als ob ich eine erstarrte Steinfigur gewesen wäre – mich nicht mehr von der Stelle fortbewegen, um dir zu helfen. In meinen Träumen habe ich mich hoffnungslos in den verwinkelten Gassen von Paris verlaufen und in einem meiner letzten Träume sind wir Hand in Hand, sind wir leichtfüßig und verliebt an der Seine entlang flaniert. Meine Träume haben mir viel erzählt, Stella, sehr viel haben sie mir in der Nacht erzählt und doch haben sie mir nichts und nichts und wieder nichts verraten! Ich habe Angst, vielgeliebte Stella, ich habe richtig Angst!

Nur noch ein paar Tage, nur noch ein paar Tage bis Paris!

Die Stadtgärtner schneiden zurzeit einige alte Bäume zurück, sägen ihnen einige Äste ab – damit sie in Zukunft, genauso wie unsere Liebe, verjüngt erblühen können? Drei Jahre sind eine lange Zeit, sind eine verdammt lange Zeit! Hast du dich verändert? Begehrst du mich noch? Werden wir uns verstehen, werden wir uns lieben oder werden unsere Herzen möglicherweise nichts mehr füreinander empfinden?

Die Blätter fallen nahezu lautlos zu Boden und heute Nachmittag stand ich vor einer Linde, deren herzförmiges Blattwerk im Wind erzitterte, heute Nachmittag stand ich frierend und nachdenklich vor einer uralten Linde, deren goldfarbene Liebesherzen von der immerzu kraftloser werdenden Sonne und einem mitunter stürmisch aufbrausenden Herbstwind mit dem Tod durch Verwelken bedroht wurden. Ich habe Angst, Stella, habe eine fürchterliche Angst davor, dass du am Sonntag nicht in Paris sein wirst.

Nur noch ein paar Tage, nur noch ein paar Tage bis Paris!

Und was, falls du da sein wirst und wir erneut ein Liebespaar werden? Was wird uns davor bewahren, jene Fehler, die damals unser Scheitern besiegelten, nicht mehr zu wiederholen? Sind wir in den vergangenen drei Jahren ruhiger, ausgeglichener, gefestigter und reifer geworden? Ach Stella, wird es uns diesmal gelingen, den richtigen Abstand zwischen Nähe und Distanz, wird es uns diesmal gelingen, den richtigen Takt und Rhythmus für unsere Beziehung zu finden? Haben wir das geistige und seelische Format, um dem Überdruss zu entkommen und die Widersprüche und Unterschiede, die Disharmonien und Unvereinbarkeiten, die sich zwangsläufig irgendwann ergeben werden – anstatt sie zu verneinen – bejahend in unsere Liebe mit hinein wehen zu lassen? Haben wir das notwendige Selbstvertrauen und den Mut, um den Anderen in seiner Fremdheit und in seinem Anderssein zu akzeptieren? Sind wir inzwischen erfahren genug, um uns nicht mehr vom Liebeswahn auf ein ungetrübtes Glück verrückt machen zu lassen und werden wir die nötige Phantasie besitzen, um uns, auch noch nach zehn, zwanzig oder dreißig Jahren, immer wieder aufmerksam und interessiert wacherzählen zu können?

Gewiss kennen wir uns in- und auswendig und doch gilt doch auch hier, in der Liebe ebenso wie im Leben, die Maxime des Heraklit, dass man niemals zweimal in denselben Fluss steigen kann. Ist die alltägliche Wiederverzauberung in einer dauerhaften Beziehung möglich? *Schläft ein Lied in allen Dingen / Die da träumen fort und fort / Und die Welt hebt an zu singen / Triffst du nur das Zauberwort.* Wird es ausreichen, den Blickwinkel nur um ein Klitzekleines zu verändern, um das Ereignis der tagtäglichen Wiederholung als ein Abenteuer zu begreifen; wird es genügen, die Tiefenschärfe unserer Objektive nur um eine winzige Drehung zu verstellen, damit wir uns immer wieder grundverschieden erkennen und entdecken können und werden wir es schaffen, uns ähnlich wie die Natur im Wandel ihrer vier Jahreszeiten als

Gleiches stets abwechslungsreich und vielschichtig fortzuentwickeln?

Sind wir für all dies und noch vieles mehr inzwischen bereit? Warum eigentlich nicht? Ja, warum sollte uns das alles eigentlich nicht gelingen? Ach Stella, wir gehören einfach zusammen, sind vielleicht doch wie jene zwei getrennten Teile aus Platons Gastmahl, die, aus welch unerfindlichen Gründen auch immer, füreinander bestimmt wurden. Ja, vielgeliebte Stella, lass uns zu einem von diesen harmonischen und schönwüchsigen Kugelwesen heranreifen, lass uns rund werden und gemeinsam verspielt und unvernünftig durch dieses Leben tollen!

Nur noch ein Tag bis Paris, nur noch ein Tag bis Paris!

Ich bin zu allem bereit: Heiraten, Haus, Kinder, Garten und Hund – warum nicht? –, aber ebenso wäre ich damit zufrieden, wenn wir uns selbst genügen würden. Ich möchte dich respektieren und achten, ganz so wie du bist. Ich möchte mit dir gemeinsam durch alle Höhen und Tiefen gehen, möchte mit dir alt werden, möchte deine Schwächen und Unvollkommenheiten anerkennen, möchte dich weder verändern noch erlösen, möchte mit dir enttäuscht und begeistert, wütend und beschwichtigt, dumm und geistreich, entkräftet und beseelt, trübsinnig und aufgeheitert sein; möchte einfach nur mit dir aufwachen, dich küssen, mit dir streiten, mich mit dir langweilen, dich halten, in dich eindringen, dich riechen, deinen Atem verspüren, mit dir spazieren gehen, mit dir lachen und mit dir einschlafen, kurzum: Möchte dich einfach nur lieben!

Nur noch ein Tag bis zum Petit Pont, nur noch ein Tag bis zu deinem warmen und weichen Körper, nur noch ein Tag bis zu deinem wundervollen Lächeln, nur noch ein paar Stunden bis zur Liebe, nur noch ein paar Stunden bis zu jenem heilsamen Blick deiner bezaubernden Augen, den ich in den vergangenen drei Jahren so sehr vermisst habe!

Und jetzt nur noch zu dir, vielgeliebte Stella, und jetzt nur noch so schnell wie möglich zu dir!

Bis gleich, hoffentlich bis Morgen!

Dein Malik!

www.perlenverlag.de